SE A CASA 8 FALASSE

VITOR MARTINS

SE A CASA 8 FALASSE

Copyright © 2021 by Editora Globo S.A
Copyright do texto © 2021 by Vitor Martins

Todos os direitos reservados. Nenhuma parte desta edição pode ser utilizada ou reproduzida — em qualquer meio ou forma, seja mecânico ou eletrônico, fotocópia, gravação etc. — nem apropriada ou estocada em sistema de banco de dados sem a expressa autorização da editora.

Editoras responsáveis **Veronica Armiliato Gonzalez** e **Paula Drummond**
Assistente editorial **Agatha Machado**
Preparação **João Pedroso**
Revisão **Igor Soares** e **Gabriel Pereira**
Diagramação **Renata Vidal**
Projeto gráfico original **Laboratório Secreto**
Design de capa **Yann Valber**
Foto de capa **Caroline Macedo** (casa)
Foto do autor e ilustração do verso da capa **Rafael Gimenes**

Texto fixado conforme as regras do Acordo Ortográfico da Língua Portuguesa
(Decreto Legislativo nº 54, de 1995)

CIP-BRASIL. CATALOGAÇÃO NA PUBLICAÇÃO
SINDICATO NACIONAL DOS EDITORES DE LIVROS, RJ

M347s

    Martins, Vitor
        Se a casa 8 falasse / Vitor Martins. - 1. ed. - Rio de Janeiro : Globo Alt, 2021.
    336 p.

      ISBN 978-65-88131-31-2

      1. Ficção brasileira. I. Título.

21-72127
                                      CDD: 869.3
                                      CDU: 82-3(81)

Camila Donis Hartmann - Bibliotecária - CRB-7/6472

1ª edição, 2021 — 1ª reimpressão, 2021

Direitos de edição em língua portuguesa para o Brasil
adquiridos por Editora Globo S.A.
R. Marquês de Pombal, 25
20.230-240 – Rio de Janeiro – RJ – Brasil
www.globolivros.com.br

Para Rafael.
Quando estou com você, estou em casa.

EU SOU UMA CASA.

Não da forma metafórica em que meus olhos são janelas para o mundo e minha alma guarda lembranças de todos que já passaram por aqui. Sou *literalmente* uma casa. Tijolo, concreto, dois quartos, sala, cozinha, banheiro e garagem. Portas de madeira, armários embutidos, encanamento enferrujado que deixa a água do chuveiro com cheiro esquisito e um sistema elétrico que não é trocado desde a década de 1980 e acaba sempre derretendo a tomada da geladeira de tempos em tempos e dando choque no interruptor do quarto menor.

Essa parte é divertida. A coisa do choque.

Eu até poderia guardar esta revelação para o final. Te deixar de boca aberta ao perceber que, esse tempo todo, quem estava contando essas histórias era eu. A casa 8. Mas não sou boa em guardar segredos e gosto de pensar em como você está me imaginando agora. Como naqueles testes psicotécnicos que te pedem para desenhar uma casa e definem seus traços de personalidade de acordo com o resultado do desenho. (Se você faz uma casa sem chão, flutuando na folha em branco, é porque sente que seu pai não te ama. Se a casa é amarela com o telhado vermelho, é porque você tem um medo irracional de palhaços ou aranhas. Alguma coisa assim, vale a pena pesquisar depois. Não sei como funcionam os resultados porque não sou psiquiatra. Como já disse, sou uma casa.)

Minha história é bem sem graça. Fui construída em 1963 em um lote vazio na rua Girassol, no centro de Lagoa

Pequena, uma cidade no interior de São Paulo que ficou muito famosa no meio dos anos noventa, quando se tornou cenário de uma novela das seis, mas depois disso ninguém nunca mais se importou muito com este lugar minúsculo e seus 28 mil habitantes. Mas gosto tanto daqui que nunca quis me mudar.

Foi uma piada.

Eu nem tenho como me mudar.

Achei melhor explicar porque não sei se é todo mundo que entende o senso de humor de uma casa.

Mas a parte de gostar daqui é verdade. Até onde consigo enxergar, a rua Girassol é um bom lugar. Muitas árvores, cachorros levando seus donos para passear pelas calçadas e um nome gracinha de flor, infinitamente melhor do que outras ruas com nomes de membros racistas de uma realeza que nem existe mais ou políticos corruptos que ganharam ruas em sua homenagem porque construíram uma escola e dois postos de saúde. A rua Girassol é um paraíso no meio do caos. Até onde sei, pelo menos. Quase não tenho tempo para conhecer outros lugares.

(Piada de casa de novo.)

As histórias que acontecem aqui dentro são bem melhores do que a minha. São muitas, inclusive. Entrar para o mercado imobiliário me fez abrigar muita gente diferente. Tenho certeza de que as casas próprias morrem de inveja das casas alugadas, porque imagine só ter que viver eternamente com a mesma família, ouvindo as mesmas histórias, as mesmas fofocas sobre a tia Silmara que enlouqueceu de vez e arrumou um namorado quinze anos mais novo, ou o primo Tadeu que, ou é gay, ou troca de melhor amigo a cada seis meses e meio. As minhas histórias vão muito além de Silmara e Tadeu (que têm escolhas de vida totalmente válidas e não merecem a família cruel e fofoqueira que têm).

E digo "minhas histórias" porque sou possessiva. E porque é uma troca. Os moradores me chamam de "minha casa", então não vejo problema algum em chamar as histórias deles de minhas. Eles nunca vão saber, de qualquer forma, porque sou bem quietinha. Pelo menos sempre fui. Mas agora decidi contar algumas coisas que aconteceram aqui.

Sabe quando as pessoas dizem *ah, se esse banheiro falasse?* Ele fala. Ou então *cuidado, as paredes têm ouvidos?* Elas têm. Ou até mesmo *nossa, essa casa parece ler meus pensamentos?* Tá bom, ninguém nunca diz isso. Mas eu leio. Não todos, claro. Só os pensamentos mais altos. Aqueles que gritam na cabeça dos humanos como se estivessem desesperados para sair a qualquer momento. É impossível não ouvir. É difícil deixar os detalhes passarem despercebidos quando estão acontecendo *dentro* de mim.

Então, lembre-se: da próxima vez em que uma visita chegar e você disser *pode entrar, mas não repara a bagunça,* eu reparo.

Reparo na louça que você não lava há seis dias porque o tempo esfriou de repente, a caneca de café no fundo de uma pilha de pratos sujos já começando a criar umas bolotinhas de mofo. Reparo na pilha de roupa suja atrás da porta, na poeira acumulada bem no topo da estante, que continua lá porque ninguém vai ver mesmo. Na mancha de vinho no sofá que você tenta esconder com uma manta e nos buracos de prego na parede que você preencheu com pasta de dente porque viu na internet que é muito mais barato do que usar massa corrida.

Mas a bagunça em mim não me fascina tanto quanto a bagunça neles. É essa a bagunça em que gosto de reparar.

Os pensamentos confusos antes de dormir, as lágrimas que caem do nada quando uma música inesperada começa a tocar, as cantorias no banho para esquecer os problemas, as horas perdidas na frente do espelho fazendo caretas e se perguntando *e se eu fosse assim de verdade?*, as brigas catastróficas seguidas de beijos de desculpa que, lá no fundo, ainda têm gosto de raiva.

Eu sinto tudo. Reparo em tudo.

E agora chegou minha hora de falar. Metaforicamente, claro. Eu não falo. Sou uma casa.

ANA

31 DE DEZEMBRO DE 1999

ANA SABIA QUE O BUG do Milênio não iria acontecer. Em partes porque seu pai, Celso Carvalho, o guru dos computadores de Lagoa Pequena e região, havia passado os últimos seis meses assistindo aos noticiários oportunistas na TV e gritando "O BUG DO MILÊNIO NÃO VAI ACONTECER!!!" enquanto andava de um cômodo para o outro com uma caneca de café na mão e uma camiseta velha que dizia SUPER PAI.

Celso ganha a vida desmontando e consertando computadores, instalando programas armazenados em uma pilha infinita de CDs e falando um idioma técnico demais que quase ninguém entende. Se o seu computador tem um problema, Celso resolve. Se a humanidade está ameaçada por uma possível perda sinistra de dados, energia, dinheiro e sanidade, Celso te tranquiliza. Porque ele entende de tudo, e Ana acredita nele.

Os dois resolveram passar a noite de Ano-Novo em casa, só por via das dúvidas. Nos minutos finais de 1999, Celso não parece tão certo assim de que o mundo realmente não entrará em colapso.

Cinco, quatro, três, dois, um.

A TV permanece ligada, os fogos de artifício estouram do lado de fora, a energia elétrica fica intacta. O computador continua funcionando normalmente. Nenhuma invasão alienígena ou sinal do fim dos tempos na virada do milênio.

Ana e Celso respiram, aliviados, enquanto o pai abre uma garrafa de sidra.

1 DE JANEIRO DE 2000

— HOJE VOCÊ PODE BEBER um gole, filha. Você já tem dezessete anos — Celso diz, servindo a bebida em duas taças diferentes, já que a coleção de louças da família é composta por copos e pratos avulsos que foram perdendo seus pares ao longo dos anos toda vez que o pai arrumava a cozinha e acidentalmente quebrava alguma coisa.

— Acho que vou passar essa, hein, pai. Nem gosto tanto assim de sidra — Ana responde, deixando escapar que já havia bebido sidra antes, ao contrário do que o seu inocente Super Pai pensa. — De maçã! No caso. Sidra de maçã. Não gosto muito da fruta maçã, que já comi muitas vezes pois amo comer frutas.

— Menos maçã. Que, ao que tudo indica, você agora odeia — Celso aponta, sem acreditar nem um pouco na conversa fiada da filha.

— Exatamente — Ana responde, com uma risada frouxa que só o pai consegue arrancar dela.

— Deixa de bobagem, vai — Celso diz, entregando a taça mais bonita para a filha. — É o começo de um novo milênio! A gente precisa comemorar. O que os próximos mil anos guardam pra gente? Onde estaremos na virada do ano 3000?

— Mortos, eu espero — Ana responde, aceitando o convite do pai e dando uma golada na bebida ácida apenas para confirmar que, de fato, odeia sidra.

— Nunca se sabe — Celso rebate. — A tecnologia pode tomar rumos inesperados. A minha consciência pode ser colocada em uma máquina. Meu legado pode ser eterno.

Ana ri com a imagem mental de um robô com a cara do pai, a calça de flanela, os óculos estilo aviador com hastes frouxas e os cabelos cheios e grisalhos escondidos debaixo de um boné da Copa de 98. Isso se os robôs do futuro tiverem cabelo. E roupas.

— Pai, imagina que pesadelo viver mais de mil anos! — Ana diz. — Imagina a quantidade de estresse que você vai ter que enfrentar. Certeza que vão inventar um novo bug do milênio a cada dez anos.

— Um bug da *década*, então — Celso corrige.

— Você entendeu. Viver mais de mil anos é definitivamente o pior cenário de todos.

— Só é bonito quando são os vampiros dos livros que você gosta, né? Seu pai aqui está chegando nos quarenta e cinco e já deu tudo o que tinha que dar — Celso diz, abaixando a aba do boné para esconder a cara de bobo.

— O Lestat tem só duzentos e cinquenta e nove anos — Ana responde, um pouco envergonhada por ter essa informação na ponta da língua, resultado da releitura mais recente que fez de *O Vampiro Lestat*. Pela quarta vez. — Então eu deixo você viver um pouco mais do que ele, pode ser? Trezentos anos está bom pra você?

— Acho que está — Celso responde, depois de refletir por alguns segundos. — Dá pra te perturbar bastante por trezentos anos. Implicar com todos os namoradinhos que você trouxer pra casa.

— Não vai contando com muitos namoradinhos, não — Ana diz, com um sorriso amarelo que nas entrelinhas grita "PORQUE EU GOSTO DE GAROTAS!!!".

Mas, apesar de compreender linhas de códigos, barulhos esquisitos saindo de dentro de uma máquina e luzes piscantes na base de um monitor, Celso é péssimo para ler nas entrelinhas. E isso faz o coração de Ana pesar um pouquinho no peito enquanto ela se afunda ainda mais no sofá com a taça de sidra esquentando em sua mão.

Quando o assunto chega nos namoradinhos, ela nunca sabe o que fazer. Ana puxa os cordões do seu moletom roxo e velho, se perguntando o que significa usar roxo na virada do ano.

A tv continua exibindo os fogos de artifício em todo o Brasil, e Ana observa as imagens em silêncio. Pessoas comemoram na orla das praias com óculos coloridos que formam o número 2000, seus olhos encaixados nos dois zeros do meio. Muitos entregam oferendas para o mar, na esperança de que o novo milênio traga dias melhores. Imagens da Bolsa de Valores mostram homens velhos e engravatados comemorando o fato de a virada não ter causado nenhum dano e os deixado menos ricos.

Pai e filha assistem tv juntos até que o silêncio fique desconfortável o bastante.

— Acho que vou dormir — Ana mente. Ela não vai conseguir dormir.

— Vou ficar mais um pouco por aqui — Celso responde, apontando para o computador no canto da sala que entrou em modo de descanso e exibe um protetor de tela que guia a câmera através de um labirinto infinito.

Celso é um homem da noite. Prefere trabalhar com a casa em silêncio e é sempre durante a madrugada que espalha pela mesa de jantar os pentes de memória, discos rígidos e peças sobressalentes de computadores que monta para seus clientes. Durante o dia, ele dorme como uma coruja. Ou um vampiro.

Ana é parecida com o pai, tirando a parte de dormir durante o dia. Ela nunca dorme. Não literalmente, claro. Ana é um ser humano, ela precisa dormir. Mas o sono nunca é uma escolha, ele sempre acaba vencendo a garota pelo cansaço. E hoje vai ser uma daquelas noites em que os pensamentos de Ana são tão altos que nem todos os fogos de artifício do mundo poderiam abafá-los.

— Não fica acordado até tarde, viu? — Ana diz, enquanto se levanta e deixa a taça meio vazia da sidra horrível na pia da cozinha.

— Filhota — Celso a chama antes que ela consiga se enfurnar no quarto. — Esse vai ser um milênio bom.

— Meio arriscado presumir isso sobre os próximos mil anos, né, pai? — Ana provoca.

— Vai ser bom. As coisas vão mudar. Não dá pra explicar ainda, mas eu sei. E eu sempre sei das coisas.

Os dois se despedem com um sorriso e Ana fecha a porta do quarto para iniciar seu ritual de pensar demais e dormir de menos.

Eu tenho dois quartos: um grande e um pequeno. Ana ficou com o grande porque Celso sempre se esforça para deixar a melhor parte de tudo para a filha. Ele dorme no quarto pequeno, onde fica sua cama de solteiro e um armário velho comprado de segunda mão, cheio de adesivos na parte

SE A CASA 8 FALASSE 15

de dentro das portas. Mas não é como se ele não ocupasse metade da sala de estar com todas as parafernálias que seu trabalho exige.

No quarto maior, Ana criou seu próprio universo. A cama encostada no canto, ao lado da janela, é cercada por pôsteres de *Buffy, a Caça-Vampiros* nas paredes, roupas jogadas no chão, pilhas de livros que ela pretende ler um dia e uma pequena estante onde guarda a coleção de CDs que está apenas começando.

Esta é outra vantagem de ser filha de Celso: ela sempre consegue tralhas tecnológicas antes de qualquer um da escola. Ana foi a primeira da turma a ganhar um Discman e, apesar da velocidade irritante com a qual o aparelho come todas as pilhas, ela não consegue viver sem seu toca-discos portátil. Poder deitar na cama, se aninhar no cobertor, colocar os fones de ouvido no volume máximo e esperar que o som da música seja mais alto do que as vozes na sua cabeça é uma das partes favoritas em um dia normal na vida de Ana.

Aqui vai uma lista dos pensamentos mais frequentes que habitam a cabeça de Ana durante as noites:

"Será que no fundo meu pai ainda me culpa por ter perdido minha mãe?"

"Será que o diretor da escola onde estudei na quarta série estava certo e eu sou desse jeito porque não tive uma presença materna na minha vida?"

"Será que um dia vou acordar sabendo o que quero fazer da minha vida quando for mais velha?"

"Será que o jeito como penso compulsivamente no Leonardo DiCaprio em *Romeu + Julieta* significa que talvez eu não goste exclusivamente de garotas, ou só significa que ele parece muito uma lésbica decidida e descolada nesse filme?"

"Será que um dia *eu* serei a lésbica decidida e descolada?"

"Será que o futuro vai ser um pouquinho menos complicado do que o presente?"

"Será que a Letícia está pensando em mim agora?"

"Será que eu ficaria bonita se pintasse e cortasse o cabelo curto como o do Leonardo DiCaprio em *Romeu + Julieta* ou corro o risco de ficar parecida com o Macaulay Culkin em *Esqueceram de mim?*"

"Letícia, Letícia, Letícia."

Os pensamentos podem variar de ordem. Também não são todos ao mesmo tempo todos os dias. A coisa do corte de cabelo, por exemplo, aparece só de quinze em quinze dias. As questões com a mãe são um tema semanal. Mas, nos últimos seis meses, "Letícia, Letícia, Letícia" tem sido um tópico recorrente.

É em Letícia que Ana pensa enquanto desliza os dedos vagarosamente pela estante de CDs tentando decidir qual vai ser a trilha sonora da noite. A primeira noite do ano 2000 precisa ser especial. Ana valoriza demais as primeiras vezes em novos ciclos. A primeira música tocada no ano, a primeira meia usada no primeiro dia de aula, o primeiro filme assistido depois que o cinema aqui perto foi reformado. Bobagens das quais ela não vai se lembrar dois meses depois, mas que, naquele momento, são importantes.

Diferente do resto do quarto, a estante de CDs de Ana é organizada. Cada disco fica posicionado em ordem alfabética pelo nome do artista, e suborganizado pelo ano de lançamento para os artistas que aparecem mais de uma vez. Mas hoje, no topo da estante e fora de ordem, estão os últimos três que entraram para a coleção.

Ray of Light, da Madonna, que ela comprou totalmente por impulso em uma das suas idas à loja de discos da rua.

Ana não teve coragem de comprar *Com você... Meu mundo ficaria completo,* da Cássia Eller, com medo do que o vendedor de meia-idade da loja pensaria a seu respeito, mas se recusou a sair de lá sem um disco novo com uma mulher bonita na capa.

Ao lado da Madonna, Ana encara os cinco homens de branco disparando olhares misteriosos para ela da capa de *Millennium,* dos Backstreet Boys. Foi presente de Natal do pai, que provavelmente entrou na mesma loja de discos em que ela tinha passado 27 minutos encarando a foto da Cássia Eller de camisão largo e calcinha antes de desistir da compra e perguntou ao vendedor de meia-idade qual CD seria o presente perfeito para uma garota de dezessete anos. Ana escutou o álbum apenas duas vezes, porque se acha crescida demais para ouvir Backstreet Boys, mas canta "I Want It That Way" no banho quando está sozinha e acrescentou o Nick Carter na sua lista de loiros de cabelo repartido no meio que ela ainda não sabe se acha atraentes ou apenas quer copiar o corte.

Por último, Ana segura com firmeza o CD mais importante de todos. Em partes pelo valor sentimental que carrega, mas também porque sua capa plástica está quebrada e corre o risco de se despedaçar a qualquer momento. *Enema of the State* é o disco mais destruído no meio da coleção impecável de Ana. Teoricamente, o CD não é dela. Mas devolver para Letícia não está nos seus planos, porque Letícia não está nem aí para objetos que guardam significados e, para Ana, o disco do Blink-182 foi o começo de tudo. O começo das duas.

Ana acredita que este pode ser um bom começo para o ano e, com todo o cuidado, retira o disco da capa detonada e o coloca para tocar no Discman. Ela pula a primeira música porque o CD está arranhado e essa faixa para de tocar depois de um minuto e trinta e oito segundos. Ana mais uma vez se pergunta se algum dia vai saber como "Dumpweed" termina.

Ela ajusta o fone de ouvido na cabeça e deita em uma posição confortável para deixar o som alto da bateria e da guitarra tomar conta do seu corpo enquanto ela tenta dormir. Como consegue pegar no sono com a música tão alta continua sendo um mistério, mas é assim que Ana funciona. Ela não entende todas as letras em inglês e, para as partes que seu cérebro não consegue traduzir, inventa qualquer coisa que faça sentido em português usando palavras que rimam. Talvez esse exercício seja cansativo o bastante para obrigá-la a descansar nem que seja por duas míseras horas.

Hoje não tem corte de cabelo, projeções sobre o futuro, lembranças da mãe que ela não conheceu ou tentativas de desvendar o próprio pai. Hoje, na mente de Ana, há apenas Letícia. Como Ana gostaria de ser bilionária, ter um telefone celular e ligar para Letícia. Criar um ambiente onde só existam as duas, sem nenhuma interferência. Sem nenhum "Alô, Dona Celeste, aqui é a Ana. A Letícia está por aí?". Mas se Ana fosse de fato bilionária, ter um celular para conversar com Letícia seria a última das suas preocupações. Ela compraria um carro e fugiria com a garota para outro lugar, sem deixar pistas. Supondo que Letícia saiba dirigir, claro. Porque Ana não sabe e tem medo de motores no geral. Uma viagem de avião pode ser um bom plano B. Ir para outro país. Um lugar onde ela e Letícia possam caminhar de mãos dadas na rua sem medo.

Ana pensa nas mãos de Letícia. Ela tem mãos grandes e dedos longos, muito importantes nos seus treinos de vôlei. Letícia é esse tipo de garota, que joga vôlei por diversão. É isso que faz com que Ana acredite que Letícia sabe dirigir. Esportes e carros são tópicos de interesse que andam de mãos dadas.

SE A CASA 8 FALASSE *19*

Mãos...

As mãos de Letícia.

As duas se conheceram de uma forma inesperada. Estudam juntas, na mesma escola, na mesma turma, mas sempre pareceram pertencer a mundos diferentes. É meio estranho pensar que uma sala de aula é muito menor do que uma casa, mas, ainda assim, é possível dividir aquele espaço diariamente com alguém e viver um ano inteiro completamente alheia à sua existência. Ana sempre foi a garota que senta na frente, que presta atenção e que encara o professor mesmo quando não está interessada para que ele não sinta que está falando para as paredes, pelo menos é assim que ela se vê. Sempre que pensa em Letícia, Ana imagina a garota sentada quase no fundo, mas não no fundão, conversando com todo mundo.

Tudo aconteceu em um dia de atividade externa em que todos os alunos do segundo ano foram colocados em um micro-ônibus e levados para a Universidade Federal de Lagoa Pequena para um teste vocacional com uma turma de Psicologia em formação.

A primeira etapa era preencher um bloco de dez páginas com perguntas de múltipla escolha "sem respostas certas ou erradas". Ana guarda o bloco na terceira gaveta da cômoda até hoje e, nas noites em que o futuro incerto é o tema principal dos seus pensamentos barulhentos, relê as perguntas tentando entender onde errou. Porque é impossível que Ana não tenha errado. Mesmo sabendo que não existem respostas erradas naquele teste.

A segunda etapa dividiu os alunos em grupos, e talvez o erro tenha acontecido ali. Ana caiu no mesmo grupo que Letícia e dois outros garotos da turma chamados Maicon e Parede. Ana nunca prestou atenção no nome verdadeiro do Parede. Todo mundo chama o garoto assim porque ele é alto, largo e muito branco. O curso de maior afinidade para o seu grupo era Educação Física, e Ana passou os quarenta minutos seguintes ouvindo uma estudante universitária do curso falando com uma empolgação além dos limites sobre tudo o que ela mais gostava nas aulas e como estava feliz de conhecer futuros educadores físicos naquela manhã.

Futuros educadores físicos. Que piada.

Ana ri disso até hoje porque, sério, ela só pode ter respondido tudo errado.

A palestra fazia todo o sentido para Maicon, Parede e Letícia (só Letícia prestou atenção). Mas para Ana? Completamente viciada em ficar deitada e incapaz de educar qualquer pessoa a respeito de qualquer coisa porque sempre que precisa responder à mesma dúvida mais de uma vez já desiste completamente da capacidade do ser humano de aprender? Não mesmo.

Se Ana acreditasse em Deus, diria que Ele escreve certo por linhas tortas, porque foi o resultado sem sentido do teste vocacional que a colocou ao lado de Letícia e, para uma garota como Letícia, só era preciso um primeiro "oi" para que os dias seguintes fossem cheios de outros "ois".

Não é como se Ana não tivesse amigos. Ela meio que tem. Mas nos dias que seguiram o teste, receber um bom-dia de Letícia fez com que ela se sentisse vista. Foi como se aquele tempo todo ela só existisse dentro da própria cabeça e, de repente, também começasse a existir na vida real.

Seis meses atrás, Ana estava no ponto de ônibus, ainda tentando se acostumar à existência no mundo real, quando Letícia apareceu ao seu lado depois da aula.

— O 74C-10 já passou? — Letícia perguntou, provavelmente só querendo puxar assunto, porque qualquer um na cidade saberia que ainda faltavam quase dez minutos para o 74C-10 passar.

— Oi? — Ana não havia entendido a pergunta, já que estava com música no último volume nos fones de ouvido.

— Tá ouvindo o que? — perguntou Letícia, mudando completamente a abordagem agora que tinha conseguido sua atenção.

— Rock — Ana respondeu, porque aquele era um CD novo e ela não conseguia lembrar se a banda se chamava Red Hot Chili Peppers ou Hot Chili Red Peppers.

— Você gosta de rock? Acho que vai gostar desse aqui. — Letícia disse, tirando o CD despedaçado de dentro da mochila. — Eu divido o aparelho de som com meu irmão e essa semana tá com ele, então você pode ouvir e me devolver na semana que vem. — Era o álbum do Blink-182. Ana nunca devolveu. Letícia nunca cobrou.

— Você parece a enfermeira da capa — Letícia continuou, tentando estabelecer uma conversa com Ana, que ainda parecia atônita e perdida no meio daquela interação repentina.

Ana riu, é claro. Porque ela não tinha *nada a ver* com a enfermeira da capa do álbum. Seu cabelo era mais escuro e seus peitos, muito menores. Mas não rebateu o comentário de Letícia porque achou que seria falta de educação.

Esse foi o dia em que a coisa toda do "Letícia, Letícia, Letícia" antes de dormir começou. Decorei todos os mínimos detalhes porque Ana repassa as primeiras interações com Letícia em sua mente muitas vezes antes de dormir, e hoje não é diferente.

Ela pensa em tudo que o novo milênio guarda para as duas. E, se seu pai estiver certo e ela conseguir mesmo viver por trezentos anos com sua consciência transferida para um corpo de robô, Ana se pergunta se Letícia gostaria de ser outro robô feliz ao seu lado.

"Robôas"?

Ana reflete sobre a existência de uma palavra feminina para robôs. Provavelmente não existe. Ou existe, mas é tipo "elefanta", que é uma palavra real, mas parece ter sido inventada. Como o namoro de Ana e Letícia, que é real, mas mesmo depois de todos esses meses ainda parece um sonho.

Talvez eu tenha dado uma adiantada na história agora. Fico empolgada com qualquer pingo de romance, tenho que admitir. Mas o que aconteceu foi o seguinte: depois do empréstimo no ponto de ônibus, Ana e Letícia se falaram todos os dias. Trocaram outros CDs, fizeram trabalho juntas e se beijaram pela primeira vez na Biblioteca Municipal de Lagoa Pequena, entre as letras M e O do corredor de autoajuda. Foi arriscado e as duas sentiram medo. Nunca mais fizeram uma loucura dessas em público. Mas continuaram se vendo, se beijando, trocando promessas além de CDs. Promessas de que fariam o possível para que aquele amor nunca morresse. Elas trocaram o primeiro "te amo" aqui neste quarto, depois de assistirem ao VHS de *As Patricinhas de Beverly Hills* que Celso tinha pegado na locadora da rua jurando que era o tipo de filme que Ana iria adorar. Ela odiou. Letícia amou.

Uma pena que esta não seja uma história de amor.

Na primeira noite do ano 2000, Ana reimagina cada momento importante da sua história com Letícia como um filme em preto e branco, e quando o álbum em seu Discman termina, ela já está dormindo. Ana finalmente descansa, assim como o CD cansado de girar.

SE A CASA 8 FALASSE 23

3 DE JANEIRO DE 2000

ANA ACORDA QUASE EM modo automático.

Prende o cabelo curto na tentativa de controlar o volume, tira remela do olho, escova os dentes e vai preparar café para o pai. Ana não bebe café. Só de vez em quando e com muito leite, que é servido no copo aos poucos até que a bebida fique mais ou menos com a cor da areia de uma praia razoavelmente limpa. Mas preparar a bebida é um dos jeitos que Ana arrumou de mostrar seu amor pelo pai sem ter que dizer "te amo, pai". Além disso, todo o processo de colocar o pó e a água na cafeteira, escutar o barulho da máquina fervendo a água e observar o líquido escuro sendo despejado na jarra de vidro aos pouquinhos acalma Ana. E, ainda que ela use as mesmas proporções todos os dias, Celso sempre diz que o café de hoje está melhor do que o de ontem. É claro que ele não fala sério, tem dias que o café fica horrível. Mas o pai elogia mesmo assim, porque esse é um dos jeitos que arrumou para mostrar seu amor pela filha sem ter que dizer "te amo, filha".

Só que quando Ana chega na cozinha, o café já está feito. E, pela quantidade que ainda resta na jarra, foi preparado algumas horas atrás. Tempo o bastante para Celso ter tomado duas canecas cheias e deixado o restinho no fundo da jarra, que em breve vai caramelizar com o calor da cafeteira até se tornar uma gosma preta e grudenta. Puxando o fio diretamente da tomada, Ana desliga a cafeteira porque quer evitar ter que lidar com a gosma preta mais tarde, já que hoje é segunda-feira e às segundas a louça é sua responsabilidade.

— Pai? — Ana chama por Celso.

Da sala, ele solta um grunhido como resposta, mas não do tipo mal-humorado. Celso quase nunca está de mau humor.

Seu grunhido soa mais como o de quem não dormiu nada a noite inteira porque estava tentando encontrar as melhores palavras para dar uma notícia importante para a filha. Não que ela perceba algo além da falta de sono, mas eu sou uma casa, e ser uma casa tem suas vantagens nas leis do universo.

— Filha, vem cá — ele sussurra, e Ana escuta porque o espaço é pequeno aqui dentro.

— Bom dia. Você já fez café? Enjoou do meu? — Ana brinca porque ainda não tem noção do que Celso está prestes a falar.

— A gente precisa conversar — Celso diz com a voz séria, girando o corpo na cadeira de rodinhas velha e emperrada para encarar Ana.

A adolescente congela por um momento e esconde os punhos nas mangas do pijama. Ele descobriu tudo. Só pode. Ele sabe de Letícia. Algum vizinho deve ter contado sobre a menina que sempre vem aqui quando ele não está em casa. Alguém deve ter visto o beijo na biblioteca e a informação passou de pessoa em pessoa até chegar no seu pai. Ou foi o maldito dono da loja de discos. Ele deve ter comentado alguma coisa sobre os CDs que Ana fica olhando. Ou talvez seu pai não tenha certeza de nada. Ele apenas acha que Ana é lésbica e acredita que o melhor a fazer é ter essa conversa agora antes que o pior aconteça. Deve ter sido sua postura, suas atitudes, sua incapacidade de pintar as próprias unhas ou o jeito como ela falou "não vai contando com muitos namoradinhos, não" na noite de Ano-Novo. Foi uma afirmação ousada demais. Ana precisa ser mais esperta e parar de deixar sinais o tempo inteiro. Ela vai mentir. Dizer que não sabe do que ele está falando. Vai aprender a pintar as próprias unhas e tentar nunca mais ser vista com Letícia em público.

Letícia. Como ela vai falar com Letícia? Ela pode sair e ficar dando voltas na frente da casa da namorada até que ela decida olhar pela janela. Ou será que isso seria ainda mais arriscado? Ela não pode esperar até as aulas voltarem para poder contar tudo. Seria impossível. Ou será que Celso ia querer contar tudo para os pais de Letícia?

Ana sabia que devia ter levado adiante a ideia do código secreto para coisas ruins. Quando estão conversando no telefone, Ana sempre encerra a ligação com "aquele seu CD ainda está comigo", e isso significa "te amo". Letícia responde com "pode ficar com ele por quanto tempo precisar", o que significa "também te amo". Mas quando Ana sugeriu que as duas criassem um código secreto para pedir ajuda, Letícia disse que era bobagem. Que sempre protegeria Ana acima de qualquer coisa. Bom, onde está Letícia agora?

— Filha? — Celso a chama novamente, já que Ana passou os últimos trinta segundos paralisada, encarando o vazio e com a boca semiaberta sem dizer nada.

— Oi, pai — Ana responde, saindo do transe, mas ainda engasgada pela própria tensão.

— Já estou sabendo disso faz um tempinho, mas estava aguardando a melhor maneira de conversar com você a respeito porque, bom, isso vai afetar a nós dois. Eu queria juntar todas as informações antes de te chamar pra conversar, mas estava com medo de ter essa conversa e...

Também estou com medo dessa conversa, Ana pensa.

— Mas o tempo passou e passou, e você sabe como eu sou, filha. Odeio conflitos...

Eu também odeio conflitos.

— Só que agora não tem mais como ficar adiando essa conversa porque chegou em um ponto em que eu não sei mais o que fazer. Preciso que você entenda que você é a única família que eu tenho e que tudo o que faço é sempre pensando no melhor pra você, então...

Pai, só diz logo. Diz o que você sabe, ou o que você acha que sabe, sei lá. Só acaba com isso de uma vez.

— A gente vai se mudar — Celso conclui.

A respiração de Ana é interrompida no meio quando ela tenta respirar fundo e suspirar de alívio ao mesmo tempo, resultando em uma crise de tosse que dura alguns segundos.

— Você deu essa volta toda só pra dizer que a gente vai morar em outra casa? — ela pergunta, o rosto vermelho de tanto tossir e a testa suada de tanto se preocupar.

— Em outra cidade. Tecnicamente, outro estado. Vamos para o Rio de Janeiro — Celso responde, encolhendo-se mais a cada palavra.

Todo o alívio por não ter que lidar com a conversa do "então, filha, você é sapatão?" vai embora em um piscar de olhos. Ana não está mais aliviada. Está preocupada. Nervosa. Triste. Puta da vida. Ela nunca sentiu tudo isso ao mesmo tempo. Ana continua de pé desde que a conversa começou, mas suas pernas tremem e ela precisa se sentar antes que caia no chão. Suas pernas se movem lentamente até o sofá e Ana desaba, processando a informação como um computador lento e quebrado que acabou de chegar para ser consertado pelo pai. Só que, no caso de Ana, Celso não vai consertar nada. Ele vai terminar de quebrar.

— Diz alguma coisa — Celso pede, com a voz carregada de remorso.

— Quando? — Ana pergunta. — Quando a gente vai embora?

— Daqui a duas seman...

— DUAS SEMANAS? — Ana grita antes que o pai consiga terminar de falar.

— Eu sei, filha, eu sei. É pouco tempo, mas é que tudo aconteceu rápido demais e...

— O que aconteceu rápido demais? Me explica — Ana exige, enrolando as pontas do cabelo no dedo indicador em um ritmo frenético. Ela sempre faz isso quando está nervosa.

— Em outubro recebi uma ligação... — Celso começa a explicar.

— OUTUBRO? Você já sabe disso há... — Ana faz uma pausa para contar os meses nos dedos porque não é muito boa em matemática. Principalmente quando está nervosa. — Três meses! Você já sabe há três meses e decidiu me contar só agora?

— É uma vaga de emprego. Uma proposta irrecusável — Celso rebate com firmeza, tentando mostrar quem manda na casa. — Uma vaga de técnico de informática em uma empresa grande. A gente vai ter uma vida muito confortável. As coisas ainda estavam incertas com essa loucura toda de bug do milênio, mas agora é oficial. Filha, eu só quero o melhor pra gente.

— Você quer o melhor pra *você*, né, pai? Você nem sabe o que é melhor pra mim. Não faz a menor ideia de quem eu sou. Eu nem gosto de Backstreet Boys!

Celso parece confuso, sem entender por que de repente ela está falando de Backstreet Boys.

— Se você quiser um tempo pra pensar, a gente pode conversar mais tarde, com mais calma — o pai diz.

— Ah, muito obrigada por me dar *um tempo pra pensar*, pai. Uau. Muito obrigada mesmo — Ana diz, se levantando do sofá na velocidade de um foguete e correndo para o quarto.

Sua mente repete "Letícia, Letícia, Letícia", enquanto tira o pijama e veste a primeira coisa que vê pela frente: seus jeans velhos, uma camiseta larga e um par de óculos escuros porque o sol está forte lá fora e ela não quer que ninguém perceba que está prestes a chorar.

Depois de amarrar o cadarço do Keds branco às pressas, ela abre a porta da sala pronta para sair.

— Filha, eu... — Celso tenta conversar mais uma vez.

— Me dá um tempo, pai. Só preciso de um tempo — ela diz sem olhar para trás e bate a porta atrás de si.

— Te amo — Celso sussurra as palavras para as paredes, sem ninguém por perto para escutar.

Eu avisei que essa não é uma história de amor.

É uma história de despedida.

GREG

17 DE JANEIRO DE 2010

GREGÓRIO BRITO MAL CONSEGUIU se despedir.

Ele estava vivendo normalmente um domingo como qualquer outro quando sua mãe entrou no quarto histericamente, ordenando que ele fizesse as malas para passar uns dias na casa da tia. Uma tia que ele mal conhecia. Seus pais tinham "problemas para resolver". Era a maneira como falavam sobre o próprio divórcio, sempre amenizando as coisas para o filho como se ele ainda fosse um garotinho. Gregório sabia que os pais estavam prestes a se divorciar. As brigas constantes nos últimos dois anos deixavam aquilo bem claro. Ele seria totalmente capaz de lidar com o entra e sai de advogados na casa e com os gritos do pai tentando superar o tom de voz da mãe. Mas sua mãe queria preservar o garoto, e isso significava enviar o filho em um ônibus para uma cidadezinha no interior, onde ele ficaria até segundas ordens enquanto as "coisas de adulto" eram resolvidas no apartamento gigante da família em São Paulo.

Agora, enquanto passa sua primeira noite em Lagoa Pequena deitado e encarando o teto, Gregório pensa no que pode tirar de bom dessa cidade enquanto tenta pegar no sono tranquilamente.

É óbvio que ele não consegue.

Sua vinda para a cidade foi pouco planejada e tudo aconteceu rápido demais. Segundo sua mãe, a tia Catarina ficaria muito feliz de recebê-lo, já que estava sozinha demais e adorava companhia.

Catarina não estava sozinha demais e, por falta de uma palavra mais branda, *odiava* companhia. Companhia humana, pelo menos. Seu cachorro Keanu não conta, porque a companhia de Keanu é perfeita.

Mas Catarina gostava de levar uma vida pacata e não esperava ter que lidar com um adolescente sob o seu teto por sabe Deus quanto tempo. Só que ela não soube dizer não para a irmã Carmem. Não depois de todas as vezes em que Carmem havia emprestado dinheiro para bancar o negócio frustrado da irmã mais nova.

Catarina é dona de uma locadora. Em 2010. Isso já diz o bastante.

Me sinto desonesta agora porque comecei essa coisa toda dizendo que sou uma casa. E sim, ainda sou uma casa. Mas agora sou também uma locadora, na garagem.

É uma história longa e chata, mas, para resumir: depois que Ana e Celso foram embora, Catarina ficou interessada em me alugar, mas comentou com o proprietário que não sabia onde guardaria seu carro, e ele comentou que queria mesmo construir uma garagem coberta na varanda da frente, porque ouviu dizer que valorizava o imóvel.

Ficou horrível, se quer saber a minha opinião.

A varanda era ampla, convidativa, com o piso feito de caquinhos vermelhos e amarelos. A garagem deixou tudo escuro, metálico e pontiagudo. Mas era o começo do milênio e as pessoas estavam obcecadas pela ideia de ter um carro e valorizar as propriedades. Assim que a reforma acabou, Catarina chegou. Sua locadora, Catavento Vídeos, já existia mais para baixo na rua Girassol, no número 23. Ela viveu os melhores dias da sua vida aqui. Filmes com os amigos, vinho toda quarta-feira, um romance ou outro de vez em quando, a adoção do Keanu Reeves — que encheu todos os quartos de vida e as paredes de manchas de pata de cachorro — e um carro naquela caixa metálica horrorosa.

O carro foi o primeiro a ir embora. Quando as locações de filmes começaram a não render o mesmo dinheiro todo mês, Catarina vendeu o automóvel, repetindo para si mesma que ninguém precisa de carro em uma cidade que é pequena até no nome.

Mas isso foi apenas o começo. Os negócios passaram a ir de mal a pior e o dinheiro emprestado pela irmã mais velha segurou as pontas até que ela precisasse abrir mão da loja. Mas não foi o fim da Catavento Vídeos, porque Catarina tinha força de vontade, uma garagem ampla e nenhum carro.

E essa é a história de como, por um breve período, também me tornei uma locadora.

"Ele pode te ajudar a cuidar da loja", foi o argumento de Carmem para Catarina durante a ligação em que pediu para que a irmã cuidasse do seu filho de dezesseis anos por alguns dias. Ela poderia apenas ter dito "cuide do seu sobrinho porque você me deve dinheiro" e já teria sido o bastante. Mas a ideia de ter um novo funcionário trabalhando de graça para atender aos raros clientes que ainda passavam por ali atrás de um filme para assistir no fim de semana não parecia tão ruim assim.

É nisso que Catarina pensa enquanto olha para o teto durante a primeira noite de Gregório em Lagoa Pequena. Ela trataria o sobrinho como um funcionário, não como família. Já era demais ter que cuidar de um negócio falido enquanto arrumava bicos fazendo qualquer tipo de serviço braçal para manter a casa em ordem e alimentar um vira-lata bagunceiro de três patas. Não dava para adicionar um adolescente nessa equação.

Separados por uma parede, os três moradores se afundam nos próprios pensamentos. Gregório pensa em quanto tempo essa viagem temporária vai durar. Catarina pensa em como vai fazer para manter a locadora aberta, ter dinheiro o bastante para pagar as contas e parar de se sentir frustrada porque, aos 36 anos, não conquistou nada grandioso em sua vida. Keanu pensa em petiscos porque ele é um cachorro.

18 DE JANEIRO DE 2010

QUANDO AMANHECE, CATARINA SAI da cama para preparar café e misto quente. Não porque ela quer que o sobrinho se sinta acolhido, mas porque quer mostrar que tem tudo sob controle.

— Bom dia, tia — Gregório diz, entrando na cozinha e sendo recebido com empolgação por Keanu, que arranha suas pernas e late com a língua para fora como o bom garoto que é.

— Bom dia, Gregório — Catarina responde, escondendo o rosto atrás de uma enorme xícara de café.

— Pode me chamar de Greg. Todo mundo me chama assim — o garoto diz, enquanto se serve timidamente de um copo d'agua.

— Conseguiu organizar suas coisas direitinho no quarto? — Catarina pergunta.

— Consegui, foi rápido. Não é como se eu tivesse muita coisa.

Gregório trouxe uma mala pequena consigo no dia anterior. Algumas mudas de roupa, seu notebook e um videogame portátil. Ele não sabia quanto tempo ficaria em Lagoa Pequena, então acreditava que aquilo cobriria suas necessidades básicas (se vestir, acessar a internet e jogar *Pokémon*).

Os dois permanecem em um silêncio esquisito durante o café da manhã. Apesar de serem da mesma família, o contato entre eles nunca foi muito além dos encontros casuais no Natal. Greg não sabe de quase nada sobre a tia, e ela sabe menos ainda sobre ele.

— Obrigado por me receber aqui — Gregório diz, tentando ser educado sem se fazer de coitadinho.

Sua técnica não funciona, porque Catarina olha para ele como olharia para uma criança que foi deixada em sua porta na noite anterior, chorando em uma caixa de sapato.

Ela quer saber mais. Quer saber como o sobrinho está lidando com a coisa toda do divórcio. Quer saber se ele *sabe* sobre a coisa do divórcio, porque sua expressão amena e sem nenhuma preocupação dá a entender que Gregório não tem a menor ideia do que está acontecendo. Ou às vezes ele sabe e não se importa. Adolescentes hoje em dia basicamente já nascem com um computador na mão e pais divorciados. É o *padrão*, ela tenta lembrar a si mesma.

SE A CASA 8 FALASSE 35

Catarina se recorda de todas as vezes em que sua irmã ligou para jogar conversa fora, falando sobre como se preocupava porque Gregório estava virando um homem e, apesar de ser um garoto muito inteligente, tinha medo das *escolhas* do filho e de como ele poderia a qualquer momento seguir algum *caminho perigoso*. Mas olhando para ele agora, sentado do outro lado da mesa, ele parece quase... inofensivo?

Gregório tem um corpo magro, com pulsos finos cobertos de pulseiras de silicone coloridas. Sua pele marrom-clara, alguns tons mais claros do que a da tia, é cheia de sardas na região das bochechas. Seu cabelo cacheado baixinho e o par de óculos gigantescos cobre quase o rosto inteiro. Assim como Catarina, Gregório tem uma covinha no queixo. Um lembrete sutil de que, apesar de ser um completo estranho arruinando sua rotina silenciosa, ele ainda é da família.

— Não precisa agradecer. Família é pra essas coisas — Catarina diz, tocando o próprio queixo inconscientemente. —Além do mais, você vai trabalhar pra mim, não vai?

— Minha mãe falou da locadora. Não tenho nenhuma experiência de trabalho, mas aprendo rápido.

Catarina tenta não soltar uma bufada impaciente. Ter alguém para cuidar da locadora enquanto ela cumpre sua agenda de faz-tudo pela cidade parecia uma boa ideia no início, mas ela havia se esquecido completamente que o garoto nunca tinha trabalhado na vida. Treinar funcionários sempre foi um saco, e Catarina não fazia isto desde que a Catavento se mudou para a garagem e ela se tornou a única responsável pelo seu funcionamento.

— As coisas vão funcionar assim — Catarina diz, batendo com a caneca na mesa e fazendo mais barulho do que pretendia. Ela pigarreia e diminui o tom de voz porque também não quer que o garoto pense que ela é uma tirana. — A locadora abre às nove, fecha às sete. Hoje é segunda, o que significa que o dia vai ser movimentado. Muita gente vindo devolver os filmes que alugaram no final de semana. O segredo é recomendar outro parecido e não deixar o cliente sair da loja sem alugar mais um. Você entende de filmes, garoto?

Gregório pisca lentamente, como se ainda estivesse registrando o horário de funcionamento. Neste exato momento, ele não parece o garoto inteligente de quem a mãe tanto se gabava.

— Esquece. Vem comigo que te mostrando fica mais fácil — Catarina diz, largando a caneca dentro da pia e empurrando o sobrinho pelo ombro.

Gregório não sabe o que está acontecendo, então enfia o último pedaço de misto quente na boca e segue a tia.

Os dois estão na garagem. O ambiente é escuro e as paredes são cobertas por pôsteres de filmes. Em uma olhada rápida, Gregório não encontra nenhum pôster de qualquer coisa lançada nos últimos cinco anos. Isso vai ser desafiador.

Espalhadas pela garagem estão algumas estantes de alumínio com vários DVDs empilhados. Nenhum Blu-ray. O ambiente parece um antiquário. Placas de identificação impressas em uma impressora caseira organizam os títulos em categorias: lançamentos, drama, suspense, comédia, infantil, Keanu Reeves... Sim, existe uma prateleira só para os filmes do Keanu Reeves. Isso talvez explique o nome do cachorro, que seguiu os dois e se deitou em uma caminha escondida atrás do balcão.

— Muito bem — Catarina diz, enquanto caminha pelos corredores apertados com as mãos na cintura. — Se um cliente chega pra devolver... Isso aqui.

Ela tira um DVD aleatório da estante de fantasia e coloca o filme sobre o balcão.

Gregório observa a capa. *Stardust: O Mistério da Estrela.* Por sorte, um filme recente que ele conhece.

— Olá, boa tarde, vim devolver esse filme. É bom mesmo, viu? As dicas da Catarina sempre me surpreendem! — Catarina diz, fazendo uma voz diferente como se imitasse um cliente qualquer.

— Oi! Boa tarde — Gregório responde, se posicionando atrás do balcão e estufando o peito para entrar no jogo da tia.

Mas ele não sabe o que dizer em seguida.

Catarina suspira em frustração.

— Daí você digita o nome do filme aqui — ela diz, apontando para o campo de busca na tela do computador pré-histórico. — E enquanto marca a devolução, você já precisa recomendar outra coisa. Vai, rápido. Recomenda alguma coisa aí.

O coração de Gregório acelera. Essa é basicamente sua primeira entrevista de emprego e, mesmo sabendo que a vaga já está garantida, ele tem medo de errar. Gregório odeia estar errado.

— Hm, você já viu *Os Irmãos Grimm*? Se você gosta de fantasia baseada em contos de fada, acho que vai gostar desse também — ele diz, forçando um sorriso e, por algum motivo, mudando um pouco o tom de voz.

— Boa linha de raciocínio — Catarina responde, levantando os polegares. — Mas não compro filmes com o Matt Damon. Esta é uma locadora cem por cento livre de filmes do Matt Damon. Eu deveria colocar isso na placa.

— Hm... Por quê? — Greg pergunta, com medo da resposta.

— Longa história. Tive um ex que parecia o Matt Damon. Traumas. Recomenda outra coisa, vai, rápido — ela diz, como se aquilo fosse um game show e em algum lugar houvesse uma buzina prestes a soar a qualquer momento.

— Você pode gostar de... *Coraline*! — Gregório grita. Keanu late. — Que também é um filme baseado em um livro do Neil Gaiman.

Ele sorri, orgulhoso do seu raciocínio rápido que não o deixou na mão por duas vezes seguidas.

— Hm, você entende de livros. Esse é um bom diferencial. Eu não leio livros. Dá pra ver uns cinquenta filmes com o tempo que eu levaria para ler um livro. É por isso que tenho uma locadora e não uma biblioteca. Mas muito bom. E o que você recomendaria pra alguém que veio devolver... Esse aqui? — Ela coloca mais um filme no balcão.

Greg tenta não se ofender com a coisa toda do "eu não leio livros" enquanto analisa a capa de *A Múmia*.

— Nunca vi — ele responde, analisando os créditos no verso da embalagem. — Eu tinha seis anos quando lançaram esse filme.

— Com seis anos eu já tinha bons argumentos pra questionar os vencedores do Oscar — Catarina rebate.

— Nem faz sentido isso que você falou — Gregório aponta, questionando um pouco a inteligência da própria tia.

— Seu tempo está passando. O cliente está indo embora — ela sussurra, andando de costas em direção à porta e batendo com o dedo indicador no pulso.

— Hm... É... *A Múmia* 2! Provavelmente.

— *O Retorno da Múmia* — Catarina corrige. — Você devia assistir. É o tipo de filme que, quando termina, a gente não é mais a mesma pessoa.

Gregório ri, surpreso, porque não imaginava que esse tempo todo ele tinha uma tia com senso de humor. Catarina encara o sobrinho confusa, o que dá a entender que ela estava falando sério sobre *O Retorno da Múmia*.

Os dois continuam por mais um tempo com a "brincadeira" e, conforme ele observa os DVDs nas prateleiras, Gregório vai percebendo como é possível recomendar filmes que nunca assistiu se baseando apenas nas capas. Se você gostou de uma comédia romântica em que um casal hétero se abraça em um fundo branco, tem outras dez idênticas. Se você gostou de um filme de ação em que um galã de meia-idade corre na capa com uma arma na mão e bombas explodem, você pode gostar de todos esses outros exatamente iguais. E se você quer apenas um filme excelente, pode escolher qualquer um da seção Keanu Reeves (isso é a Catarina quem diz).

Em alguns minutos, Gregório já sabe como fazer o sistema do computador funcionar, como registrar locações e devoluções e, bem a tempo do horário de abrir a locadora, ele se sente mais pronto do que nunca.

Greg sabe que vai ser um trabalho fácil. Talvez nem devesse chamar isso de trabalho. Mas, acima de tudo, está empolgado com a possibilidade de não ser mais tratado feito uma criança por todos à sua volta.

Catarina abre o portão da garagem e a rua Girassol está calma e ensolarada, como em um dia comum de verão. Ela explica que vai deixar Gregório sozinho por algumas horas durante a manhã e o garoto se surpreende com a confiança que a tia já tem nele. Os dois nunca haviam trocado mais de duas frases completas até esta manhã! O espanto de Greg fica evidente a ponto de a tia ter que se pronunciar.

— Você é família, Gregório. Confio em você. Além do mais, o que você ia fazer? Colocar o Keanu na mochila e fugir? — Ela para e pensa por um momento. — Olha, por favor, não coloque o Keanu numa mochila e fuja.

Ele sorri. Keanu também (do jeito como cachorros sorriem).

— E aonde você vai? — Greg pergunta, sem medo de parecer intrusivo.

— Trabalhar, ué — Catarina responde casualmente, enquanto passa um pano úmido na prateleira Keanu Reeves.

— Achei que a locadora fosse seu trabalho — Greg comenta, um pouco confuso.

Catarina solta uma gargalhada meio vilanesca, como se fosse a madrasta cruel de um filme adolescente sobre gêmeas separadas no nascimento que se reencontram depois de anos e bolam um plano para juntar seus pais biológicos novamente. Sim, este exemplo é, especificamente, *Operação Cupido*. Contar a história de Gregório e Catarina sempre me deixa neste clima.

— Você volta para o almoço? — Greg pergunta, encontrando um jeito inteligente de falar sobre comida sem perguntar diretamente o que eles vão almoçar.

— Não. Só mais tarde. Mas o Tiago passa aqui meio-dia pra trazer marmita.

— Quem é Tiago?

— O rapaz que vai passar aqui meio-dia pra trazer marmita — Catarina repete lentamente, como se estivesse falando com uma criança.

Greg decide deixar para lá, confiando cegamente em Tiago, o rapaz que vai passar aqui meio-dia para trazer marmita. Ele se arrepende de não ter comido mais no café da manhã.

Quando Catarina vai embora, Greg se sente livre. Na sua casa eram raros os momentos em que podia ficar sozinho e, nos últimos meses, com a mãe se esforçando para manter as aparências de família feliz para as visitas de fim de ano, a situação só piorou.

O computador da locadora é antigo, mas funcional o bastante para que ele possa abrir seu e-mail e mandar atualizações para Sofia Karen. Greg não é um cara de e-mails, claro. Ele é um adolescente que passa a maior parte do tempo na internet, em fóruns de *Pokémon*. Mas o e-mail acaba sendo a forma de contato mais eficiente com sua melhor amiga. Que também é assistente pessoal do seu pai.

O pai de Gregório é cirurgião plástico. O razoavelmente conhecido Alexandre Brito, dono da clínica de estética Britto Beleza, com dois T's por causa da numerologia ou porque seu pai achou que seria mais chique dobrar a letra. Gregório odeia o nome da empresa do pai e jamais levaria a sério uma clínica chamada Britto Beleza se um dia considerasse fazer um procedimento estético, o que nunca considerou porque, diferente de todos os garotos gays da sua idade, Gregório gosta da própria aparência. É impressionante.

As coisas começaram a mudar em 2007, quando seu pai fez um procedimento em uma ex-BBB que, na época, ele não sabia quem era porque ninguém assiste *Big Brother Brasil* na casa da família Brito. Bastou uma entrevista para um portal de fofocas para que Alexandre se tornasse uma referência em cirurgia plástica para quase famosos. Dinheiro, reconhecimento, uma participação em um programa de TV que oferecia cirurgias plásticas e vale compras em lojas de departamento para senhoras de idade e Alexandre estava com a vida ganha. Gregório nunca reclamou porque o sucesso repentino do pai melhorou muito a vida da família e trouxe com ela Sofia Karen, a assistente pessoal de seu pai.

Sofia é uma garota jovem que sonha em ser repórter e ganha a vida agendando entrevistas e comprando ternos para o pai de Greg. Os dois passavam muito tempo juntos em casa, de onde Sofia trabalhava, e Greg se apegou a ela. Ele nunca vai dizer isso em voz alta, mas quando sua viagem repentina para Lagoa Pequena foi anunciada, a primeira coisa que pensou foi em como sentiria falta das tardes com Sofia. Depois pensou em como sentiria falta do seu quarto, da vida agitada em São Paulo, da sua mãe e de muitas outras coisas antes de chegar no pai.

Pacientemente, porque o computador é lento e demora alguns segundos para registrar na tela o que está sendo digitado no teclado, Gregório redige um e-mail para Sofia.

Segunda-feira, 18 de janeiro de 2010. 09h37
De: geodude1993@email.com
Para: skaren@brittobeleza.com.br
Assunto: Estou vivo!

Oi, Sofia, cheguei na casa da minha tia. Mandando notícias só pra você saber que estou bem, porque a gente mal conseguiu se despedir. Mas acho que você sabe onde estou porque provavelmente foi você que comprou a minha passagem.

Minha tia é estranha. Ela tem atitudes engraçadas para uma pessoa com mais de trinta anos. Mas não estou reclamando. Talvez eu esteja acostumado com adultos horríveis e ela me fez pensar que existe a chance de eu ser um adulto legal um dia.

Estou cuidando da locadora e do cachorro dela, acredita? Quem POSSUI uma locadora hoje em dia? O cachorro é ótimo. Um vira-lata cinza com manchas escuras pelo corpo. E ele tem três patas. Não que isso faça alguma diferença, mas quero que você imagine o Keanu exatamente como ele é. O nome dele é Keanu Reeves porque, pelo visto, a tia Catarina é obcecada por esse ator. Fiquei com medo de dizer que nunca assisti nada com o Keanu Reeves e ser expulso daqui.

Você comprou uma passagem de volta pra mim? Queria saber quando vou voltar. Queria que minha mãe me contasse as coisas. As aulas voltam depois do carnaval, só. Não queria passar o carnaval aqui. Tinha quase certeza de que este ano eu finalmente daria meu primeiro beijo. Consegui uma identidade falsa pra sair no carnaval! Todo mundo beija no carnaval. Lagoa Pequena tem cara de que não tem nenhum garoto da minha idade disponível pra beijos.

No mais, vou sobreviver.

Como anda o divórcio dos meus pais?

Mande notícias!

Do seu melhor amigo,

G.

Gregório observa atentamente a barra verde no navegador e, quando o e-mail finalmente é enviado, ele nota a presença de uma senhora na frente do balcão. Greg não sabe há quanto tempo a mulher baixa de cabelos grisalhos e braços brancos e rechonchudos está lá, mas ela não parece irritada. Apenas congelada na mesma posição por décadas.

— Não queria atrapalhar, você parecia concentrado no computador — a mulher comenta, piscando lentamente seus olhos enormes e um pouco assustadores.

— Em que posso ajudá-la hoje? — Gregório pergunta, estranhando como a própria voz entra em um tom educado automaticamente.

A cliente devolve *Duro de Matar 1* e *3* e, quando Gregório pergunta se ela não quer levar o *2*, achando que talvez ela tenha se enganado com a ordem dos filmes porque as capas são todas idênticas, a mulher recusa com educação e diz com convicção que odeia *Duro de Matar 2* porque tem medo de aviões.

Gregório deixa a oportunidade passar e a senhora (que de acordo com o cadastro no sistema da locadora se chama Leda) vai embora sem alugar mais nada, mas prometendo voltar na sexta-feira.

A manhã se arrasta e a locadora permanece quase vazia. Uma mãe e sua filha passam para devolver o DVD de *O Galinho Chicken Little* (segundo o cadastro, essa é a 18ª vez que elas alugam o mesmo filme). Seu olhar cansado deixa claro que ela não aguenta mais a obsessão da filha pela ave. Gregório não julga, pois, no fundo e em segredo, acha o filme excelente. Outra pessoa entra na garagem, mas não é um cliente. Apenas um cidadão querendo saber onde fica o posto de gasolina mais próximo. Gregório não sabe responder.

Já passa de meio-dia e Greg está faminto e impaciente com a internet lenta, que demora uma eternidade para carregar as fotos dos seus amigos de Facebook. Ele sabe que o Facebook é um portal para tudo o que ele gostaria de estar vivendo nas férias (em São Paulo, bem longe de Lagoa Pequena), então a lentidão da internet pode ser mais uma bênção do que uma maldição. Uma sombra longa aparece no chão da loja e Greg levanta o olhar de maneira dramática enquanto observa o garoto mais alto que já viu em toda a sua vida parado na porta da locadora.

Greg é exagerado. O garoto nem é tão alto assim. Apenas um pouco mais alto do que a média entre garotos da sua idade. Mas o jeans escuro e apertado e o moletom preto com mangas mais longas que os braços ajudam na ilusão. O moletom tem as letras P!ATD estampadas, e Greg sabe que a sigla significa Panic! At The Disco porque costumava assistir aos vídeos dessa banda na MTV há alguns anos. Faz calor lá fora, mas o garoto vestindo várias camadas de roupas escuras parece não se importar. Seu cabelo escuro e liso cai sobre os olhos, escondendo metade do rosto pálido e suado. É intrigante para Gregório como este garoto consegue sustentar o look completo de um emo em 2010. Ou ele leva sua preferência musical muito a sério, ou Lagoa Pequena é o tipo de cidade onde a onda emo só chegou em 2010.

Esse é Tiago, o rapaz que passa aqui meio-dia para trazer marmita.

Ele é emo. E está atrasado.

— Oi — ele diz. — A Catarina pediu pra deixar isso aqui. Foi mal o atraso. Muitas entregas hoje.

— Oi — Greg responde, ainda encarando Tiago com uma mistura de curiosidade, interesse e, talvez, desejo.

Tiago carrega uma marmita na mão direita e, na esquerda, um MP3 player, com fones de ouvido que sobem por dentro do moletom e pendem para fora da gola. O volume da música é alto o bastante para que Greg consiga ouvir de trás do balcão. O som parece rock, ou um homem gritando de pavor enquanto jogam ácido em seu rosto.

— Você vem pegar a comida ou eu levo até aí? — Tiago pergunta, com o mesmo tom de antes. Como se estivesse prestes a morrer de tédio.

Os dois permanecem a três metros de distância. É a interação social mais desengonçada que já presenciei.

— Pode deixar aqui no balcão — Greg diz, imóvel. — Você pode... dar uma olhada na loja. E no cachorro. Por dois minutos? Só preciso ir ao banheiro e estou sozinho a manhã inteira.

Tiago balança a cabeça em afirmativa. Greg corre para dentro de casa.

Ele se sente ridículo por ter ficado sem jeito na frente de um garoto que parece o líder de um ginásio de *Pokémon* fantasma. Ou um vampiro.

Quando Greg retorna à locadora, a marmita está sobre o balcão, liberando um aroma que parece ser de purê de batatas e bife. Tiago está sentado no chão sendo lambido no rosto por Keanu. O garoto sorri como se tivesse saído completamente do personagem, mas volta a ficar sério assim que nota a presença de Greg.

— Vou nessa — Tiago diz, mais para Keanu do que para Gregório.

— Não quer levar um filme? — Greg pergunta, porque quer surpreender a tia com um número de locações acima do esperado (o esperado é zero) e porque quer mais alguns minutos da companhia daquele garoto misterioso.

— Não tenho tempo pra ver filme hoje — Tiago diz, se levantando do chão e esfregando as mãos pela roupa em uma tentativa fracassada de se livrar dos pelos de Keanu.

— Pode devolver quando quiser — Greg tenta, inventando novas regras que, provavelmente, não vão deixar sua tia feliz.

Tiago abre um meio sorriso.

— Tem *Scooby-Doo 2*? — ele pergunta, como se já soubesse há muito tempo o que queria assistir.

— O dois? — Greg diz confuso, porque não entende nada de Scooby-Doo.

— Sim. Daqueles filmes com gente mesmo, humanos de carne e osso e um cachorro feito no computador — Tiago explica. — Vi esse filme um milhão de vezes quando era mais novo, mas acho que minha mãe perdeu a fita e eu nunca mais achei em lugar nenhum. Você tem aí?

Tiago busca pelo filme no sistema, mas não encontra nada.

— Sinto muito, não foi dessa vez. Acho que minha tia nunca viu potencial em *Scooby-Doo*. Ou o filme tem o Matt Damon e minha tia se recusou a comprar.

— A Catarina é sua tia? — Tiago pergunta.

— É, por quê? — Greg rebate na defensiva, apertando os polegares com força no balcão.

— Nada. Ela quase nunca fala sobre a família. Achei que você fosse só um funcionário bonitinho que ela contratou. *!!!!!*

Gregório engole seco. Keanu late. Tiago dá as costas.

— Coma antes que esfrie. Amanhã eu volto.

E, em um piscar de olhos, aquele adolescente emo de quase dois metros de altura desaparece. Gregório, ainda atônito, abre a marmita e encontra purê de batatas e bife, assim como esperava. Ele sorri para o bife, se lembrando de repente de como estava com fome.

Na tela do computador, seu e-mail apita com uma nova mensagem. Sofia Karen respondeu. Greg lê o e-mail com um pedaço de bife na boca.

Segunda-feira, 18 de janeiro de 2010. 12h58
De: skaren@brittobeleza.com.br
Para: geodude1993@email.com
Assunto: Re: Estou vivo!

Oi, Gregório. Me ofende demais saber que você está acostumado com adultos horríveis quando eu literalmente sou uma adulta E convivo com você todos os dias.

Você nunca assistiu nada com o Keanu Reeves? Nem aquele em que ele é um garoto de programa? Nem Matrix??? Eu achava que os professores passavam Matrix na escola, sei lá. Eu passaria. Se fosse uma professora.

Seus pais ainda não me pediram pra comprar a passagem de volta. Te aviso assim que tiver novidades. Ao contrário das notícias sobre o divórcio, sobre as quais eu não pretendo te avisar porque isso não é da minha conta, então pare de me perguntar a respeito. Tenho certeza de que seus pais vão conversar contigo quando tudo for oficial.

Eu também não deveria saber nada a respeito da sua identidade falsa. E do seu potencial primeiro beijo. Não me

SE A CASA 8 FALASSE 49

coloque em uma situação difícil, Greg. Sou apenas uma funcionária da família. Do seu pai, na verdade. Se você cometer qualquer crime com essa identidade falsa, esses e-mails podem me colocar como cúmplice, sei lá. Posso ser presa, talvez. Não sei direito como funciona a justiça. Apesar de ser uma adulta que entende muito a respeito de tudo.

Enfim, não cometa crimes! Por favor!

E pare de se preocupar tanto com esse primeiro beijo. Quando chegar a hora certa, você vai saber.

Da funcionária do seu pai e nem de longe sua melhor amiga,

Sofia Karen

Gregório lê o e-mail duas vezes porque as palavras de Sofia fazem com que ele se sinta em casa. Ele responde de imediato porque não tem mais nada para fazer.

Segunda-feira, 18 de janeiro de 2010. 13h07
De: geodude1993@email.com
Para: skaren@brittobeleza.com.br
Assunto: Re: Re: Estou vivo!

Chegou a hora certa.

Tem um garoto aqui. Ele trouxe comida pra mim.

E eu posso estar falando besteira, mas tenho certeza que a gente vai se beijar.

Do seu eterno amigo e confidente,

G.

Sofia parece não estar muito ocupada porque sua resposta chega logo em seguida.

Segunda-feira, 18 de janeiro de 2010. 13h09
De: skaren@brittobeleza.com.br
Para: geodude1993@email.com
Assunto: Re: Re: Re: Estou vivo!

Você disse isso todas as outras vezes.

Mas eu nem deveria saber, já que SOU APENAS FUNCIONÁRIA
DO SEU PAI E NÃO SUA AMIGA.

(Mas, de qualquer forma, boa sorte. Me conta tudo
depois. De um jeito totalmente impessoal que você
contaria pra uma funcionária e tal.)

Sofia Karen

Assim que termina de ler a resposta da sua amiga/funcionária da família (ainda não entendi completamente a relação desses dois), o sol da tarde esquenta com força o telhado da garagem e Greg daria tudo por uma soneca pós-almoço. Ele teria caído no sono sobre o teclado se não fosse a chegada de outro cliente, o que faz Keanu se levantar da sua caminha e latir enquanto tenta morder o próprio rabo.

— Oi — o homem diz, a voz grave e um pouco rouca.

Greg solta um longo suspiro porque, bom, não pode ser possível que todas as pessoas dessa cidade sejam extremamente atraentes de um jeito misterioso e um pouco sombrio. O homem parado na porta da locadora não é nem de longe parecido com Tiago. Ele não é um adulto emo. É só um adulto... bonito. Sua pele avermelhada dá a entender que passa muito tempo sob o sol, e seu cabelo grisalho mostra que ele deve ter pelo menos uns cinquenta anos. E ele é desnecessariamente musculoso. Não é jovem o bastante para parecer um super-herói, mas charmoso na medida para parecer o pai de um super-herói adolescente em um seriado mal produzido e cancelado na segunda temporada.

— Oi — Gregório responde, tocando o rosto levemente para conferir se deixou cair um pouco de purê no queixo.

E deixou.

— A Catarina está? — o homem pergunta.

— Não, ela saiu. Sou o sobrinho dela. Gregório — ele se apresenta.

— Certo — o homem diz, sem olhar Gregório diretamente nos olhos. — Obrigado.

E, então, vai embora. Sem se apresentar. Sem fazer um carinho que fosse em Keanu, que parecia extremamente empolgado com sua presença.

Gregório decide suprir a carência do cachorro e, assim como Tiago havia feito alguns momentos antes, se senta no chão, faz carinho no vira-lata e ganha uma série de lambidas no rosto em retorno.

Por um breve segundo, ele se sente em paz. Sente que, talvez, *talvez*, Lagoa Pequena não seja um lugar tão ruim assim.

BETO

21 DE ABRIL DE 2020

Beto odeia Lagoa Pequena.

Ele odeia as ruas estúpidas com nome de flor, a praça minúscula com música ao vivo todo domingo e o jeito como todos os moradores parecem conhecer alguém que te conhece. Odeia os alto-falantes na avenida principal que começam a tocar músicas de Natal no final de outubro e o jeito como a maior realização dos jovens da cidade parece ser uma festa de quinze anos (para as garotas) e um videogame de última geração (para os garotos). Ele também odeia como tudo é meticulosamente dividido em gêneros, e como seu destino parece ser traçado a partir do momento em que você nasce. Mas, acima de tudo, ele odeia como Lagoa Pequena sempre dá um jeito de destruir seus sonhos um pouquinho de cada vez.

Beto tira fotos.

Ele ainda não se considera profissional o bastante para se autodenominar *fotógrafo*. Mas, ao longo dos últimos três anos, em toda festa de aniversário, casamento, noivado, alguns velórios, formaturas e chás-revelação, lá estava Beto, com seu colete preto, sua câmera fotográfica semiprofissional e um sorriso forçado.

SE A CASA 8 FALASSE 53

Beto também odeia chás-revelação. Mas por três anos se submeteu a fotografar casais cortando um bolo com recheio azul ou rosa por causa do dinheiro. Sempre pelo dinheiro.

Seu plano era simples: juntar o máximo possível, se mudar para São Paulo, entrar em um curso de fotografia e trabalhar com coisas realmente importantes. Ver suas fotos em revistas, campanhas grandes e anúncios de Instagram que a maioria das pessoas ignora. Não era um plano tão absurdo assim. Lara, sua irmã mais velha, foi para São Paulo com muito menos planejamento e deu tudo certo.

A única questão é que quando Lara se mudou, não existia um vírus desconhecido se espalhando pelo mundo e obrigando a sociedade a se adaptar a uma realidade nova e assustadora. Beto não é estúpido, ele sabe que existem pessoas em situações muito piores por causa do vírus. Ele vê as notícias no jornal, acompanha os números de mortes subindo e sabe que sua mudança de cidade pode esperar. Passar mais um tempo em Lagoa Pequena não é nenhum sacrifício.

Mas, quando ninguém está olhando, quando ele está sozinho no quarto encarando o teto, Beto não consegue deixar de se sentir frustrado porque, sério, logo na vez dele *tinha* que aparecer uma merda de um vírus.

A prefeitura de Lagoa Pequena decretou isolamento social bem no começo de tudo. A cidade inteira está fechada, as ruas vazias e as casas cheias.

Sem perspectiva alguma de quando isso tudo vai melhorar (alguns meses? Anos, talvez?), Beto passa os dias tentando se anestesiar das preocupações. Anda de um cômodo para o outro, tentando não parecer triste demais porque não quer ter mais uma conversa honesta com sua mãe.

Ser filho de uma psicóloga tem suas vantagens. Helena, a mãe de Beto, nunca questionou os filhos sobre suas escolhas profissionais. Sempre deu todo o apoio de que Beto precisou para seguir sua paixão por fotografia e defendeu o filho de parentes intrometidos que aproveitavam qualquer oportunidade para dizer que "tirar foto não dá dinheiro". Helena gosta de conversar, entender os problemas dele e ser parte da solução. Isso é bom, não é? Existem pais que, por muito menos, já estariam enfiando um cursinho preparatório para concurso público goela abaixo dos filhos.

Mas Helena, não. Ela é uma mãe legal.

Pelo menos era, antes de tudo isso começar.

Com seu consultório no centro da cidade fechado, Helena tem atendido os pacientes em videochamadas. Ela transformou o próprio quarto em consultório e passa a maior parte do tempo trancada lá dentro. Beto evita fazer barulho porque sabe como o trabalho é importante para sua mãe.

Mas, todo dia, por volta das sete da noite, quando ela sai daquele quarto, parece estar desesperada por interação humana. Sedenta para conversar olhando nos olhos de alguém, um diálogo sem os constantes "opa, acho que você congelou" ou "ainda tá me ouvindo?" ou "repete, por favor, seu áudio travou". E a vítima desse seu desejo é sempre Beto, porque não tem mais ninguém aqui para escutar o que Helena tem a dizer.

Hoje os dois completam um mês de isolamento social. O bastante para que Beto já sinta saudade de todos os eventos cafonas da cidade que costumava fotografar. Ele sente falta de acordar cedo no domingo e sair para tirar fotos de pessoas no parque. Encontrar o contraste bonito entre uma árvore seca e o céu sem nuvens e observar os galhos formarem desenhos abstratos através da lente. Mas hoje, sem escola, sem trabalho e sem uma noite bem dormida há dias, Beto nem sabe mais quando é domingo ou não.

Hoje não é domingo. É uma terça-feira.

— Filho, e se eu pintasse o cabelo de vermelho? Não vermelho *vermelho*. Mas, sei lá, acaju talvez. Ainda falam acaju? Parece cor de cabelo de velha, né? Não é isso que eu quero. Parecer mais velha. Só queria, sei lá, mudar o visual. Posso pedir a tinta na farmácia e pintar em casa. Não deve ser difícil, né? Na internet deve ter algum vídeo ensinando. Procura aí "pintar cabelo vermelho em casa" — Helena diz.

São quase nove da noite e os dois estão sentados no sofá. A TV está ligada no mudo porque as notícias são ruins demais para serem assistidas depois do jantar, mas, de certa forma, a imagem sem som do apresentador do jornal local faz com que os dois se sintam menos sozinhos.

— Acho que sim — Beto responde, sem prestar muita atenção na mãe.

— Sim, eu vou ficar bonita de cabelo vermelho ou sim, dá pra gente pintar em casa? — Helena pergunta, com os olhos fixos em um romance de época que começou a ler no dia anterior e já passou da página cem.

Beto nunca entende como ela consegue ler, conversar e planejar uma mudança de visual ao mesmo tempo. Ele não herdou o gene da multitarefa.

Agora, por exemplo, ele mal consegue dar atenção para a mãe e rolar o feed infinito do Instagram sem perder totalmente a atenção nas duas coisas. Beto deixa o celular de lado e olha para a mãe, porque é educado. E porque não está emocionalmente bem para ver fotos de gente bonita no celular durante uma noite de terça sem nenhuma previsão de quando vai poder sair de casa novamente.

— Você vai ficar bonita de qualquer jeito — Beto diz para a mãe. — E talvez nem precise procurar na internet como pintar o cabelo em casa. Essas coisas não vêm com instrução na embalagem?

Helena abandona o livro e usa a câmera frontal do celular como espelho, mexendo nos cabelos e tentando imaginá-lo com os fios de outra cor. Ela sorri, fica séria, faz careta, observa o próprio rosto atentamente e passa os dedos pelas bochechas que, assim como as de Beto, são gordas e coradas.

— Sou uma pessoa visual, Roberto. Eu preciso *ver* — Helena responde.

— Você pode ver as palavras e interpretar as frases e entender como se pinta o cabelo em casa. Você literalmente tem um *doutorado*, mãe. Confio no seu potencial pra ler um manual de instruções e saber o que fazer — Beto rebate com um sorriso debochado.

Ele não se preocupa porque sabe que, mesmo que a pintura de cabelo dê errado e sua mãe termine com um moicano azul, ela vai ser capaz de enxergar o lado positivo de tudo. É o jeito de Helena. Pelo menos ela não é irritante e irrealista, como quem acredita que todo mal acontece por um bem maior e que um vírus se espalhando pelo mundo pode ter um lado positivo porque agora ela consegue passar mais tempo junto ao filho. Helena sabe que algumas coisas não possuem lado positivo, mas ainda assim consegue racionalizar o bastante para entender que nem tudo é o fim do mundo.

(A não ser que esse vírus seja *mesmo* o fim do mundo, não dá para saber ainda.)

Helena abre a boca para responder ao filho, mas é interrompida pelo barulho alto do seu celular tocando. Beto cria uma nota mental para trocar o toque de celular da mãe assim que possível porque, agora que os dois passam o dia inteiro juntos, o som irritante do que parece ser uma *rave* de robôs extremamente adulterados por substâncias ilícitas está começando a encher sua paciência.

— É sua irmã — Helena comenta, observando a foto de Lara na tela do celular e atendendo a chamada no viva-voz porque não há segredos nessa família.

— Oi, mãe — Lara diz do outro lado da linha.

— Oi, filha. Tô aqui com seu irmão. No viva-voz — Helena avisa, só por segurança, porque vai que dessa vez Lara decide contar algum segredo.

— Oi, Beto — Lara diz.

— Oi, Lara — Beto responde.

Meu Deus, essa conversa não vai a lugar nenhum.

— Então, eu tava pensando em passar uns dias aí com vocês. Até essa coisa toda passar, sei lá. O escritório inteiro está trabalhando de casa e minhas aulas estão acontecendo on-line, então eu meio que não perderia nada. E ficaria um tempo com vocês, sei lá. Estou com saudades — Lara diz tudo de uma vez para não dar muito tempo para a mãe pensar.

— Também estamos com saudade, Larinha, mas não sei se é seguro vir pra cá agora. Além do mais, as linhas de ônibus pra Lagoa estão fechadas. Sabe Deus quando vão abrir de novo. E, mesmo se estivessem abertas, imagina você dentro de um ônibus fechado com mais duzentas pessoas. Não sei se seria uma boa ideia, filha — Helena argumenta, pensativa.

— Não cabem duzentas pessoas em um ônibus, mãe — Beto comenta.

— Então, tem um aplicativo de caronas que vários amigos meus aqui em São Paulo usam. Você consegue dividir uma corrida com uma pessoa que esteja indo pra mesma cidade que você, e é bem mais barato do que ir de ônibus. E não tem duzentas pessoas no carro — Lara explica.

— Pior ainda, Lara. Pegar estrada com um *desconhecido?* — Helena protesta imediatamente.

— É que eu achei uma mulher no aplicativo que estava oferecendo carona pra Lagoa Pequena.

— Nem pensar, Lara. *Nem pensar.*

— E ela é ótima, já deu mais de cem caronas pelo aplicativo e a nota dela é cinco estrelas — Lara justifica.

— Filha, isso é só um número na tela do celular. Quem garante que o *caráter* dela é cinco estrelas? Ela pode ser uma sequestradora. Ou pior. Pode estar infectada! — Helena diz, aterrorizada.

— Tenho quase certeza de que ser uma sequestradora é pior — Beto comenta.

— Bom, a boa notícia é que ela não me sequestrou — Lara diz tão baixo que mal dá para ouvir sua voz.

— LARA, COMO ASSIM? — Helena grita tão alto que provavelmente a rua Girassol inteira a escuta.

— Tô chegando na rua de casa, abre o portão pra mim, beijo — Lara diz correndo e encerra a ligação.

Helena está atônita e irritada, mas não consegue esconder o sorriso por saber que vai ver a filha bem antes do planejado (não havia nada planejado). Beto também está feliz, mas, prático como sempre, está pensando em como vai reorganizar seu quarto para receber a irmã, que não dorme mais ali há três anos.

Em menos de dois minutos a campainha toca e Lara chega puxando uma mala de viagem pequena. Seu rosto está coberto por uma máscara e, antes de entrar pela porta da sala, ela tira os sapatos, o casaco e a calça. Quer tomar o máximo de cuidado possível antes de finalmente abraçar a mãe, que joga para ela um tubo de álcool em gel e um saco plástico para as roupas. Todo o ritual de limpeza acontece com Lara pedindo desculpas por ter aparecido de surpresa, Helena mandando a filha parar de se desculpar porque aqui sempre será sua casa e Beto sorrindo feito bobo ao se dar conta de que a irmã vai poder ajudar a mãe com a coisa toda de pintar o cabelo e ele não vai precisar participar dessa missão.

Não que Lara obrigatoriamente entenda de pintar cabelo porque é mulher. Beto não é estúpido dessa forma, e não sei se é a mentalização que eu projeto para o universo, mas nunca tive gente preconceituosa nesse nível vivendo por aqui. Ele sabe que a irmã será capaz de ajudar porque ela pinta o próprio cabelo desde os quatorze anos. Hoje ele está mais curto do que nunca, pintado de um verde desbotado com a raiz preta grande e as pontas secas presas em um rabinho de cavalo frouxo.

Todo o processo de higienização de Lara leva tempo, e Helena só permite abraços em família depois que a filha toma um banho. Aí sim, de banho tomado e pijama no corpo, Lara é esmagada por Beto e Helena dos dois lados. Beto é o maior da família. Seu corpo é o mais gordo e seus braços, os mais longos. Ele consegue envolver a mãe e a irmã ao mesmo tempo e, por mais que não seja o tipo de pessoa que demonstra afeto o tempo inteiro, ele se sente bem durante o abraço. Mesmo com as visitas frequentes de Lara antes da pandemia (a irmã visita Lagoa Pequena a cada três meses), Beto não se lembra da última vez em que se sentiu tão em casa. Ele percebe o quanto isso é bom e ruim ao mesmo tempo.

Helena prepara um prato de macarronada com as sobras do jantar para a filha, apesar de Lara insistir que não está com fome porque comeu antes de sair de casa. Helena não acredita, porque acha que a filha não se alimenta direito em São Paulo. É evidente como emagreceu desde que se mudou para a capital.

Lara está sentada no sofá com o prato de comida apoiado em uma almofada, com Helena ao seu lado e Beto no chão porque o sofá não é capaz de acomodar as três bundas da família confortavelmente.

— De onde veio essa ideia de vir pra casa do nada, filha? — Helena pergunta, enquanto Lara enrola o macarrão em um garfo e come com toda a calma do mundo.

— A Lu voltou pra Fortaleza pra ficar com a avó, a Gi estava me irritando levando o namorado pra casa todo dia e a Ma passava o dia inteiro trancada no próprio quarto — Lara responde de boca cheia.

Lu, Gi e Ma são as garotas que dividem apartamento com Lara em São Paulo. Provavelmente Luciana, Giovana e Mariana. Ou Luana, Gisele e Marcela. Tanto faz. Beto nunca perguntou. É coisa de paulistano isso de chamar qualquer pessoa pela primeira sílaba do nome. Ele acha isso ridículo, mas, no fundo, tudo o que ele queria era estar lá também e deixar de ser Beto para se tornar apenas Be.

— E vocês estão vendo as notícias, né? — Lara continua. — No começo eu achava que ia ser coisa rápida. Um mês ou dois, no máximo. Mas ao redor do mundo o vírus já está fora de controle há muito mais tempo. Sabe Deus quando isso vai estar sob controle aqui no Brasil...

— Se depender do nosso governo... — Helena comenta, deixando a resposta no ar.

Provavelmente vai durar pra sempre, Beto pensa, vendo sua vida se desfazer diante dos próprios olhos.

— Daí eu conversei com a Cléo, minha chefe, e ela disse que tudo bem eu vir pra cá. Talvez eu tenha inventado que você estava doente, mãe — Lara diz, recebendo um olhar de desaprovação imediato de Helena.

— *Lara!* — a mãe briga.

Beto ri.

— Só não queria que ela achasse que eu estava, sei lá, querendo *tirar férias*, sabe? Queria que ela visse que eu precisava voltar.

— Pra cuidar da sua mãe doente, claro — Helena diz, ainda magoada.

— Enfim, ela liberou, daí eu vim. Espero que não tenha problema — ela conclui, dando uma última garfada na macarronada.

— Como eu disse, essa casa vai ser sempre sua, filha — Helena afirma, carinhosamente. — Agora vai lavar esse prato porque, *cof cof*, sua mãe está doente.

Beto ri de novo.

Mas, no fundo, ele sente vontade de chorar.

Só não entende muito bem o porquê.

O quarto de Beto é o menor. É o quarto que ele dividiu com Lara até que a irmã se mudasse para fazer faculdade de Jornalismo em São Paulo, há três anos. É claro que em três anos muita coisa mudou. O quarto é mais bagunçado porque Beto é capaz de fazer sozinho a bagunça equivalente à de três pessoas. As paredes não têm mais pendurados os quadros feitos com flores secas e as medalhas de ouro que Lara ganhou em um concurso de poesias e uma competição de natação, porque ela é versátil assim. Lara levou a maioria dessas lembranças para o novo apartamento e as paredes hoje vazias lembram a Beto que ele nunca ganhou medalha de ouro em nada.

O beliche continua o mesmo. Helena nunca comprou uma cama para Beto e ele nunca se importou com o fato de ter um quarto feito para duas pessoas. Ele sempre dormiu na cama de baixo por causa do seu medo irracional de cair da cama mais alta, mas Lara perdeu o costume da cama de cima. Ela também deve ter desenvolvido o mesmo medo irracional do irmão porque, em vez de se deitar na cama alta, ela pega o colchão e coloca no chão, ao lado de Beto.

— Sempre achei meio esquisito dormir tão perto assim do teto. Parece que a casa toda vai cair em cima de você — ela justifica, enquanto pega um cobertor no armário embutido e se joga no colchão.

Não entendo esse medo que as pessoas têm de serem esmagadas pela própria casa. Eu nunca desabaria em cima de nenhum deles. Não de propósito.

Já passa da meia-noite, e as últimas horas foram tomadas por conversas de família sobre todos os assuntos possíveis. Na maior parte do tempo, Beto só observa e dá risada, aliviado porque agora finalmente sua mãe tem um novo par de ouvidos para escutá-la.

Mas agora são só os dois, e é esquisito ter a irmã de volta por tempo indeterminado.

— Por que você decidiu vir pra cá? — Beto pergunta, se deitando de lado para poder observar a irmã.

— Eu já disse, a Lu foi pra Fortaleza e…

— Não, Lara. Fala a verdade. Não a história que você contou pra mãe. A história que você contaria pra mim — Beto interrompe.

— Eu estava me sentindo sozinha — Lara responde, sem parar para pensar nem por um segundo.

Beto ri porque, para ele, estar sozinho sempre pareceu o *melhor cenário* de todos.

— Mas você mora na maior cidade do país, Lara. Tem tudo em São Paulo! Pra que voltar pra Lagoa Pequena?

— São Paulo não tem vocês — Lara diz e, sentindo imediatamente que sua resposta foi ridícula, ela completa: — Além do mais, quando a gente está numa situação tipo essa loucura de agora, onde tudo o que a gente tem é a nossa família, é meio horrível não estar aqui.

— Mas você mora num apartamento incrível! A porta da sala é roxa! — Beto argumenta, se lembrando de um dos detalhes que mais ficou marcado em sua memória desde a última vez em que foi visitar a irmã.

Beto passou uma semana em São Paulo no final de 2019. Foi nas férias após a formatura para conhecer melhor a cidade, buscar vizinhanças tranquilas e pesquisar preços de apartamentos para alugar. Nem faz tanto tempo assim desde a viagem, mas agora, com seus planos de mudança totalmente suspensos, parece que já se passou uma eternidade desde que ele viu a porta roxa da irmã e, pela primeira vez, pensou que poderia ter uma porta da cor que quisesse.

— Olha, Beto, eu sei que vou parecer uma senhorinha de oitenta anos agora — Lara diz, passando hidratante nas pernas e nos cotovelos. — Mas também já fui como você. Também já pensei que São Paulo era a melhor coisa do mundo e que eu nunca mais voltaria pra Lagoa Pequena. Uma noite, inclusive, no meu primeiro mês morando lá, a gente saiu pra beber com um amigo da Ma. Foi a primeira vez que tomei gim tônica. As pessoas lá são *obcecadas* por gim tônica. Tem de todos os sabores. Mas esse tal amigo da Ma que eu nem lembro o nome tinha um carro desses com teto solar, e, quando a gente estava voltando pra casa, pedi pra colocar a cabeça pra fora e gritar, porque é super uma coisa que a gente vê nos filmes e eu sempre quis viver esse momento. Ele não deixou, porque aparentemente existem leis de trânsito que proíbem isso, mas fiz mesmo assim porque estava bêbada e totalmente inconsequente. Daí eu literalmente gritei "NUNCA MAIS VOLTO PRA LAGOA PEQUENA!!!" e, bom, olha só onde estou agora.

Beto ri. Ele sentia falta das histórias desnecessariamente detalhadas da irmã mais velha. Momentos como este o fazem ter certeza de que ela nasceu para contar histórias.

Lara estuda jornalismo e trabalha em um portal de notícias chamado Telescópio, um site enorme que tem editorias de todos os tipos, desde cobertura política até testes de "Descubra qual escultura em legumes você é baseado no seu vestido favorito do Oscar". Ela escreve sobre comportamento e moda, o que é meio estranho porque suas roupas são sempre o mesmo vestido com bolsos em uma estampa diferente e ele não sabe muito bem o que a editoria "comportamento" significa, mas Beto nunca questionou a irmã.

— O negócio é que — Lara continua — tudo isso tem um lado negativo que eu quase nunca falo a respeito. Não quero preocupar a mamãe, sabe. Às vezes são coisas idiotas demais, tipo quando quase botei fogo na cozinha tentando fazer risoto pela primeira vez, e às vezes são problemas sérios, tipo quando comecei a chorar dentro do metrô voltando pra casa e as pessoas me olharam esquisito e eu chorei mais alto ainda porque não entendia o motivo do choro.

Beto respira fundo e engole em seco. Ele sabe bem como é essa coisa de chorar sem saber o motivo. No caso dele, isso também se chama "uma quinta-feira como qualquer outra".

— Sei o que você está querendo dizer e sei que a vida na cidade grande parece muito mais empolgante quando você não está lá. Mas eu só queria a oportunidade de aprender essas coisas por conta própria, sabe? — Beto responde, um pouco frustrado por não conseguir colocar seus sentimentos em palavras fáceis de entender.

— Tudo bem se sentir frustrado com as coisas que você não pode controlar, Beto — Lara diz, a voz suave e tranquila.

Beto vira o rosto para que a irmã não o pegue revirando os olhos. É meio irritante a maneira como Lara está, lentamente, se tornando a mãe dos dois. Sempre compreensiva, usando essas palavras de psicologia de internet, tentando entender o que ele sente, mas mantendo certa distância.

Beto só queria ir embora dali. Uma porra de um vírus deixou o mundo inteiro trancado em casa. Isso não é "frustração com as coisas que ele não pode controlar". Beto quer gritar. Enfiar a cabeça para fora de um carro com teto solar, desrespeitar *todas* as leis de trânsito e dar um berro. Ele quer que a irmã olhe para ele e diga "você tem razão, essa situação é mesmo uma MERDA!!!!!" enquanto os dois gritam de ódio pela casa até o pulmão arder e depois começam a rir porque o mundo está cheio de gente morrendo enquanto ele sofre por uma bobagem dessas.

Ele sabe que é tudo bobagem.

Sabe que vai passar.

Mas Beto não quer só alguém dizendo que "tá tudo bem se sentir assim". Ele quer mudar o jeito como sente as coisas. Talvez seja mesmo uma frustração com o que ele não pode controlar.

— Trouxe um presente de aniversário pra você! — Lara exclama, percebendo que o irmão ficou quieto por tempo demais e tentando melhorar o clima.

— Meu aniversário é só em julho, Lara. Você está uns três meses adiantada — Beto diz, pego de surpresa.

— Mas sinto que você precisa de um presente agora. Pra botar um sorrisinho nessa cara — Lara comenta, apertando de leve as bochechas do irmão.

— Ah, claro, porque comprar felicidade com presentes realmente dá muito certo — Beto rebate.

Lara ignora o irmão, vai até sua mala e pega uma caixa escondida bem no fundo.

— Não deu pra embrulhar porque achei que teria mais tempo pra pensar na embalagem, mas...

Beto arregala os olhos quando vê o que a irmã está segurando.

— Esquece o que eu falei. Você acabou de comprar a minha felicidade. Pelo visto dá muito certo, *sim*. Estou feliz demais agora!!! — ele diz, estendendo as mãos como uma criança mimada que mal vê a hora de ganhar um brinquedo novo.

As mãos de Beto tremem quando ele segura a caixa: é uma lente teleobjetiva para a câmera. Uma que ele sempre quis, mas nunca teve dinheiro para comprar. Uma que captura objetos de longe em um ângulo fechado e, para quem sabe usar, permite tirar fotos incríveis à distância. Beto sabe como usar. Já assistiu a centenas de vídeos no YouTube sobre aquela lente.

— Lara... Meu Deus do céu... Lara... Isso aqui é... Meu Deus, Lara!!! — Beto não tem muito jeito com as palavras quando se trata de presentes caros.

— Bom, pelo jeito como você está repetindo meu nome, acho que gostou — ela diz, com um sorriso orgulhoso.

SE A CASA 8 FALASSE 67

— Eu amei! Nunca amei *tanto* um presente em toda a minha vida — Beto diz, abrindo a embalagem com cuidado e inspecionando cada folheto e manual de instruções como se fossem pergaminhos antigos contendo pedaços da história da Humanidade. — Mas isso aqui é... É muito caro.

— Consegui uma promoção boa na Black Friday! — Lara comenta, sem querer entrar em detalhes sobre o preço do presente de aniversário do irmão.

— Isso aqui está comprado desde novembro? Por que você não me deu no Natal?! — Beto pergunta, sem se dar conta de como seu questionamento é babaca.

Lara não liga.

— Seu presente de Natal já estava comprado. Peguei o colete em uma promoção de Dia dos Pais — Lara responde. — Tá vendo só? Sou oficialmente uma velha agora. Planejo presentes com antecedência, aproveito promoções e junto cupons do mercado pra trocar por panelas.

Beto se lembra do colete de fotógrafo que ganhou da irmã no Natal, com seis bolsos na frente e uma bandeira de arco-íris que ela mandou bordar ao lado da gola. Foi um presente especial. Lara é boa com presentes.

— Nem sei como te agradecer — Beto diz, sorrindo genuinamente.

— Vou querer umas fotos de graça, óbvio. Com a lente nova. De frente pra janela da sala quando bate sol de manhã. Talvez uma assim, ó. — Ela vira de costas e olha para Beto por cima do ombro. — Pra mostrar minha última tatuagem.

Lara aponta para a tatuagem no ombro esquerdo e Beto sorri com a imagem de um dinossauro usando galochas. Ele perguntaria o motivo da tatuagem se já não soubesse que a resposta seria alguma coisa tipo "acordei e pensei *hm, dinossauro de galochas!*" porque essa é a justificativa de todas as tatuagens de Lara, tirando o pequeno girassol que ela tem no tornozelo. "Essa aqui é pra eu sempre me lembrar da rua de casa", é o que diz em uma das legendas no seu Instagram.

Beto ainda está saltando de empolgação enquanto se levanta e pega a câmera para testar. É claro que, trancado no quarto com a irmã no meio da noite, não há muito o que fazer com uma lente de longo alcance. Mas ele testa mesmo assim. Com os olhos grudados no visor, ele foca e desfoca o rosto de Lara, suas roupas amassadas em cima da cômoda, uma teia de aranha no teto.

— Vai dar pra tirar umas fotos incríveis na praça — Beto diz, sem pensar.

Lara engole seco.

— Quando isso tudo passar, claro — ele completa com um suspiro, já exausto de repetir "quando isso tudo passar" para tudo.

— Sei que é difícil — Lara diz. — Essa coisa de não saber quando vai passar. Mas falta menos do que faltava quando tudo isso começou.

— A mãe falava isso quando a gente ia de carro pra casa da vó e eu ficava perguntando o tempo todo se já estávamos chegando — comenta Beto.

— Viu só? Já digo até *frases de mãe!* O que foi que me tornei? — Lara brinca, se jogando no colchão. — Além do mais, enquanto não dá pra ir à praça, tira foto pela janela. Usa a lente pra procurar algum vizinho bonitinho.

— Um vizinho bonitinho aqui na rua? É mais fácil eu achar um vizinho criminoso e colocar toda a nossa família em perigo porque tenho evidências dos crimes dele.

— Tipo *Janela indiscreta* — Lara comenta.

— Ou aquele filme do Shia Labeouf.

— Que copiou descaradamente *Janela indiscreta* — Lara completa.

Ele sentia falta disso. Dessa coisa que ele tem com a irmã na qual, por alguns segundos, os dois se sentem totalmente conectados, como se seus cérebros pensassem a mesma coisa ao mesmo tempo antes de cada um voltar para o seu próprio mundo individual.

— Posso apagar a luz? — Beto pergunta depois de guardar seu presente adiantado com um cuidado excessivo.

Lara faz que sim com a cabeça.

— Estou feliz de estar de volta — ela diz quando os dois estão no escuro. — Juro que não vou ser uma hóspede chata. Se você precisar de privacidade no quarto pra, sei lá, você sabe...

— Lara! — Beto grita, mas não completa a frase porque a falta de privacidade para, sei lá, você sabe, foi literalmente a primeira coisa em que ele pensou quando a irmã entrou pela porta da sala.

— Boa noite — Lara diz.

Ele espera que ela feche os olhos e vire de costas para finalmente pegar o celular e abrir o Twitter para conferir o resultado do seu post de hoje. Ele passou o dia evitando fazer aquilo porque acompanhar os números de curtidas e comentários o deixa ansioso. Beto morde os lábios enquanto espera o aplicativo carregar. Nove *likes*. Nenhum comentário. Uau.

No começo do ano, Beto decidiu iniciar um projeto pessoal de fotos diárias, meio inspirado nas polaroides de Andy Warhol: uma foto simples e despretensiosa de uma pessoa, um objeto, uma paisagem ou de si mesmo. A ideia do projeto era praticar suas habilidades e, ao mesmo tempo, registrar tudo no Twitter. Quase como um diário fotográfico para ele mesmo, sem se importar com quantas pessoas curtiam ou não. Mas Beto, é claro, se importa. Ele encara a foto que postou hoje de manhã, uma galinha de cerâmica que sua mãe colocou em cima da geladeira, e solta um suspiro de frustração. Ele não sabe mais o que fotografar dentro de casa e acha que abandonar o projeto vai acabar sendo o caminho mais fácil. Não é como se alguém fosse *sentir falta* das fotos, no fim das contas.

A tela pisca com uma notificação que chama a atenção de Beto.

Uma nova mensagem de Nicolas.

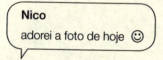

Beto visualiza, mas não responde. Conversar com Nicolas agora só vai piorar as coisas.

— Boa noite, Lara — ele sussurra, mas, a esta altura, a irmã já está roncando.

ANA

3 DE JANEIRO DE 2000

APÓS DESCOBRIR QUE SUA mudança de Lagoa Pequena para o Rio de Janeiro já tinha data marcada, Ana fez uma saída dramática que, no fim das contas, não serviu de nada. Ela queria ver Letícia, mas saiu tão apressada que não levou dinheiro para o ônibus, e caminhar até a casa da namorada, além de demorar demais, seria uma verdadeira tortura sob o sol de janeiro. Ana não podia voltar rapidinho em casa, pegar o dinheiro da passagem no quarto e bater a porta de novo. Isso acabaria com o impacto da briga que havia acabado de ter com o pai.

Então a garota dá voltas pelo quarteirão por trinta minutos e volta para casa se certificando de que sua expressão ainda está emburrada o bastante para deixar Celso desconfortável.

Quando ela abre a porta, o pai está exatamente na mesma posição (sentado no sofá de pernas cruzadas), folheando uma revista sobre computação. Foram só trinta minutos de ausência, afinal. Celso não diz nada porque conhece Ana e sabe que, em momentos como esse, ela precisa do seu próprio espaço.

SE A CASA 8 FALASSE 73

Mas o que Ana realmente precisa é de uma conversa honesta com o pai sobre tudo o que ela tem a perder ao ir embora de Lagoa Pequena. Então, ao que tudo indica, Celso não conhece Ana tão bem assim.

— Posso usar o telefone? — Ana pergunta, ainda irritada.

— Claro, filha!

Ela sabe que seu pai faria qualquer coisa para agradá-la agora, mas decide pedir permissão mesmo assim porque está guardando a bondade de Celso para a pergunta seguinte.

— Posso chamar a Letícia para dormir aqui? — a voz de Ana sai quase como um sussurro.

Celso hesita.

Uma coisa importante sobre Celso: ele é um pai legal, liberal até. Nunca fica no pé de Ana e sempre diz sim para quase todas as coisas que a filha pede (exceto pintar o cabelo, porque viu em algum lugar que tinta de cabelo dá câncer). Mas quando se trata de trazer pessoas para casa, Celso sempre tem uma certa resistência.

Em uma explicação breve, é porque a casa está sempre uma zona.

Em uma explicação complexa, é porque a bagunça pode fazer com que os outros pensem que Celso é incapaz de cuidar da própria filha sozinho e, com suas ideias machistas enraizadas, ele ainda acredita que a casa estaria sempre em ordem se outra mulher vivesse aqui. A mãe de Ana. E Celso não precisa que ninguém duvide das suas capacidades de dar uma vida feliz para a filha porque ele já é muito bom em duvidar por contra própria.

Obviamente, ele não sabe de todas as vezes em que Letícia passou a tarde aqui, trancada no quarto com Ana ouvindo música alta, conversando sobre a vida e fazendo o que duas adolescentes apaixonadas fazem quando estão sozinhas. Letícia nunca se importou com a casa bagunçada ou com os talheres que não combinam, com a roupa suja acumulada ou com as peças de computador espalhadas pela sala que deixam o ambiente com cara de ferro velho eletrônico. Ela ama ficar aqui com Ana. Até brinca sobre como a mancha de mofo no teto do banheiro tem formato de coração.

Mas Celso não sabe que Letícia não se importa porque, na realidade, ele mal conhece Letícia. Ele não faz ideia de quem é essa garota que mudou a vida da própria filha. Esses dois precisam conversar.

— Posso? — Ana ainda espera pela resposta do pai, com o telefone fixo no ouvido e o dedo pressionando o gancho para não manter a linha ocupada.

— Pode, com certeza — Celso cede porque não quer decepcionar Ana mais uma vez.

Ana sorri, mas não agradece. Seu pai não merece gratidão no momento. Com os dedos tremendo de ansiedade, ela digita a sequência de números que já sabe de cor e ouve a sequência de *biiiiips* enquanto imagina o telefone tocando na casa de Letícia.

— Pronto — a mãe de Letícia atende. Ana acha engraçado como ela fala "pronto" em vez de "alô".

— Oi, Dona Celeste, é a Ana. Posso falar com a Letícia? — ela diz, quase sussurrando, porque seu pai ainda está por perto e, de alguma forma, ela acredita que falar o nome de Letícia em voz alta a deixa vulnerável demais.

— Bom dia, Ana, querida. *Feliz ano novo!* — Dona Celeste responde, não para ser educada, mas para evidenciar a falta de educação de Ana.

— Ah, claro, claro. Feliz ano novo pra senhora também. Muita paz, saúde e prosperidade — ela metralha a mulher com palavras prontas de cartões de fim de ano.

É engraçado como Ana já se esqueceu completamente de que este é o começo de um novo milênio. Nada no dia de hoje parece um começo. O dia já começou com gosto de fim.

— Acho que a Lê ainda está dormindo, Ana. Mas posso bater na porta dela.

— Por favor, é meio importante — Ana implora, sentindo a mão suar enquanto agarra o telefone com mais força.

Pela ligação, Ana consegue ouvir Dona Celeste batendo na porta do quarto de Letícia, gritando "telefoooone", e depois mais portas batendo e passos impacientes até que, finalmente, a voz que ela tanto queria ouvir surge do outro lado da linha.

— Alô? — Letícia atende com a voz ainda carregada de sono e preguiça.

— Oi, Letícia, sou eu.

— Feliz ano novo! O bug do milênio não aconteceu! Seu pai tinha razão — ela responde com empolgação, deixando qualquer rastro de preguiça para trás, como se a voz da namorada fosse o combustível do qual ela precisava.

A menção ao próprio pai faz Ana revirar os olhos.

— Sei que vai parecer esquisito, mas... Você pode vir dormir aqui hoje?

Letícia não responde de imediato e, pelo barulho, Ana imagina a namorada puxando o telefone para um lugar mais afastado em busca de um pouco de privacidade. A essa altura elas já deveriam ter bolado mais códigos para ligações.

— Seu pai vai dormir fora? — Letícia finalmente pergunta, provavelmente escondida atrás do sofá ou qualquer coisa assim.

— Não, não. Ele vai estar aqui. Mas ele sabe...

Letícia solta um suspiro assustado.

— Sabe que você vem... Só isso. É complicado. Só preciso que você venha. Acha que consegue?

— Hoje tenho um almoço em família desses que vão durar a tarde inteira. Mas consigo sair daqui no fim da tarde.

— E a sua mãe? — Ana pergunta preocupada.

— Dou um jeito. Qualquer coisa te ligo.

— Tá bom, te espero aqui.

— Tá bom.

As duas ficam em silêncio por alguns segundos e Ana pensa em tudo o que gostaria de dizer se as coisas fossem um pouco mais simples.

— Aquele seu CD. Ele ainda está comigo — ela diz, finalmente.

— Pode ficar com ele por quanto tempo precisar.

Ana desliga o telefone sorrindo e, quando se vira para o pai, desfaz o sorriso imediatamente.

— A Letícia vem pra cá mais tarde — avisa.

— Aquela fortinha? — Celso pergunta, sem desviar os olhos da revista que está lendo, como se houvesse outra Letícia. Como se Ana tivesse muitas amigas e ele precisasse se certificar sobre qual delas vai passar a noite aqui.

Como Ana odeia o pai neste momento. Mas ela já está emocionalmente exausta demais para rebater, então apenas confirma e volta para o quarto.

Celso espera Ana sair da sala para abrir um sorriso, sem ter a menor noção de como ele está sendo tudo menos um Super Pai no dia de hoje.

• • •

Durante a tarde, Ana fica ansiosa. Não é a primeira vez que Letícia vem para cá, mas ela quer se certificar de que tudo será perfeito. Com o dinheiro do pai, ela vai até o mercado e compra massa pronta, queijo, tomate e orégano para preparar minipizzas, porque minipizzas trazem conforto para Ana. Dá para comê-las em poucas mordidas e são divertidas de fazer. Ana organiza todos os ingredientes na bancada da cozinha, imaginando uma cena de comédia romântica com Letícia na qual as duas preparam minipizzas e se beijam durante o processo, brincando com os ingredientes e jogando farinha na cara uma da outra.

Claro, isso nunca vai acontecer porque Ana não pode beijar Letícia em um lugar tão exposto quanto a cozinha. E porque a massa já está pronta e não tem farinha em casa. O que até é uma coisa boa, já que, se a guerra de farinha rolasse, Ana teria que limpar tudo porque hoje é seu dia de arrumar a cozinha. E ela não quer passar nem um segundo a mais do que o necessário fazendo tarefas de casa quando Letícia estiver aqui, porque essa pode ser a última noite das duas.

O pensamento embrulha o estômago de Ana enquanto ela reflete sobre a melhor forma de contar sobre a mudança para a namorada. Ela precisa contar hoje. Tem que ser hoje. Adiar a notícia só faria com que Ana se tornasse uma pessoa tão ruim quanto o pai.

Mas a ideia de que se mudar de Lagoa Pequena pode significar terminar com Letícia faz com que ela sinta um fio de eletricidade descendo por sua espinha e congelando seu corpo. Não precisa ser assim, né? Não precisa ser o fim. Elas podem dar um jeito, não podem?

As perguntas sobre o futuro dançam dentro da cabeça de Ana, sapateando em cima de cada vestígio de otimismo que a garota ainda tem, e, quando ela ouve as três batidas na porta às seis e vinte e três da tarde, se dá conta de que nem teve tempo de se preocupar em ficar bonita para Letícia. Ela amarra o cabelo castanho que não viu nem sinal de um pente ao longo do dia inteiro e corre para atender a porta. Antes, dispara um olhar fuzilante na direção do pai. Um olhar que diz: "Não abra a boca sobre a mudança, deixe que eu falo sobre isso. Não faça nenhum comentário sobre o corpo da Letícia. Na verdade, não faça nenhum comentário no geral. Fique completamente quieto. Se não for pedir demais, se tranque no seu quarto e eu passo minipizzas por baixo da porta, porque eu posso estar furiosa com você, mas não quero que passe fome". Mas Celso não é capaz de desvendar garotas de dezessete anos e tudo o que ele entende do olhar de Ana é "Grrrrrrrr eu te odeio!!!!!!!".

— Oi! Deixei a bicicleta acorrentada na varanda, tá? — Letícia diz assim que Ana abre a porta.

Ana apenas sorri feito uma idiota e não responde de imediato. Ela absorve tudo o que está vendo. Letícia veio pedalando e o caminho de sua casa até aqui deve dar pelo menos meia hora de bicicleta. Sua testa está levemente suada, mas ela não apresenta nenhum sinal de exaustão. Ana pensa que se fosse ela quem tivesse pedalado pelos últimos trinta minutos, estaria com as pernas bambas, encharcada de suor e implorando por um copo de água. Mas Letícia não é assim.

Seu corpo é curto, com quadris largos e braços grandes levemente torneados por causa do vôlei. Sua pele, que normalmente é marrom-clara, está mais bronzeada e dourada porque Letícia passou o Natal na casa de praia dos avós. O cabelo preto e alisado da menina está preso em um rabo de cavalo, escondido embaixo do capacete que ela ainda usa.

Letícia estranha o silêncio constrangedor de Ana e começa a procurar seu motivo.

—Ah, o capacete — Letícia se lembra do equipamento.

Quando a garota aproveita e solta o cabelo, Ana se pergunta se é só ela que está enxergando tudo em câmera lenta. Como pode uma garota tão linda estar aqui, parada na sua frente? Como pode essa garota ter sido sua namorada pelos últimos seis meses? Ana se sente uma menina de sorte.

Até se lembrar do motivo que fez com que chamasse Letícia às pressas.

— Olá, Letícia, boa noite! Pode entrar — Celso se pronuncia, já que Ana continua quieta com a mesma cara de boba.

— Sim, sim, entra. Fica à vontade — Ana completa.

Tudo é constrangedor demais.

Celso e Letícia já se viram algumas vezes. A garota está sempre por aqui em passagens rápidas para buscar algum CD com a filha ou qualquer coisa do tipo, mas ele se comporta de um jeito estranho, engessado. Como se estivesse se esforçando demais para ganhar pontos com Ana em um jogo que não sabe jogar.

— Minha mãe mandou isso aqui — Letícia diz, tirando a mochila das costas e pegando uma garrafa de vinho branco.

— Nossa, não precisava — Celso diz. — Mas muito obrigado.

— Não foi nada. Ela ganhou na cesta de fim de ano do trabalho e ninguém lá em casa bebe, tirando meu irmão, mas minha mãe não sabe que ele bebe. Ou sabe e finge que não sabe. Daí ela ia jogar no lixo, mas viu na prateleira do mercado que custa pelo menos uns quarenta reais e ficou com pena de jogar fora. Meu pai sugeriu que eles fizessem uma rifa da garrafa de vinho e minha mãe achou um absurdo

80 **VITOR MARTINS**

porque as pessoas poderiam achar que estamos à beira da miséria se vissem a gente rifando uma garrafa de vinho de quarenta reais, daí ela só me entregou a garrafa e falou "leva isso embora porque seu tio vem aqui amanhã".

Ana e Celso encaram Letícia com um sorriso amarelo.

— Meu tio é alcoólatra.

Mais silêncio.

— Comprei minipizza pra gente jantar — Ana diz.

— Ótimo — Letícia e Celso respondem ao mesmo tempo, aliviados por não terem que continuar falando sobre o tio alcoólatra.

— Lê, quer deixar a mochila lá no quarto? — Ana diz de forma nem um pouco sutil, puxando Letícia pelo braço.

— Vou abrir isso aqui — Celso diz, balançando a garrafa no ar, sentindo que também deveria anunciar o que estava prestes a fazer.

Será que essa seria tipo uma festa do pijama? Ele teria que participar? Questões.

Assim que as duas entram no quarto, Ana fecha a porta e abraça Letícia com toda a força que tem.

— O que acabou de acontecer? — Ana pergunta, rindo.

— Sei lá, não consegui parar de falar. Estou nervosa, acho. É como se eu estivesse sendo apresentada para o meu sogro pela primeira vez e precisasse muito ser uma pessoa agradável — Letícia responde sem graça.

— Falando sobre seu tio alcoólatra — Ana aponta.

As duas voltam a rir.

— Por que você me chamou aqui? Pensei que, bom, que você tinha falado com ele...

— Sobre você?

— Sobre *a gente*.

Ana sente seu coração afundar. Porque Letícia acredita que está aqui para ser apresentada como sua namorada para o sogro e não faz ideia de que a realidade é bem diferente. Será que a hora de Ana falar é agora? Dizer "eu vou embora, mas isso não quer dizer que nós temos que terminar, né?" e aguardar a reação de Letícia? Ela sente a palma de sua mão suar. Melhor esperar mais um pouco. Depois das minipizzas pode ser melhor. Contar antes pode estragar o sabor da comida. Imagina que horrível uma minipizza com gosto de despedida?

— Não foi por isso! — Ana diz, como se Letícia tivesse acabado de sugerir a coisa mais absurda do mundo.

— Não *ainda* — Letícia completa, esperançosa.

— Só te chamei aqui porque estava com saudades e não ia aguentar esperar até o início das aulas pra te ver. — Ana muda de assunto, sentindo o peso da mentira afundar seu coração mais um pouco. — O que você falou pra sua mãe, aliás?

— Falei que você tinha organizado uma festa de aniversário surpresa pra Camila e eu precisava vir.

— Quem é Camila?

— Uma garota que eu inventei. Não é como se a minha mãe conhecesse as pessoas que andam comigo. Ela está sempre preocupada demais tentando descobrir onde meu irmão está e revirando as coisas dele pra tentar achar drogas ou qualquer coisa digna de um escândalo — Letícia responde com naturalidade.

Ana respira aliviada por ser filha única porque, levando em conta todas as vezes em que Letícia fala do próprio irmão, ela acredita que a experiência deve ser traumatizante.

— Vamos pra cozinha! Vou preparar nossa janta — Ana diz, se sentindo muito adulta e cem por cento no controle da situação.

Mas quando ela dá um passo para abrir a porta do quarto, Letícia entra na frente e coloca o dedo indicador na frente da boca da namorada para pedir silêncio.

— Um beijinho — Letícia pede com um sussurro.

— Meu pai está logo ali — Ana sussurra de volta, apontando em direção à porta.

— Só unzinho, vai? — Letícia implora fazendo um biquinho ao qual não sei se Ana será capaz de resistir.

Eu não resistiria. E eu sou uma *casa*.

— Tá bom, vai — Ana se dá por vencida e as duas se beijam.

É um beijo rápido que termina com um som estalado mais alto do que elas previam, o que faz com que as duas comecem a rir alto enquanto caminham para a cozinha e encontram Celso ainda batalhando contra a rolha da garrafa de vinho.

— Deixa que eu abro — Letícia diz, pegando a garrafa gentilmente das mãos de Celso e arrancando a rolha com os próprios dentes.

Ana e Celso observam a cena com um misto de choque e admiração.

— Devem ser os genes do alcoolismo, sei lá — Letícia brinca, perguntando-se quando é a hora de parar com os comentários a respeito do histórico complicado da sua família.

Celso serve apenas uma taça de vinho antes de se retirar para a sala, e as duas garotas fingem que nunca beberam na vida. Hoje é noite de suco de goiaba para elas.

Preparar as minipizzas ao lado de Letícia não é tão cinematográfico quanto Ana imaginava, mas acaba sendo romântico mesmo assim. O toque de Letícia se demora um pouco mais do que o necessário quando ela se estica para pegar o molho de tomate ou o ralador de queijo. Letícia conta sobre suas lembranças de infância, quando sua avó deixava que ela a ajudasse na cozinha picando os legumes com uma faca de ponta arredondada e cabo amarelo que só ela usava. Ana ouve tudo com um sorriso no rosto, porque essas histórias de família grande são diferentes demais de tudo o que ela já viveu. É como ouvir alguém contar sobre uma viagem incrível para um lugar que ela não conhece. Mas de um jeito bom, o que é meio raro. A maioria das pessoas que conta histórias das próprias viagens nunca sabe a hora de parar (geralmente é alguns minutos antes da sequência de mais de cinquenta fotos de prédios antigos e fachadas de museus).

Enquanto as minipizzas assam no forno antigo e enferrujado e o cheiro de queijo derretido toma conta da casa inteira, Ana se pergunta quanto tempo o sorriso da namorada vai durar. Letícia com certeza vai ficar devastada com a notícia.

Mas e se não ficar? Esse pensamento ocorre a Ana. A possibilidade da sua mudança ser um alívio na vida da namorada. E agora ela tem mais uma possibilidade ruim para analisar durante o jantar. Até agora a contagem total é de dezenove.

Dezenove possibilidades ruins.

Não há uma mesa de jantar propriamente dita aqui, porque o móvel parece um cemitério de computadores no momento, então Ana organiza tudo na mesinha de centro na sala. Como se este fosse o jantar mais importante da sua vida, ela coloca guardanapos para todos, copos com suco para ela e a namorada e as minipizzas quentinhas organizadas em um tabuleiro de vidro.

Os três se sentam no chão em volta da mesinha e Letícia domina a conversa. Em parte porque ela gosta muito de falar, mas também porque Ana não sabe como conversar com sua namorada na frente do pai e Celso não sabe como se comportar na frente de duas adolescentes, mesmo que uma delas seja a própria filha. E, claro, tem toda a coisa da briga que os dois tiveram mais cedo, então o clima ainda está esquisito.

Mas Letícia não percebe nada.

— Tenho um primo — ela começa, entre uma mordida e outra — que sempre viaja pro Rio. Trabalha revendendo pote de plástico, sei lá. Mas ele disse que lá eles colocam *ketchup na pizza*. Dá pra imaginar como isso é nojento? E não é pouquinho. Meu primo disse que é na pizza inteira, como se fosse massa corrida em uma parede. Palavras dele, claro. Mas não duvido. O Rio de Janeiro é uma terra sem lei.

A menção à sua futura cidade faz Ana engolir em seco e sentir a comida arranhar a garganta. Celso pega a taça de vinho e dá uma golada completamente desproporcional à capacidade de armazenamento da sua boca. O rosto de Ana queima e ela esfrega um guardanapo nos lábios compulsivamente, tentando limpar uma sujeira que não está ali.

Letícia continua sem perceber nada.

— Deixa que eu arrumo tudo hoje, filha — Celso diz quando terminam de comer. — As pizzinhas estavam uma delícia.

Ana quase sorri com a sonoridade da palavra *pizzinhas*. Quase.

— Eu ajudo! — Letícia se prontifica.

— Sem essa, você é visita. As duas estão liberadas pra fazer coisas de festa do pijama — Celso rebate, sem a menor ideia do que são "coisas de festa do pijama".

As garotas não precisam ouvir duas vezes para desaparecerem. Uma de cada vez, elas tomam banho, enrolam o cabelo na toalha e vestem os pijamas. O de Ana é o dobro do seu tamanho, azul-marinho e cheio de estrelas. O de Letícia, um short branco e uma regata cor-de-rosa com uma estampa de coruja.

SE A CASA 8 FALASSE 85

— Desculpa pela coruja. É horrível. Os olhos são assustadores. Minha tia que me deu. Ela tem uma amiga que vende pijamas, daí comprou pra ajudar porque a loja foi assaltada ou caiu uma árvore no telhado, sei lá. Não lembro. Só sei que minha tia deu pijama pra todo mundo no Natal. Até pras crianças. Foi desumano.

Ana ri, pensando em como qualquer história da namorada nunca vem sem um contexto engraçado. Ela se pergunta o que Letícia viu nela, porque Ana é a garota mais sem contextos engraçados da cidade. A história de seu pijama é "vi na loja e comprei".

— É fofa. A coruja. — É tudo que Ana consegue elaborar sobre o assunto enquanto tenta lidar com o nervosismo e o gosto amargo que ele deixa em sua boca. — O que a gente faz em uma festa do pijama? Essa é a minha primeira.

— Também não sou muito experiente nisso. Mas acho que as pessoas, sei lá, pintam as unhas?

Ana faz uma careta de reprovação e, inconscientemente, esconde as mãos embaixo de um travesseiro para que Letícia não repare no tamanho de suas cutículas. Letícia não repara. Ela mal sabe o que são cutículas.

— A gente pode ouvir música — Ana sugere, apontando com o queixo para sua estante de CDs e acreditando que, assim como a música acalma seus pensamentos confusos antes de dormir, ela também pode ajudar a lidar com essa situação.

— Por que você não contou que tinha comprado o *Millennium*?! — Letícia quase grita, então pega o álbum dos Backstreet Boys e o balança no ar.

A personalidade de Letícia é um universo de coisas diferentes. Ela gosta de esportes, heavy metal, animais fofinhos, filmes de terror, gibis de heróis, batom vermelho, peças de carro e boybands. Ana não sabe como será capaz de deixar esse universo inteiro para trás.

— Ganhei de Natal do meu pai. Mas nem ouvi direito — Ana responde sobre o CD, tentando ao máximo parecer descolada.

— Um presente *muito melhor* do que pijamas de coruja! Você tem tanta sorte de ter um pai legal! — Letícia comenta.

— Você acha, é? — Ana responde, com um sorriso amarelo que mistura vergonha e raiva.

— Vamos ouvir! — Letícia pede com empolgação enquanto tira o disco da caixinha de plástico e gira pelo quarto procurando um aparelho de som.

— Não tem aparelho no quarto, só escuto música no Discman — Ana justifica.

— Não precisa me humilhar com seus aparelhos do futuro, viu? — Letícia brinca. — A gente pode dividir os fones então. Só vai ser meio ruim pra dançar juntas.

— A gente pode ouvir só as tristes — Ana diz.

— Ah, claro. Exatamente como eu imaginava uma festa do pijama.

As duas tiram as toalhas da cabeça e, com os cabelos ainda molhados, se aninham na cama de Ana, dividindo os fones de ouvido. Ana aperta o play no aparelho e pula direto para a segunda faixa, a única que ela gosta de verdade.

— Você sabe sobre o que eles estão cantando? — Letícia pergunta. — Meu inglês é péssimo, daí sempre que ouço música de fora eu meio que invento um significado pra elas.

— Meu inglês também não é lá essas coisas — Ana responde. — Mas acho que é uma música sobre amor não correspondido. Porque ele diz, tipo, "você é o meu fogo", mas depois pergunta se ele *também* é o fogo dela. Acho que ele só quer ser amado de volta, sei lá.

— Ser amada de volta é muito bom — Letícia diz, puxando a cabeça de Ana para mais perto de seu peito e dando um beijo rápido na testa da namorada.

Ana quase entra em combustão imediata. Ela e Letícia já experimentaram níveis de intimidade bem mais intensos, mas nunca como esta noite. Ela tem medo de seu pai abrir a porta de surpresa a qualquer momento, é claro, mas não se importa o suficiente para se afastar. Ela tem medo do que ele pode pensar ou escutar lá de fora, mas também não liga. Ela só quer aproveitar o agora e, se der algum problema, a Ana do futuro que resolva.

— Acho esse aqui bonitinho — Letícia comenta, apontando para o único homem de óculos escuros na capa do CD.

— Eu acho esse o menos bonitinho. Ele é esquisito — Ana rebate.

— Eu gosto de esquisito. Não é à toa que namoro você. — Letícia ri. — Mas sério, sei lá, acho que essa trilha sonora pede uma conversa séria. A gente pode conversar sério rapidinho?

Ana congela.

— Claro — ela sussurra.

— Acho que eu gosto tanto de garotos quanto de garotas. Num geral, sei lá. Não é nada pra você se preocupar, porque agora eu gosto de você. É só que quando eu era muito mais nova, achava que gostava só de garotos, daí comecei a olhar as garotas e pensei "tá bom, sou lésbica", mas ao mesmo tempo não é como se eu tivesse deixado de gostar de garotos, entende? Acho que sou bissexual.

— Por que você está falando disso agora? — Ana pergunta, ainda tensa.

— Sei lá, tenho pensado muito nisso. Acho que faz parte de quem eu sou, sabe? E quero que você me conheça por inteiro.

— Acho que gosto só de garotas. E do *corte de cabelo* desse aqui — ela diz, apontando para o Backstreet Boy loiro de cabelo repartido no meio.

— Obrigado por me escolher para ser a garota que você gosta. Mesmo eu não tendo o cabelo assim — Letícia brinca, com a voz cheia de ternura.

Enquanto a música toca, ela se inclina lentamente para beijar Ana.

Durante o beijo, os fones de ouvido caem e se embolam no meio do lençol. O Discman toca sozinho, sem ninguém para escutar, e Ana sente a culpa embrulhar seu estômago, porque o beijo de Letícia é tão bom e quente e carinhoso. Ela não merece esses beijos.

— Lê — Ana diz, assim que consegue se desvencilhar da boca de Letícia. — A gente pode falar de coisas sérias só por mais um minuto?

— A gente pode intercalar — Letícia diz, roubando um beijo rápido de Ana e enterrando o rosto no pescoço da namorada. — Um minuto de beijo e outro minuto de coisa séria.

Ana sente seu corpo arrepiar ao ser beijada no pescoço, e precisa se sentar de pernas cruzadas na cama para reorganizar as ideias.

— Sério agora — Ana diz. — Preciso te contar uma coisa.

Letícia parece perceber pelo tom de voz de Ana que o minuto do beijo terminou, e também se senta de pernas cruzadas. Uma de frente para a outra, de mãos dadas, elas arrumam a postura ao mesmo tempo, como se estivessem se preparando para um momento importante ou uma partida de adoleta.

— Hoje descobri... — Ana começa.

Que vou ter que te abandonar?

Que não sei o que vai acontecer com a gente?

Que o fim está próximo?

Que te amo mais do que eu achava que amava porque você foi a primeira coisa que veio na minha mente quando meu pai disse que a gente vai se mudar e é difícil imaginar uma vida na qual eu não posso te ligar e saber que você vai aparecer aqui em meia hora com a sua bicicleta e o capacete que parece pequeno demais para a sua cabeça, mas ainda assim te deixa extremamente adorável?

Ana ensaiou as melhores palavras durante a tarde inteira, mas agora não consegue colocar nada para fora.

— ... Que vou me mudar de cidade. Meu pai arrumou um emprego no Rio e a gente vai embora em duas semanas — ela finalmente diz, da maneira mais dura possível.

Letícia fica em silêncio, mas não solta as mãos de Ana.

Ana acha que isso é um bom sinal.

Mais silêncio.

Muito silêncio.

O silêncio definitivamente não é um bom sinal.

— Diz alguma coisa — Ana implora.

— Calma, eu tô processando — Letícia responde, séria.

Ana não se lembra da última vez em que Letícia não terminou uma frase com um sorriso. Péssimo sinal.

— Essa noite é uma despedida, então? — Letícia pergunta.

— Não, ainda temos duas semanas. Sei que é pouco tempo, mas, ainda assim, não quero me despedir. Não agora. Não se você não quiser.

— A gente está usando "despedir" pra não falar "terminar", né? — Letícia aponta o óbvio.

— Não sei. A gente pode resolver isso juntas. A gente precisa resolver isso *juntas* — Ana pede, apertando as mãos de Letícia com mais força na última palavra.

Letícia solta as mãos de Ana, se levanta, caminha pelo quarto e observa todo o cômodo como se quisesse memorizar onde cada coisa está. Ela pega um elástico na cômoda de Ana e o usa para prender o cabelo em um coque, tudo com muita calma. Ana continua sentada na mesma posição, como se esperasse que o ritual de prender o cabelo oferecesse a Letícia todas as respostas de que as duas precisam.

— Preciso de um tempo pra pensar. — É tudo o que sai da boca dela.

— Eu te amo — Ana diz, mas as palavras parecem vazias. Como um prêmio de consolação. Estou indo embora, mas toma aqui o meu "te amo" para você guardar de lembrança.

— Quando você ficou toda séria dizendo que descobriu uma coisa — Letícia comenta, apagando a luz e voltando para a cama. — Achei que você fosse me contar que era uma vampira. Juro.

Ana não consegue evitar soltar uma risada. Letícia também sorri, satisfeita porque seu artifício de usar humor para aliviar situações tensas funcionou mais uma vez.

— Se eu fosse uma vampira, eu fugia com você pra longe daqui. Porque eu seria rica, provavelmente. E a gente teria a vida toda pela frente.

— Para de falar como se você fosse morrer daqui a duas semanas, Ana — Letícia diz.

De certa forma, uma parte de mim vai, Ana pensa.

Letícia puxa o lençol e cobre as duas, se perguntando se Celso não achou estranho as duas dormirem na mesma cama, sem nenhum colchão extra no quarto.

A verdade é que ele nem percebeu.

— Vamos dormir, Ana. Amanhã a gente pensa nisso.

— Posso te abraçar? — Ana pergunta.

— Sempre — Letícia responde.

E as duas ficam abraçadas, iluminadas pela luz fraca da lua que se esforça para atravessar as nuvens e alcançar o quarto escuro. Ana espera por outro beijo na testa, mas o beijo não vem. Elas fecham os olhos, mas nenhuma das duas dorme.

O Discman esquecido caiu entre uma almofada e a mesinha de cabeceira, e o CD continua girando. Neste momento, os Backstreet Boys cantam a faixa sete. "Não quero te perder agora. Baby, eu sei que podemos conseguir." Seria a trilha sonora perfeita para dar um toque de otimismo a esta noite desastrosa.

Pena que nenhuma das duas está ouvindo.

GREG

19 DE JANEIRO DE **2010**

GREGÓRIO TEM QUASE CERTEZA de que seria expulso pela própria tia se ela descobrisse o que ele fez na noite passada.

Na breve conversa que tiveram durante o jantar, o menino descobriu que ela odeia muito mais coisas além de filmes com o Matt Damon. Ela odeia programas de auditório de domingo, restaurantes que não oferecem água da torneira de graça para os clientes, pessoas que não são corajosas o bastante para beber água da torneira, galãs de Hollywood que só são considerados galãs porque são brancos, músicas que já começam pelo refrão, capinhas de crochê para a tampa da privada, vitamina de abacate e filmes pirateados.

Ela não diz nada disso em um pensamento linear que faça sentido. Catarina apenas se incomoda com o silêncio do sobrinho, diz "sabe uma coisa que eu odeio?" e, sem esperar por uma resposta, cita algo extremamente específico. Ela acredita que encontrar um ódio em comum pode unir duas pessoas para sempre. Em partes, Catarina não está errada.

Mas enquanto toma café na manhã seguinte com a tia, Gregório sente o volume do pen-drive em seu bolso e morre de medo do que poderia acontecer se ela descobrisse a verdade.

SE A CASA 8 FALASSE 93

Não vou fazer suspense. Gregório baixou um filme na noite passada. O filme do Scooby-Doo que Tiago queria assistir. O download levou quase quatro horas porque a internet daqui é lenta e instável, e já passava da meia-noite quando Greg se enrolou nos lençóis na cama de hóspedes e assistiu ao filme antes de dormir.

Ele não quer apenas entregar um pen-drive com o filme para Tiago. Ele quer *conversar a respeito do filme*. Falar da fotografia, do roteiro, da trama, dos mistérios, ou seja lá o que fãs de filmes do Scooby-Doo gostam de conversar a respeito. Greg está disposto a descobrir. Ele quer conhecer Tiago a fundo, para que no futuro possam rir juntos sobre quando Gregório fingiu gostar de um filme com um cachorro falante para se aproximar de um garoto bonitinho.

— Hoje você vai passar o dia fora também? — Greg pergunta, servindo-se de uma fatia de bolo de fubá que não parece muito fresco, mas ainda assim está cheiroso.

— Vou. Tenho que aproveitar enquanto você está aqui pra cuidar da locadora. Arrumar alguns trabalhos — Catarina diz, sem tirar os olhos de uma revista de casas de gente rica em suas mãos.

— E o que você… faz… exatamente? — Greg pergunta.

Ele tem medo da resposta. A tia parece misteriosa e pouco disposta a se abrir sobre sua vida pessoal (tirando, é claro, a lista de coisas que ela odeia).

— Faço de tudo, Gregório — ela responde. — Ontem pintei uma parede e troquei um chuveiro. Tem dias que dou banho em cachorro, em outros faço compras pra uma senhorinha que mora no fim da rua. Também sei costurar, então às vezes prego uns botões e fecho umas calças rasgadas no meio das pernas. Resolvo problemas pra todo mundo aqui no bairro. Sou uma amiga da vizinhança.

— Tipo o Homem-Aranha — Greg comenta.

— Não sei, eu odeio filme de herói — Catarina rebate.

Greg não diz mais nada porque está assustado. Catarina não diz mais nada porque está atrasada.

Tiago também está atrasado. A manhã de terça-feira passa se arrastando e Gregório encara o relógio no canto da tela do computador enquanto espera pelo almoço. Já é quase uma da tarde e ele está faminto. Greg poderia dizer que o frio na barriga é só vontade de ver o menino emo bonitinho mais uma vez, mas, no fundo, ele sabe que boa parte dessa sensação é fome mesmo.

Ele pensa em mandar mais um e-mail para Sofia Karen (seria o terceiro só nesta manhã; um deles foi uma mensagem longa e desnecessariamente detalhada sobre o comportamento de Keanu, o cachorro, concluindo com a ideia de adotar um cachorro assim que retornasse para São Paulo), mas quando do Greg está prestes a clicar no botão de "nova mensagem", Keanu late. Tiago chega. Com comida, graças a Deus.

— Desculpa o atraso — Tiago diz, provavelmente percebendo o olhar de desespero em Gregório, como se ele pudesse literalmente comer o DVD de *A Casa das Coelhinhas* que está apoiado no balcão porque uma cliente devolveu naquela manhã e Greg não guardou porque não sabia se colocava na prateleira de comédia, lançamentos ou clássicos instantâneos.

Não existe uma prateleira de clássicos instantâneos na Catavento Vídeos, mas Greg estava pensando em implementar. Ele também mandou um e-mail para Sofia Karen sobre isso. Até o momento, nenhuma resposta.

— Sem problemas, nem vi o tempo passar — Greg mente, sem conseguir desviar o olhar da marmita nas mãos de Tiago.

Em um acordo silencioso, Tiago acena com a cabeça, liberando Gregório para ir ao banheiro, lavar as mãos e buscar os talheres. Greg gosta de acordos silenciosos.

Ele devora o prato de arroz, frango desfiado e legumes, e só depois da décima garfada é que para e observa Tiago brincar com Keanu jogando uma bola de plástico mastigada de um lado para o outro. Ele está exatamente como ontem: a mesma calça preta, o mesmo All Star surrado e uma camiseta de banda. Não é a mesma, o que é um bom sinal. A banda de hoje Greg não conhece, e o nome é longo demais para que ele leia sem parecer que está encarando o garoto que corre de um lado a outro entre as estantes da locadora com Keanu. Ver Tiago entreter o cachorro é outra coisa fácil de se acostumar a fazer.

— Atrasei porque deixei pra entregar a comida aqui por último. Assim tenho o resto da tarde livre — Tiago comenta, deixando óbvio que quer passar a tarde aqui.

— Por que você entrega comida? — Greg pergunta, sem tato algum. E sem perceber o desejo nos olhos de Tiago toda vez que os dois se encaram.

Quer dizer, é bem evidente mesmo.

Até eu percebi.

E eu sou uma casa.

E uma locadora.

— O restaurante no fim da rua é da minha mãe. Nas férias eu faço as entregas mais próximas pra ajudar. Sou a mão de obra barata lá de casa — Tiago brinca. — Sua tia não explicou?

— Ela não me explicou nada — Greg responde. — Às vezes acho que ela não gosta muito de mim.

— Impossível — Tiago diz, jogando a bolinha para Keanu mais uma vez. — A Catarina se dá bem com todo mundo. Não tem ninguém nessa cidade que não goste dela.

Greg tenta disfarçar uma careta porque essa não foi a tia Catarina que ele encontrou quando chegou aqui. Além do mais, ele acha bem corajoso presumir que *uma cidade inteira* gosta de uma mesma pessoa.

— Tenho uma coisa pra você — ele diz, mudando de assunto e deixando os pensamentos sobre sua tia para mais tarde.

— Hm — Tiago responde, sem saber o que esperar.

Greg enfia a mão no bolso e puxa o pen-drive para fora.

— Não conta pra minha tia — ele pede, colocando o pen-drive na mesa.

— Britto Beleza — Tiago lê.

O rosto de Greg fica vermelho de vergonha.

— É a clínica do meu pai — Greg responde, apontando para a marca impressa no pen-drive. — Ele deu isso aí de brinde pros clientes no fim do ano passado. O que é meio idiota, já que ele só tem clientes podres de ricos. Gente podre de rica não precisa de pen-drive.

— E você está me dando um pen-drive porque... — Tiago está muito confuso, coitado.

— Não! O pen-drive você me devolve depois. Na real, nem precisa. Tem um monte desses lá em casa. O que importa é o que está *dentro* do pen-drive.

Tiago segura a risada enquanto arruma a franja do jeito mais adorável possível, porque podem existir um milhão de coisas diferentes dentro de um pen-drive. Dependendo do tamanho dele, no caso. Não entendo muito de pen-drives.

SE A CASA 8 FALASSE 97

— É um filme — Greg finalmente diz. — Aquele que você queria. Do Scooby-Doo. Baixei pra você. Minha tia não pode saber. Ela parece ser totalmente contra a tecnologia.

— Às vezes ela só é contra filmes piratas porque isso literalmente acaba com o negócio dela? — Tiago pondera.

— Hm.

— Pois é.

— Mas você quer mesmo assim? — Greg insiste, empurrando o pequeno objeto em direção a Tiago. Ele se sente tão estúpido agora.

— Claro. Não vou contar pra ninguém. Vai ser nosso segredo — Tiago responde, com uma piscadinha. Greg se revira por dentro. — Mas não sei como vou assistir. Não tem computador lá em casa.

Greg tenta esconder o choque de encontrar alguém que não tem computador em casa.

— A gente pode ver aqui — ele sugere. — Se você quiser.

— Bom, não tenho mais nada pra fazer — Tiago responde. — Então quero, sim.

Greg não sabe como reagir a essa resposta. Porque no fundo ele se sente magoado por ser o "não tenho mais nada pra fazer" de Tiago. Da mesma forma que se sentiu magoado quando tia Catarina disse que "odiava filme de herói" mais cedo. Gregório se magoa por qualquer bobagem.

— Posso só ir ao banheiro antes? — Tiago pergunta.

Greg assente, mesmo sem saber qual é a política da locadora para clientes que querem usar o banheiro da casa. Ele aproveita os minutos de privacidade para enviar mais um e-mail para Sofia Karen, na esperança de que ela responda imediatamente.

Terça-feira, 19 de janeiro de 2010. 14h02
De: geodude1993@email.com
Para: skaren@brittobeleza.com.br
Assunto: URGENTE

Vou ver filme com o emo bonitinho.

SCOOBY-DOO!

Vc acha romântico beijar pela primeira vez vendo esse filme? Acha que vale tentar?

RESPONDA EM 1 MINUTO NO MÁXIMO!!!!!!!

Sofia Karen não responde.

Tiago volta do banheiro.

Keanu late de empolgação ao rever Tiago.

Mentalmente, Greg também late de empolgação.

— Passa pra cá — ele diz, chamando Tiago para trás do balcão da locadora.

O espaço é apertado e não tem lugar para os dois se sentarem. Depois de pelo menos uns dois minutos de vai e vem, cotoveladas e trocas de posição, os dois se apoiam no balcão a milímetros de distância um do outro e observam atentamente a tela pequena do computador, que exibe o filme sobre cachorros e mistérios.

Tiago ri de verdade em várias cenas. Ele de fato solta gargalhadas muito altas. Greg tenta rir junto para não entregar o fato de que passou a madrugada assistindo ao filme e que ver de novo, depois de tão pouco tempo, só deixa os furos do roteiro ainda mais evidentes. Mas ele não fala isso em voz alta porque acredita que uma atitude dessas acabaria com suas chances de beijar Tiago.

Tiago não tem cara de quem beijaria um garoto que não gosta de Scooby-Doo.

Na cabeça de Greg, o final do filme seria o momento ideal para passar seu braço por cima dos ombros ossudos de Tiago, se aproximar e beijá-lo lentamente. O sol da tarde entra pela porta da locadora e cria um clima perfeito.

Mas isso não acontece.

Quando os créditos começam a subir, uma cliente chega para devolver dois filmes atrasados e implora para não ter que pagar multa. Greg libera a cliente da multa porque não quer parecer malvado na frente de Tiago. Em seguida, um cliente chega perguntando se eles vendem açaí (não vendem) e mais outro chega perguntando se eles têm *Nunca Fui Beijada*, o que é irônico, dada a situação de Gregório no momento.

Tiago parece ansioso para comentar sobre o filme que os dois acabaram de assistir, mas é como se o destino enviasse todos os moradores de Lagoa Pequena para a locadora, um por um. Uma movimentação atípica para uma terça-feira e que ocupa Gregório com devoluções, indicações e papo furado.

Greg está puto da vida. Dá para perceber no jeito como ele fecha os punhos. Tiago está perdido, sentindo que está atrapalhando. Dá para perceber no jeito como ele anda de um lado para o outro pegando filmes e fingindo ser apenas um cliente comum para que as outras pessoas não pensem que ele trabalha ali e comecem a fazer perguntas.

— Acho que vou nessa — Tiago diz, desenrolando o fone de ouvido que estava embolado em seu bolso.

— Tá bom — Greg responde. — Quer levar mesmo assim? — Ele arranca o pen-drive que estava espetado no computador e balança na direção do garoto.

— Isso não vai ter a menor utilidade pra mim — ele responde. — Mas vou querer mesmo assim.

— Cola no seu diário — Greg diz, sem pensar no que está falando.

— Pior que eu tenho mesmo um diário.

— Eu também — Greg mente, porque quer parecer uma pessoa interessante que possui um diário.

Silêncio esquisito.

Keanu late.

— A gente se vê amanhã, então? — Gregório pergunta.

— Amanhã eu tenho treino — Tiago diz. E, ao perceber a expressão confusa no rosto de Greg, ele completa. — De tênis.

— Você joga tênis? Uau.

Greg nunca conheceu ninguém que jogasse tênis.

— É divertido. E deixa o braço forte — Tiago diz, flexionando os bíceps.

Não dá para ver nada por baixo das duas camadas de tecido preto que cobrem o corpo de Tiago, mas Greg daria tudo para poder sentir se aqueles braços são mesmo fortes.

— Até mais — Tiago diz, e desaparece pela porta da garagem.

Greg fica lá, sem entender como é possível existir um garoto emo, de franja que cai no rosto, que não tem computador em casa, mantém um diário e joga tênis. É como se todas as características dele tivessem sido sorteadas aleatoriamente em um bingo de personalidade ou coisa do tipo.

Sofia Karen finalmente responde o e-mail. Gregório abre a página sem nenhuma empolgação.

Terça-feira, 19 de janeiro de 2010. 17h46
De: skaren@brittobeleza.com.br
Para: geodude1993@email.com
Assunto: Re: URGENTE

E se você tentasse conhecer esse garoto antes de ficar nesse desespero todo pra beijar?

Só o conselho de uma pessoa muito mais velha e totalmente experiente.

Mas se quando você estiver lendo essa mensagem você já tiver beijado: EBA!!! Me conta tudo depois.

Beijos,

S.K.

Greg escolhe ignorar a mensagem. Mesmo morrendo de vontade de perguntar de onde ela tirou isso de "s.k." do nada

20 DE JANEIRO DE 2010

É PATÉTICO COMO A CERTEZA de que Tiago não vai passar aqui hoje transforma Gregório em um zumbi, andando sem rumo pela locadora e olhando para o relógio o tempo inteiro enquanto espera sua tia chegar.

Não que isso vá mudar alguma coisa. A companhia de Catarina na casa é quase tão silenciosa quanto estar sozinho. Mas não hoje. Porque hoje Greg tem um *plano*. Ele vai seguir o conselho de sua amiga s.k. e conhecer Tiago melhor. E qual é a melhor forma de fazer isso do que perguntar coisas sobre ele para a tia?

(Existem literalmente milhares de formas melhores de fazer isso, mas Greg é inexperiente com essas coisas.)

Já é noite quando Catarina chega em casa de mais um dos seus dias trabalhando fora com sabe-se lá o que, mas hoje ela não parece exausta como nas noites anteriores. Ela não está com o cenho franzido e não reclama para as paredes sem nenhum motivo aparente. É a noite de sorte de Greg!

— Tia — Greg chama quando os dois estão descansando na sala.

Catarina está jogada no sofá velho e confortável enquanto rabisca uma série de anotações em uma caderneta. Greg está sentado em uma poltrona amarelada jogando *Pokémon*.

— Oi — Catarina responde, sem tirar os olhos do caderno.

— Sabe o Tiago? — Greg começa, sem tirar os olhos do jogo.

— Qual Tiago? O Tiago *Tiago*? — ela pergunta, como se os dois conhecessem pelo menos cinco Tiagos em comum.

— O que traz o almoço pra mim.

— Filho da Clélia. Sei. O que tem ele? — ela questiona, perdendo o interesse nas suas anotações e encarando o sobrinho, curiosa para saber onde essa conversa vai dar.

Greg não sabe onde essa conversa vai dar. Porque ele não se preparou para este interrogatório. Ele pensou que, quando perguntasse "sabe o Tiago?", sua tia começaria a falar informações aleatórias sobre o menino, saciando, assim, todas as curiosidades de Greg e o munindo com infinitos tópicos de conversa para a próxima vez que os dois se virem, quando Tiago não estiver jogando tênis ou tocando em uma banda ou resolvendo crimes com um cachorro ou qualquer outra coisa que ele faça em seu tempo livre.

— O que tem ele? — Catarina insiste, porque, no fundo, ela sente certo prazer em ver o sobrinho constrangido.

— Ele é legal, né? — Greg comenta, porque não sabe o que mais poderia dizer.

— Você está sendo bonzinho com ele, né? — a tia pergunta. Existe quase um tom de ameaça em sua voz.

— Sim, sim — Greg se explica. — A gente se dá bem.

Catarina abre um meio sorriso.

— Muito bem. Vi esse garoto crescer. Passou por muita coisa difícil, tadinho. Perdeu o pai cedo... — ela começa.

Greg fecha seu Nintendo DS e volta sua atenção totalmente para Catarina, porque parece que agora ela vai começar a falar mais.

— Coitadinho. Ano passado ele terminou com o namorado, né. Veio pedir conselho pra *mim*. Logo pra mim.

— E o que você disse? — Greg pergunta, tentando não dar muita atenção para o fato de que, na sua mente, a palavra "namorado" ecoa como uma sirene.

NAMORADO. NAMORADO. NAMORADO.

— Não entendo muito bem como isso funciona com relacionamentos gays, então mandei ele assistir *Constantine*. Ver o Keanu Reeves matando demônios sempre me inspira a matar os meus.

GAYS. GAYS. GAYS.

A cabeça de Gregório parece que vai explodir. Na sua casa, a palavra "gay" nunca é falada. Lá no fundo, Greg acredita que seus pais não vão ter problema algum em aceitar sua sexualidade. Eles são pessoas razoáveis. Mas, de alguma forma, mantêm certa distância. Seu pai comenta sobre os clientes "homossexuais", sua mãe fala sobre a "parada homossexual" que viu no jornal. Greg nunca viu problema nisso, em se sentir um estudo científico dentro da própria casa. Mas ouvir sua tia dizendo "gays" como quem diz qualquer palavra ordinária como "queijo", "porta" ou "limonada" faz com que ele sinta um conforto inédito.

Por um milésimo de segundo, Gregório se sente em casa.

Mas ele não sabe muito bem o que fazer com esse sentimento.

— Nunca assisti *Constantine*. — É tudo o que ele consegue falar.

— Pega lá na locadora. Vamos assistir agora — Catarina diz.

Não é um convite. É uma ordem.

Gregório obedece e, quando ele sai de vista, Catarina sorri.

Talvez porque ela esteja prestes a assistir um dos seus filmes favoritos mais uma vez. Ou então porque se deu conta de que o sobrinho não é uma pessoa horrível.

Não dá para saber.

Durante o filme, Greg busca o tempo inteiro por qualquer subtexto gay que possa ter feito sua tia escolher *Constantine* como forma de aconselhá-lo. Tirando todas as cenas em que Keanu Reeves mostra o abdômen casualmente, ele não encontra nada.

É um bom filme sobre um homem confuso viajando para o inferno e matando demônios. E uma ótima lição sobre os perigos do cigarro.

Mas nenhum subtexto gay. Apenas um filme baseado em um quadrinho (Greg evita comentar isso com a tia, que já deixou claro diversas vezes que *odeia* quadrinhos), cheio de ação e cenas intensas, visto em família depois de uma conversa emocionalmente complicada.

Talvez esse seja o subtexto gay.

21 DE JANEIRO DE 2010

TIAGO NÃO APARECE PARA entregar a comida.

No lugar dele chega outro homem, com um capacete e uma moto barulhenta. Ele deixa a marmita e vai embora, sem explicar o motivo do sumiço de Tiago.

Greg está preocupado, mas não sabe o que fazer. Ele poderia buscar pelo nome do restaurante da mãe de Tiago na internet, encontrar o número de telefone e ligar para saber se está tudo bem, mas Sofia Karen diz que vai parecer desespero demais vindo de um garoto que ele acabou de conhecer.

Ele se sente aliviado por não ter contado para ela sua ideia de usar Keanu Reeves como cão farejador para encontrar Tiago. Isso poderia soar mais desesperado ainda. E Keanu não tem cara de que é um bom farejador. Ele é bom em dormir, latir e correr atrás da bolinha de plástico nojenta e mastigada. Greg faz uma anotação em um pedaço de papel para não esquecer de comprar uma nova bolinha para Keanu quando tiver a oportunidade.

Tiago está bem. Só está tirando uma folga. Ou jogando tênis de novo. Vai ver ele passou para a próxima fase de algum campeonato de tênis! Na França! Tiago pode estar na França neste exato momento e Greg está aqui, na décima segunda menor cidade do estado de São Paulo, se preocupando à toa.

Greg torce para que ele traga um presente da França, mas sabe que é pouco provável. Quem traz presentes de viagem para um garoto que acabou de conhecer?

22 DE JANEIRO DE 2010

O GESSO NO BRAÇO de Tiago contrasta com sua roupa preta.

— Meu Deus do céu! O que aconteceu? — Greg pergunta assim que vê o garoto entrando pela porta da locadora com a marmita pendurada no braço quebrado.

— Quebrei o braço — Tiago responde o óbvio.

— Na França? — Gregório pergunta o absurdo.

Tiago ignora completamente a pergunta porque ela não faz sentido algum. Em vez disso, explica o ocorrido como qualquer pessoa normal faria.

— Quebrei jogando tênis.

Bom, como qualquer pessoa normal e *direta* faria.

— Mas você não é *bom* no tênis? — Greg questiona.

— Nunca falei isso!

Greg sorri. Ele sempre presume que todo mundo é bom em tudo. Menos ele. Greg não se acha bom em nada. Ele sabe que não é estúpido, mas nunca na vida se sentiu particularmente inteligente.

— Doeu? — Greg pergunta. Ele também quer perguntar o que tem na marmita hoje porque, como de costume, está morrendo de fome, mas acha que seria indelicado pedir comida antes de perguntar se doeu.

Ele não gostaria de ser indelicado com o emo bonitinho de braço recém-quebrado que ele quer *muito* beijar.

— Na hora eu não senti. Daí de repente doeu muito. Acho que desmaiei. Acordei na enfermaria sem dor nenhuma. No fim das contas, achei legal. O gesso ajuda a compor meu visual *bad boy*.

Greg ri, porque qualquer um que visse o jeito como Tiago brinca com Keanu Reeves diria que ele é qualquer coisa, *menos* um *bad boy*.

— O que tem de almoço hoje? — ele finalmente pergunta.

— Arroz, bife à milanesa e salada. A salada provavelmente está meio murcha por causa do calor e da minha demora entre uma entrega e outra. É horrível pilotar a bicicleta com esse troço no braço — Tiago diz, apontando para o gesso e colocando o almoço de Greg sobre o balcão.

— Obrigado por se sacrificar por mim — Greg comenta, de uma forma muito mais dramática do que a situação pede. Provavelmente ficou inspirado ao sentir o cheiro da comida.

Greg almoça sendo observado por Tiago e não acha isso nem um pouco esquisito.

— Tudo bem se eu ficar por aqui hoje de novo? — Tiago pergunta.

— Claro! — Greg responde com a boca cheia de salada murcha.

— A gente pode ver outro filme, sei lá — Tiago comenta, tentando coçar a nuca com o braço engessado. Acho que ele faz de propósito. É como se *soubesse* que fica ainda mais fofo quando está coçando a nuca.

Greg encara as estantes da locadora, passando o olho rapidamente por cada uma delas enquanto busca um filme que seja romântico na medida certa para terminar com o beijo que não aconteceu da última vez porque ninguém sente vontade de beijar na boca depois de assistir *Scooby-Doo*.

Mas, como se ela fosse um guia espiritual ou uma conselheira morta que aparece como um fantasma para sussurrar palavras de incentivo a um herói em dúvida, Greg pensa no e-mail de Sofia Karen e sugere algo melhor.

— E se a gente ficasse só conversando? Quero te *conhecer melhor* — ele diz com uma entonação levemente assustadora. — Se você quiser, claro. Se não quiser, a gente pode assistir *Jurassic Park 3* ou *Herbie: Meu Fusca Turbinado* — ele completa, sugerindo dois filmes nota 2 na escala "filmes que dão vontade de beijar na boca".

— Eu topo conversar. Na real, topo qualquer coisa pra não ter que assistir um filme sobre um carro com emoções — Tiago responde.

Eu, enquanto uma casa com emoções, fico um pouco ofendida.

— Começa você, vai — Greg diz, colocando o último pedaço de bife da marmita na boca e falando de boca cheia sem perceber. — Faz uma pergunta, sei lá.

— Você às vezes pensa em como o mundo é um lugar enorme e nós somos muito pequenos, e não importa o quanto a gente viva, uma vida normal nunca vai ser o bastante pra experimentar tudo o que há pra viver?

Gregório quase engasga.

— Meu Deus do céu, que tipo de pergunta é essa? Achei que você fosse perguntar minha cor favorita, minha profissão dos sonhos, qual animal eu seria, sei lá, esse tipo de coisa.

Tiago sorri, passa para trás do balcão e se apoia sobre o tampo de madeira, na mesma posição onde os dois estavam alguns dias atrás. Só que não tão colados porque Greg se afasta de leve. Ele não quer esbarrar no gesso de Tiago, já que não sabe se o braço dele ainda dói.

— Você pode responder isso, então.

— Laranja, desenvolvedor de *games* e leopardo. E você? — Greg devolve a pergunta, porque acha que é assim que conversas-para-se-conhecer-melhor funcionam.

— Amarelo, arquiteto e lontra — Tiago responde, sem parar um segundo que seja para pensar.

Gregório ri.

— Você é engraçado — diz.

— Por quê?

— Sei lá, você diz coisas que eu não espero.

— Você esperava o que? Preto, guitarrista e morcego? — Tiago diz, parecendo um pouco irritado.

— Não! — Greg quase grita, mas, no fundo, esperava preto, guitarrista e morcego, sim.

— Porque isso é o que todo mundo da escola esperaria de mim. Mas nem ligo. Gosto de parecer mais misterioso do que realmente sou. E agora, falando isso em voz alta, percebi como soa ridículo. — Ele ri.

Greg segura uma risada.

— Mas fica tranquilo — Tiago continua. — Não sou tipo um personagem de livro adolescente com um passado sombrio que vai te levar pra conhecer uma fábrica de brinquedos abandonada e colocar fogo em coisas por diversão durante um monólogo sobre como o amor é uma chama ou qualquer coisa dessas. Prometo.

— Obrigado por não me levar pra uma fábrica de brinquedos abandonada. Nunca estive em uma, mas acho que esse é o tipo de coisa que me deixaria com medo — Greg comenta, se aproximando de Tiago novamente.

Seu ombro quase toca o dele. Quase.

— Do que mais você tem medo? — Tiago pergunta.

— Voltamos para as perguntas difíceis, então? — Greg ri.

Tiago dá de ombros. Talvez ele seja o tipo de pessoa que só consegue se importar com uma conversa se ela envolver perguntas difíceis.

— Tá bom — Greg se dá por vencido. — Mas minha resposta é a mais sem graça de todas. Provavelmente a resposta que todo mundo dá. Tenho medo de ficar sozinho. Não de, tipo, *ficar* sozinho em um lugar ou qualquer coisa assim. Mas de chegar num ponto onde não tenho mais ninguém. De ser só eu por mim mesmo. Tenho medo de que, se um dia isso acontecer, não vou ser suficiente pra lidar comigo.

Quem diria que Gregório também era bom com respostas difíceis?

— Eu entendo — Tiago diz. — Isso também me dá medo. Geralmente finjo que odeio todo mundo porque não quero que as pessoas achem que preciso delas. Mas eu meio que preciso. Minha terapeuta diz que é meu mecanismo de defesa. Isso aqui — ele indica, apontando para sua roupa preta e para a franja que cobre o rosto.

— Uau, você tem uma terapeuta. Que chique — Greg comenta, porque não sabe o que dizer.

— Pra ser sincero, eu queria não precisar de uma — Tiago ri.

— Eu tenho uma assistente pessoal — Greg diz, mais uma vez sem saber como continuar a conversa. — Ela é a assistente do meu pai, mas a gente conversa o dia inteiro, eu conto tudo pra ela.

— Isso não é o que uma *amiga* faria? — Tiago provoca.

SE A CASA 8 FALASSE *111*

— Não tenho muito experiência com amizades — Greg responde.

— Sei como é. Também sou assim — Tiago comenta, passando os dedos sobre a franja mais uma vez.

— Até parece — Greg zomba. — Você me trouxe comida no primeiro dia! No *primeiro* dia! Isso é basicamente a fórmula secreta pra fazer amigos rápido.

Tiago ri.

— Entendi. Vou tentar entregar uma marmita pro próximo que me chamar de bicha e ver se dá certo também.

Talvez Greg esteja preparado para falar sobre *gays* com sua tia. Mas ainda não está pronto para a parte do *bicha*.

A locadora fica em silêncio. Keanu late porque esse cachorro às vezes funciona como um alarme de silêncios desconfortáveis.

— O que foi? — Tiago pergunta, levemente preocupado. — Espero que não seja um problema pra você. Sabe como é... O fato de eu ser uma bicha.

— Você não é *bicha*! — Greg interrompe, como se quisesse proteger Tiago dessa palavra a qualquer custo. A palavra que deixa um gosto amargo em sua boca.

— Greg, tá tudo bem. Eu sou, sim. Perdi o medo dessa palavra faz tempo. Acho que se eu me chamar de bicha antes de qualquer um, sobra muito pouco para as outras pessoas me ofenderem. Só mais um mecanismo de defesa.

— Aprendeu com a sua terapeuta também? — Greg pergunta.

— Não. Esse eu aprendi sozinho — Tiago abre um sorriso triste que Greg julga ser o sorriso triste mais bonito de todos os tempos.

— Também sou. Talvez não com essa coragem toda que você tem. Mas eu gosto de... você sabe... beijar garotos.

Ele deixa de fora a parte em que ele nunca beijou nenhum garoto. Tiago não precisa saber disso ainda. Existem coisas que as pessoas gostam sem precisar experimentar. Como qualquer álbum novo do *Panic! At the Disco* para Tiago, ou qualquer filme novo do Keanu Reeves para tia Catarina, ou qualquer petisco para Keanu Reeves (o cachorro). Para Greg, essa coisa é beijar garotos (ou qualquer jogo novo de *Pokémon*).

— Engraçado, né? Você gostar de beijar garotos e eu também. E nós dois aqui. Sozinhos em uma locadora. Com nenhuma chance de alguém aparecer porque é 2010 e ninguém aluga filmes quando se pode, sei lá, colocar uma coleção completa de *Scooby-Doo* em um pen-drive. — Tiago manda sinais.

— Depende do tamanho do pen-drive... — Greg foge dos sinais.

Mas Tiago é determinado. Sorrateiramente, ele levanta o braço engessado e passa por cima do ombro de Gregório. Sua testa está suando e sua pele coça embaixo do gesso, mas ele se esforça ao máximo para manter o olhar conquistador, cerrando de leve o cenho como se, através daquela franja, pudesse ver o coração de Greg. Ele deve ensaiar esse olhar na frente do espelho, porque não é possível.

Greg sente o peso do braço de Tiago sobre os ombros e, a esta altura, já sabe o que está prestes a acontecer. Ele está pronto. Pelo menos acredita estar. Sua mente repete "estou pronto, estou pronto, estou pronto" infinitamente, tentando sufocar a voz da autossabotagem que diz "minha boca está com gosto de bife à milanesa e salada murcha e não sei o quanto desse gosto é passado para a boca de outra pessoa durante um beijo".

SE A CASA 8 FALASSE *113*

Tiago se aproxima.

Greg sente que vai morrer a qualquer momento.

Tiago sorri.

Greg se sente vivo de repente. Será que vai ser assim toda vez? Essa sensação de morto-vivo antes de todos os beijos da sua vida? Greg torce para que não, porque os últimos seis segundos já foram exaustivos o bastante.

Keanu late. Mas, desta vez, não é para quebrar um silêncio constrangedor. O silêncio aqui é o som do nascimento improvável de uma paixão adolescente de cidade pequena que acredita poder vencer todos os obstáculos do mundo.

Seguido pelo som de Catarina entrando pela porta da locadora.

— Meu Deus, Tiago! O que houve com seu braço? — ela pergunta.

Tiago grunhe de frustração.

Gregório ri de raiva (e, talvez, alívio).

Keanu late outra vez.

BETO

22 DE ABRIL DE 2020

A VIDA ADULTA NA CIDADE grande deve ter mudado os hábitos de sono de Lara, porque quando Beto acorda às 9h33 da manhã, sua irmã já não está mais no quarto. Ele consegue ouvir o barulho na cozinha: a família preparando café e sua mãe falando sem parar. Voltar a ter mais um par de ouvidos disponível na casa tem suas vantagens.

O celular na mesa de cabeceira é o lembrete de que há uma mensagem de Nicolas esperando por uma resposta, e Beto precisa juntar toda a força possível para pegar o aparelho e começar a digitar.

Beto e Nico são amigos. Se dependesse de Beto, eles seriam *bem mais* que amigos. Mas o garoto ainda não sabe o que fazer com todos os sentimentos que tem dentro de si, porque, como tudo na vida de Beto, sua relação com Nicolas é complicada demais.

Tudo começou há uns três anos por causa do *TapTop*, um aplicativo de vídeos sobre todas as coisas que existem no mundo. Beto encontrou o perfil de Nico, que fazia vídeos sobre *Batalha no Gelo*, um reality show australiano de patinação artística cheio de coreografias de música pop e intrigas entre os participantes. Beto é *obcecado* por reality shows, patinação artística, música pop e intrigas.

Como um fã de verdade, ele acompanhava e comentava os vídeos de Nico, e os dois se aproximaram porque, bom, aparentemente ninguém mais assistia *Batalha no Gelo*. A série foi cancelada por conta da baixa audiência (e dos boatos de que um dos jurados tinha um caso com um dos participantes, o que favorecia o garoto na competição).

No dia do cancelamento da série, os dois começaram a conversar para valer, porque encontraram um no outro um amigo decepcionado pelo mesmo motivo e com as mesmas obsessões extremamente específicas. Depois disso, os dois nunca mais pararam de conversar.

Esqueça o esbarrão no corredor da escola, vizinhos com interesses em comum ou funcionários de cafeterias que puxam assunto com clientes. *Ninguém* se conhece desse jeito na vida real. Pessoas como Beto (tímidas, conectadas e nascidas em 2003) conhecem outras pessoas enquanto choram na internet por causa de série cancelada.

Existe um certo *clima* entre os dois, isso é inegável. Está estampado na forma como Beto sorri quando vê uma nova mensagem de Nico, ou como os dois viram noites juntos em chamadas de vídeo, conversando enquanto assistem ao mesmo filme e contando até três para apertarem o play ao mesmo tempo.

Mas Beto nunca teve coragem de confessar seus sentimentos para Nico. Primeiro porque os dois estão a mais de mil quilômetros de distância. Segundo porque Nico já comentou, mais de uma vez, sobre como não se sente pronto para estar em um relacionamento. Terceiro porque Beto se considera a pessoa mais desinteressante que já existiu e é difícil acreditar que, nestas circunstâncias, alguém poderia de fato *gostar* dele.

Roberto e Nicolas são uma combinação extremamente complicada.

E é por isso que, de uns meses para cá, o sorriso que Beto costumava abrir toda vez que Nico mandava mensagem foi substituído pela testa franzida e o pensamento "ah não, vou ter que fingir que estou bem *de novo*".

O sol da manhã começa a entrar pela janela, atingindo Roberto em cheio no rosto, e ele decide responder à mensagem da noite passada porque, apesar de não saber direito como lidar com seus sentimentos possivelmente platônicos, ele não gosta de deixar Nicolas esperando.

> **Beto**
> bom dia! obrigado pelo elogio. ainda não sei direito o que vou fotografar hoje. alguma sugestão?

Não se passam nem trinta segundos até que Nicolas comece a digitar. Beto encara as três bolinhas piscando na tela, ao lado da foto de perfil de Nico (uma imagem do Kylo Ren sem camisa que ele usa só para provocar Beto, que odeia a cena do Kylo Ren sem camisa).

> **Nico**
> bom dia! faz tempo que você não posta um autorretrato. tô com saudades da sua carinha haha

Beto revira os olhos porque é *isso* que Nicolas sempre faz. Ele manda *sinais* o tempo todo e depois muda de assunto.

Mas, como em todas as outras vezes, Beto cai no papo. Ele aproveita a luz do sol, tenta arrumar o cabelo para que *pareça* bagunçado, recosta a cabeça no travesseiro, ergue o queixo para disfarçar a papada e tira uma *selfie* tentando parecer o mais casual possível. Depois tira mais trinta, todas exatamente iguais, e envia uma delas para Nicolas.

> **Beto**
> pronto! pra você matar a saudade

> **Nico**
> quem te deu a permissão pra ser TÃO LINDO assim?

Beto sorri, mas, no fundo, pensa em como Nicolas jamais acharia ele lindo se estivesse aqui agora, de perto, vendo Beto em 3D e por inteiro, com todas as partes que ele sempre esconde fora do enquadramento das fotos.

> **Nico**
> também acabei de acordar, olha

A mensagem é seguida de uma foto de Nico, também deitado na cama. A pele branca com marcas de espinha na testa, o cabelo escuro curto (ele decidiu raspar a cabeça no começo da quarentena), o piercing de argola no septo e a língua de fora. Beto acha ridículo como Nico é *descolado*. Como ele parece não se importar com nada. Como ele provavelmente não tirou trinta versões daquela foto para escolher a menos pior. Como tem certeza de que, mesmo se ele tivesse tirado, as trinta teriam ficado igualmente perfeitas. Reparar em cada detalhe da imagem deixa Beto ansioso, então ele decide mudar de assunto.

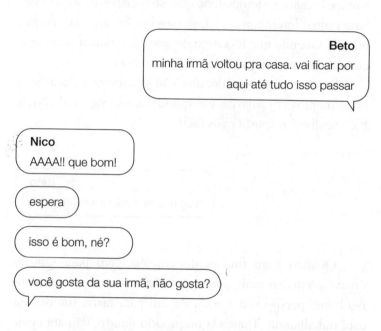

Beto se assusta de leve com o tempo que ele leva para pensar em uma resposta. Ele gosta de Lara. Não gosta? Eles nunca foram de brigar quando eram mais novos, sempre dividiram tudo que tinham e Lara nunca foi uma irmã ciumenta ou implicante. Ela dá *presentes* para ele. E *conselhos*. Ela é boa nisso. Ela é boa em tudo, na verdade. Inteligente, capaz, comunicativa, segura e tem um excelente senso de humor. Ela é tudo o que Beto queria ser e não é. Ela conquistou sua saída de Lagoa Pequena exatamente como Beto sonhou a vida inteira e não conseguiu. E, *por escolha própria*, voltou para casa.

Temporariamente, é claro. Mas mesmo assim. Ela estava na cidade onde Beto sempre quis morar e *ainda assim* escolheu voltar. É possível amar uma pessoa sem concordar com todas as decisões dela, não é? É possível gostar da presença de alguém e imaginar o tempo todo que, se você fosse este alguém, faria tudo diferente, não é? É possível se inspirar na sua irmã mesmo sabendo que a certeza de que você nunca será como ela te irrita um pouquinho às vezes… não é?

Beto pensa nisso tudo, mas não sabe como colocar seus pensamentos em palavras e responder à mensagem de Nico. Ele escolhe a resposta mais fácil.

> **Beto**
> claro que sim! adoro a minha irmã.

Quando Beto finalmente cria coragem para sair do quarto e encarar mais uma quarta-feira sem absolutamente nenhuma perspectiva e nada de útil para fazer, sua mãe já está trabalhando. Trancada no próprio quarto, dá para ouvir o som abafado da primeira sessão do dia, mas Beto não se esforça para tentar entender o que ela está falando porque sabe que isso seria desrespeitoso com seus pacientes.

— Olha quem acordou! — Lara grita da sala, assim que vê o irmão chegando.

Ela ainda está de pijama, com o cabelo bagunçado e os olhos inchados. Mas o notebook coberto de adesivos em seu colo indica que está trabalhando.

— Você está trabalhando? — Beto pergunta, só para confirmar.

— Uhum — Lara murmura, mastigando a ponta de uma caneta e olhando atentamente para a tela do notebook.

Beto se aproxima, não para bisbilhotar, mas porque essa é a primeira vez que ele vê a irmã em um contexto profissional, sendo adulta, ganhando dinheiro. Ele quer *aprender* (e bisbilhotar um pouco, é óbvio).

— Lara, você está literalmente vendo um compilado de dancinhas do TapTop.

— Isso *é* trabalho. Escrevo sobre comportamento e moda. Preciso saber como as pessoas estão se comportando e se vestindo — ela responde, na defensiva.

— E o que você aprendeu até agora vendo esse vídeo? — Beto provoca.

— Pijamas estão *super em alta*, e essa música aqui também — Lara aumenta o volume do computador —, que tem uma quantidade absurda de palavrões e ainda assim não consigo parar de cantar.

Beto dança com os ombros ao som da batida da música, que se repete a cada dez segundos enquanto vídeos de pessoas inventando passos diferentes para o mesmo trecho passam em sequência na tela.

— E como você transforma *isso* — Beto aponta para o vídeo — em trabalho?

Lara ri, deixa o notebook de lado e enrola o cabelo em um coque com a caneta que, há poucos segundos, estava em sua boca. Parece um pouco nojento, mas quem sou eu para julgar? Não entendo nada de higiene humana.

— Bom, eu não sabia que seria interrogada esta manhã — Lara diz, cruzando as pernas.

— Tô falando sério, vai — Beto responde.

— É complicado de explicar. Porque o que eu escrevo pro Telescópio nem sempre tem uma pauta fechada. Eu só

SE A CASA 8 FALASSE *121*

observo as coisas e tento tirar ideias pra textos que deixam as pessoas felizes. Sei que eu não estou, sei lá, *informando* de verdade. Ou buscando a cura do vírus. Ou escrevendo notícias que importam *de verdade*. Mas às vezes posso ser o ponto de descanso de alguém que está cansado das notícias de verdade, sabe? Alguém que precisa esquecer rapidinho, por cinco minutos, que o mundo é horrível.

Beto sorri. Ele gostou da resposta da irmã.

— Foi por isso que você decidiu estudar jornalismo, então? — ele pergunta.

— A resposta bonita é essa. Ajudar as pessoas a lidarem com a rotina. A resposta prática é: eu não tinha ideia do que fazer e jornalismo parecia ser a opção mais fácil? Sei lá, nunca me achei muito boa em nada.

Beto revira os olhos porque sempre achou a irmã boa em *tudo*.

— Tô falando sério — Lara continua. — Olha a mãe, por exemplo. Você acha que faculdade de psicologia é só fazer ciranda e falar sobre *sentimentos*?

— Tenho certeza de que ciranda e sentimentos é uma matéria oficial em algum semestre — Beto ri.

— Mas *ainda assim*! — Lara diz entre uma risada abafada. — Tem que conhecer o cérebro e estudar comportamentos, e ela tem aquele livro enorme com todas as siglas pra todos os transtornos. Eu não conseguiria me imaginar estudando algo tão difícil na faculdade.

— Sei — Beto murmura, sem saber como continuar a conversa. Depois de tanto tempo longe, parece que ele esqueceu como se comportar na presença de Lara.

— Mas por que você quer saber?

— Nada... Só pensando... — Beto diz. *No futuro e em como é melhor começar a encarar a fotografia como um hobby e correr atrás de alguma coisa que vá me dar dinheiro de verdade, enquanto lido com o fato de que não tenho ideia do que vai me dar dinheiro de verdade, coisa que, a essa altura, eu já deveria ter decidido, mas agora sinto que não adianta de nada decidir coisas porque o mundo lá fora está tomado por um vírus e sinto que só me resta esperar, mas tem dias que acho que nem sei muito bem se tenho algo pra esperar. Não tenho expectativa de absolutamente nada e todos os dias parecem uma cópia ruim do dia anterior. Além disso, estou apaixonado há meses por um amigo virtual muito mais bonito que eu. — ... Na vida, sei lá — ele completa.*

Beto sempre quis ser um pouco melhor na arte de se expressar. Sempre quis que seus pensamentos não soassem como um trava-línguas. Que sua cabeça não fosse um ninho de mafagafos com doze mafagafinhos. Ele espera que sua irmã pergunte *no que* ele está pensando. Que ela comece a chutar vários motivos enquanto ele responde apenas "sim" e "não". De preferência só mexendo a cabeça, sem ter que falar nenhuma palavra em voz alta.

Mas Lara não pergunta mais nada porque seu computador começa a tocar a musiquinha inconfundível de chamada de vídeo.

— Reunião da equipe — ela anuncia, conectando os fones de ouvido no notebook e prendendo o cabelo em um rabo de cavalo para tentar parecer mais apresentável.

E Beto volta para o quarto, porque não tem nada melhor para fazer.

Durante o dia, Beto mexe na lente que ganhou de Lara. Ainda parece surreal, porque ele precisaria fotografar pelo menos umas sete festas de quinze anos para juntar dinheiro o bastante para comprar uma daquelas. Ele passou meses olhando o preço na internet, pensando se valeria a pena investir em um equipamento assim e sempre concluindo que o melhor a se fazer era deixar para depois. E, como se houvesse uma câmera de espionagem escondida em seu quarto o tempo todo, Lara acertou em cheio no presente. Quase como se ela... conhecesse bem o irmão?

Para Beto, essa possibilidade parece absurda. Ele é do tipo que pouca gente conhece *de verdade*. E quem de fato o conhece provavelmente se arrepende.

O sol está se pondo, pintando o céu de laranja e roxo, e Beto deixa os pensamentos autodepreciativos de lado para se concentrar no que vê lá fora.

Ele pega a lente nova, encaixa na câmera e observa o céu através do visor, ajustando o foco e a exposição com paciência (mas não muita porque sabe que o pôr do sol não vai durar muito tempo), e quando tudo parece estar do jeito como ele quer, seu dedo aperta o botão incontrolavelmente, tirando uma fotografia atrás da outra.

O clique da câmera começa em um ritmo constante e padronizado, mas, aos poucos, se transforma em um *cliquecliqueclique* irritado e quase violento. É como se Beto acreditasse que, se fotografar mais e mais rápido, *isso tudo* vai passar.

Depois do ataque frenético de cliques, Beto respira fundo e observa as fotos pelo visor da câmera. Não ficaram ruins. Na verdade, ficaram muito boas. A tela mostra a janela iluminando o quarto, a luz alaranjada entrando e formando sombras angulares bonitas, o contorno da parede escuro por causa da sombra e as nuvens do lado de fora pintadas em um degradê perfeito. Beto sabe como é difícil fotografar a luz do sol, então, no fim das contas, fica orgulhoso do que acabou de capturar.

Em poucos minutos ele joga as imagens no computador, escolhe sua favorita, faz alguns ajustes de cor e decide publicá-la no Twitter. Ele gasta mais um tempo escolhendo a legenda perfeita e no fim das contas desiste. Escreve "pôr do sol" ao lado de um emoji de coração laranja e clica em enviar.

Ele fecha o aplicativo correndo porque sabe como os números de curtidas o deixam ansioso. Mas eu sei que, mais tarde, antes de dormir, ele vai voltar para conferir. Beto sempre volta.

A família está reunida na sala depois do jantar. O barulho do noticiário já nem faz mais tanta diferença assim. Depois de um mês inteiro ouvindo os números de mortes como se fosse a previsão do tempo, os três já começaram a perder um pouco da sensibilidade, o que é triste e preocupante ao mesmo tempo.

— Como foi o trabalho hoje, filha? — Helena pergunta para Lara enquanto tenta limpar as lentes dos óculos na barra do vestido estampado.

— Tranquilo. A Giovana, uma amiga que trabalha na editoria de culinária e vida saudável, comprou sete quilos de batata doce em vez de sete *unidades*, daí ela começou uma série de textos com receitas de batata doce pra fazer por uma semana inteira.

Beto ri, ainda surpreso com o tipo de coisa que vira pauta no trabalho da irmã.

— E a Keyla, uma garota que eu odeio, recebeu meia hora de elogios da nossa chefe porque a série de artigos dela está no top dez do site há semanas. Insuportável.

— Ela escreve sobre o quê? — a mãe pergunta, tentando engajar na conversa para não ter que olhar para a TV.

— Ela inventou essa série, *fazendo uma coisa nova por dia durante a quarentena* — Lara explica, com uma voz de deboche. — Provavelmente roubou a ideia de algum portal gringo. Ela é especialista nisso.

— Uau, ontem ela tentou bordar pela primeira vez! — Beto debocha, abrindo o site no celular e mostrando as imagens.

— Viu só? — Lara comenta, furiosa. — Olha isso! Quem borda *desse jeito* no primeiro dia? Certeza que ela já está praticando há meses e fingiu que era a primeira vez pra pagar de talentosa na internet. Ou, pior, comprou o bordado pronto e está fingindo que foi ela que fez.

Helena continua na guerra contra suas lentes engorduradas. Beto se concentra nos artigos da arqui-inimiga da irmã e analisa as outras coisas que ela fez pela primeira vez nos últimos dias: meditação guiada, pintura corporal, pintura *de paredes*, ovos de Páscoa caseiros, tango. Ela parece ter uma vida incrível, mas Beto se sente exausto só de olhar os textos e imaginar como deve ser trabalhoso aprender tanta coisa.

— Acho que você está sendo muito cruel com a sua colega — a mãe comenta, desistindo da missão e colocando os óculos no rosto com as lentes embaçadas mesmo.

— Ela não é minha *colega*. Ela é esnobe com todo mundo e é *loira natural*. Nenhuma contribuição social importante na história da humanidade foi feita por uma pessoa loira.

Beto e Helena balançam a cabeça, incapazes de discordar.

— *Ainda assim* — Helena continua. — Talvez isso seja uma coisa legal pra vocês dois tentarem. Juntos, sabe? Fazer uma coisa nova por dia, sei lá. Esvaziar a cabeça de preocupações por um tempo.

De imediato Lara revira os olhos e Beto sente o rosto queimar. Ele odeia quando a mãe faz isso. Quando sutilmente sugere coisas como se ele fosse um paciente e não seu filho. Quando mostra que está observando seu comportamento e *sabe* que o filho anda triste.

Beto não odeia ter uma mãe que se preocupa, claro que não. Mas o *jeito* como ela demonstra preocupação deixa o garoto nervoso. Ele não sabe explicar o motivo. A esta altura já deve ter ficado claro que Beto não é muito bom com palavras.

— Mãe, infelizmente não vai dar, não existem coisas novas pra fazer sem sair de casa. Eu literalmente já fiz *todas* as coisas. — É o único argumento que ele consegue elaborar.

— E não tenho tempo pra ficar pensando em coisas diferentes pra fazer, mãe. Trabalho o dia inteiro. E estudo de noite — Lara completa, tentando a todo custo tirar a ideia absurda da cabeça de Helena.

— Aliás, você não deveria estar estudando agora? — a mãe questiona.

— Eu *estou* — Lara responde, apontando para a tela do celular onde um professor deixado no mudo fala com um grupo de alunos com câmeras desligadas em uma chamada de vídeo.

Beto tenta segurar a bufada de inveja ao perceber, mais uma vez, como a vida de Lara é *fácil*.

— Pelo amor de Deus, vocês dois, hein? Não estou pedindo pra acharem a cura do vírus na cozinha de casa. Só pra fazerem coisas juntos. Acho que vai ser bom. Posso participar. A gente pode cozinhar, jogar um jogo de tabuleiro, pintar

SE A CASA 8 FALASSE *127*

uma parede, construir um bebedouro de beija-flor com garrafa PET… — Helena diz, levantando um dedo para cada sugestão.

Particularmente, o bebedouro de beija-flor é minha ideia favorita. Amo ver seres humanos fazendo artesanatos recicláveis que são tão horríveis na internet quanto na vida real.

— Tudo bem por mim, então — Lara se dá por vencida e coloca os fones de ouvido para fingir que está prestando atenção na aula.

Helena olha para Beto, esperando a aprovação do filho.

— E eu lá tenho *escolha*? — ele diz com a cara emburrada.

— Vai ser bom pra gente, você vai ver — ela diz, tentando sorrir.

Beto percebe o esforço da mãe. Ele sabe que as coisas também não estão fáceis para ela e no fundo queria *mesmo* ser capaz de criar a vacina para o vírus na cozinha. A TV, quase inaudível, agora mostra um gráfico com o aumento de casos nas últimas vinte e quatro horas. Uma barra na parte inferior diz em letras garrafais:

APENAS O COMEÇO

Beto fica arrepiado.

— Vou pra cama, chega de existir por hoje — ele murmura.

Helena ri.

— Amanhã a gente existe mais um pouco, então. Te amo, filho.

— Te amo, mãe.

• • •

Beto não dorme de imediato. Quando entra no quarto, aproveita a ausência de Lara (que continua na sala com a cara grudada no celular e um caderno na mão) para respirar aliviado, sem o peso da comparação, a necessidade de se mostrar útil ou toda a coisa de *"preciso fingir que estou bem"* que tem tomado conta da sua cabeça desde a chegada da irmã. É o momento perfeito para correr até aquele que continua sendo seu lugar favorito apesar de tudo: a janela de conversa com Nico.

> **Beto**
> oie. como foi seu dia?

> **Nico**
> nossa!!!
> eu ia te chamar AGORA. pra dar parabéns pela foto de hoje

Com esse negócio de reunião de família involuntária na sala, Beto já tinha se esquecido do pôr do sol alaranjado que largou no Twitter no fim da tarde. Ele abre o aplicativo em velocidade recorde e sorri para a tela. Cento e vinte e três *likes*. Trinta e duas respostas. A maioria delas é "que céu lindo!!!" ou uma sequência de emojis sorrindo com olhos de coração, enviadas por pessoas que ele não conhece, escondidas atrás de avatares de gente famosa, personagens de anime ou uma batata de batom e unha postiça (que ele acredita ser algum meme recente que acabou deixando passar). É o número mais alto de alcance que Beto já teve na internet e,

SE A CASA 8 FALASSE *129*

por mais que parte do seu subconsciente sempre diga que *números não importam*, nesta noite eles importam, sim.

> **Beto**
> meu deus??? não imaginava que as pessoas iam gostar tanto assim da janela do meu quarto!

> **Nico**
> é uma bela janela. a minha é horrível

Nico manda uma foto de uma janela de alumínio aberta com vista para outro prédio. A imagem é escura e meio borrada, mas dá para ver o vizinho da frente de Nicolas, um homem branco e meio calvo, fumando na sacada.

> **Beto**
> oi vizinho do Nicolas!

> **Nico**
> HAHAHA. tenho dó desse homem. já deve ter me visto andando pelado no quarto tantas vezes

Beto digita "sorte a dele", mas apaga a mensagem antes de enviar porque não quer que a conversa fique esquisita. E deixar implícito que ele não reclamaria de ver Nicolas andando pelado pelo quarto muitas vezes é exatamente o tipo de coisa que deixaria a conversa esquisita. É melhor mudar de assunto.

> **Beto**
> agora minha mãe inventou que eu e minha irmã temos que fazer uma coisa nova todo dia durante a quarentena. pra gente se conhecer melhor, sei lá.
> nem começou e já quero desistir.

Nico
deixa de ser bobo! parece divertido.
bem melhor que o meu pai, que está brincando de "quantas vezes eu consigo falar sobre política do nada e arruinar qualquer interação familiar?"

ou meu irmão brincando de "por quanto tempo consigo fazer minha mãe acreditar que o cheiro de maconha no meu quarto veio da janela do vizinho de cima?"

ou minha mãe brincando de "alguém viu o calmante que eu deixei aqui em cima do armário?"

haha

Beto sabe que a família de Nico é complicada. Que ele escreve *haha* no final para tentar amenizar sua irritação. Sabe que Nico também tem vontade de sair de casa. Os dois já conversaram sobre isso milhares de vezes (e muitas dessas vezes terminaram com Beto sonhando acordado com a possibilidade de morar com Nico em um apartamento em São Paulo com uma sala enorme, muitas plantas, arte nas paredes e um escritório que ele transformaria em seu próprio estúdio de revelação de fotografias). Ele se sente egoísta e bobo por reclamar da sua família quando ela é perfeitamente aceitável, ainda mais quando comparada com a de Nico. Esse é o pior problema de Beto. Ele se compara *demais*.

Ele responde mesmo sem esboçar nenhuma risada, na esperança de que Nico entenda que seu *haha* é solidário ao *haha* de desespero dele. Eu só queria que esses dois garotos conversassem que nem gente. Seria tudo mais fácil.

> **Beto**
> você tem razão.
> pode ser divertido!

> **Nico**
> já sabe qual vai ser a coisa inédita de amanhã?

> **Beto**
> a cara da minha irmã sugerir meditação.
> ou plantar uma horta no quintal, sei lá

> **Nico**
> eu voto na horta! daí você planta tomate,
> faz ketchup e manda pra mim!

Beto sorri feito bobo para a tela do celular. Nico, por algum motivo, gosta *muito* de ketchup, e saber desses pequenos detalhes faz com que Beto se sinta um pouquinho mais perto dele.

> **Beto**
> no tempo que vai levar até eu plantar o tomate,
> amassar pra virar ketchup e enviar pra você,
> essa pandemia já vai ter passado, daí eu pego
> um avião e levo pra você em mãos

> **Nico**
> tem dias em que eu acho que tudo isso vai
> passar muito rápido. tem outros em que
> parece que vai durar pra sempre

Beto revira os olhos ao perceber que sua tentativa de flerte besta *vou-te-levar-ketchup* não deu certo e encaminhou a conversa para um assunto pesado. Ele está cansado de assuntos pesados.

> **Beto**
> hoje foi qual tipo de dia?

SE A CASA 8 FALASSE *133*

> **Nico**
>
> por incrível que pareça, foi um dia bom. não tão bom quanto te receber aqui com um vidro de ketchup, mas, ainda assim, bom

Flerte besta concluído com sucesso! Beto sorri.

Lara dá uma leve batidinha na porta e entra no quarto. Não foi uma batida de quem pede permissão, mas de quem avisa que está chegando. Seu cabelo continua enrolado na mesma caneta desde o começo do dia, e ela ainda está com o mesmo pijama. Beto tem *quase certeza* de que Lara não tomou banho hoje, mas a cara mal-humorada da irmã deixa ele com medo de fazer qualquer comentário a respeito.

— Desculpa ter parecido uma garotinha boba mais cedo, com você e a mãe — ela diz.

Beto digita no celular sem tirar os olhos da irmã porque não quer parecer desrespeitoso quando tudo indica que ele e Lara estão prestes a ter um *momento*.

> **Beto**
>
> acho que minha irmã quer ter um MOMENTO comigo. volto daqui a pouco

Calmamente, ele bloqueia a tela e olha para a irmã, sem saber muito bem o que dizer.

— Não tem problema, Lara. Eu pareço um garoto bobo na frente da mãe o tempo todo. — É a primeira coisa em que ele consegue pensar.

— Ah, mas é diferente, sabe? — Lara responde de imediato.

— Porque eu não sou *adulto* como você — Beto debocha, já arrependido de ter dado atenção para Lara. Sua conversa com Nicolas estava muito melhor (e igualmente sem rumo).

— Juro que não era isso que eu estava querendo dizer.

— Tentando se aproximar, Lara prontamente se acomoda na beirada na cama de Beto. — Não sou tão adulta como você acha. E estar aqui, de volta nessa casa depois de três anos... Sei lá, sabe?

— Não. Não sei.

Ela tira a caneta presa no cabelo, balança a cabeça e respira fundo.

— É como se os anos que passei longe daqui não valessem. Como se eu continuasse sendo a Lara que era quando saí desse lugar. Essa cidade... Essa casa... Eu amo tudo aqui, mas de alguma forma me sinto... menor? — A última palavra soa quase como uma pergunta.

— Como você ainda consegue amar um lugar que te deixa assim? — Beto pergunta, tentando arrancar da irmã a confissão de que ela também odeia Lagoa Pequena para que os dois tenham pelo menos isso em comum.

— Hoje quando acordei, a mãe tinha deixado a mesa do café pronta. Com aquele capuccino em pó horrível que tem gosto de plástico, mas que eu amo. E queijo minas. Tudo o que eu mais gosto de comer de manhã estava naquela mesa — ela começa a dizer, claramente ignorando a pergunta de Beto. — Eu me senti *especial*, sei lá. Em São Paulo ninguém prepara café pra mim. Lembrei de todas as vantagens de morar aqui. Mas, de noite, vendo o jeito como a mãe queria que a gente se *aproximasse* e fizesse coisas juntos, igual a quando eu era adolescente

SE A CASA 8 FALASSE *135*

e queria ir ao shopping com as minhas amigas, mas ela só deixava se você fosse junto… Eu me senti tão… criança.

Beto ri. Ele se sente assim todo dia.

— Me sinto assim todo dia — ele diz, só para garantir que a irmã não pense que ele estava rindo dela.

— Deixa de bobeira, Roberto — Lara diz, tentando não rir porque "Roberto" é o jeito como ela chama o irmão quando quer falar sério. — Você sempre foi o adultinho da casa. Responsável. Saindo no fim de semana pra trabalhar. Você literalmente *guarda dinheiro*. Eu queria ser como você.

A declaração da irmã atinge Beto como um soco no estômago. Um soco *bom*. É como se ele estivesse começando a se enxergar do jeito como Lara o enxerga e percebendo que o que ela vê não é tão ruim assim.

— Tá bom, eu tenho uma proposta — ele diz, depois de um longo suspiro. — Vamos fazer isso que a mãe sugeriu. Esse negócio de fazer coisas novas todo dia. Juntos.

Lara franze as sobrancelhas, ainda perturbada.

— Mas não porque *ela mandou* — Beto continua. — Porque a gente *quer*. Pra te provar que não sou o adultinho responsável que você acha que eu sou.

— E vou te provar que não tenho a vida dos sonhos que você acha que eu tenho — Lara completa.

— Pra gente se conhecer, então.

Beto sorri.

Lara sorri de volta.

Para ele, parece uma ideia absurda tentar conhecer alguém com quem dividiu a vida inteira. Mas já se passou um mês de quarentena e não existe, nem de perto, a possibilidade de isso tudo acabar amanhã. Não é como se ele tivesse muito a perder.

23 DE ABRIL DE 2020

BETO ENCARA O DISCO PRETO e chamuscado no tabuleiro. Ele e Lara tentaram assar cookies pela primeira vez, seguindo uma receita da internet que parecia simples o bastante e não exigia uma lista enorme de ingredientes.

Ninguém sabe se foi o tempo no forno ou a temperatura do fogo, ou o açúcar mascavo que eles substituíram por açúcar normal porque *quem é que tem açúcar mascavo em casa?* Mas o resultado foi um desastre.

Beto fotografa o cookie queimado mesmo assim. Registrar os fracassos faz parte da jornada.

Amanhã eles podem tentar algo novo.

ANA

4 DE JANEIRO DE 2000

NA MANHÃ SEGUINTE, DEPOIS de contar toda a verdade sobre sua mudança para a namorada, Ana mal consegue conversar direito com Letícia.

As duas acordam com o telefone tocando, e a mãe de Letícia precisa que a filha volte para casa o mais rápido possível. Letícia duvida que alguma coisa séria tenha acontecido e acredita que seja só mais uma tentativa da mãe de mostrar que tem total controle sobre a própria família, mas obedece mesmo assim.

A despedida de Ana e Letícia acontece na varanda e é fria e sem graça, sem nenhum "te amo" porque, ao ar livre, as duas ainda têm medo.

— Ainda temos duas semanas — Ana faz questão de lembrar quando a namorada sobe na bicicleta. — Sei que parece pouco...

— É pouco — Letícia interrompe. — Mas a gente vai dar um jeito.

Letícia vai embora e Ana se tranca no quarto. A garota passa horas imóvel deitada na cama, chorando aquele tipo de choro que chega aos poucos e permanece por muito tempo;

SE A CASA 8 FALASSE *139*

os olhos molhados constantemente, sem nunca estourar em uma explosão de lágrimas. É um choro silencioso de quem tem medo do futuro.

Um passo de cada vez, ela tenta repetir para si mesma, porque, em uma situação como essa, se segurar em um mantra que ela já ouviu em uns duzentos filmes diferentes parece ser uma ideia razoável. Mas, no fundo, o conselho parece inútil, porque Ana não tem a menor ideia de qual será seu próximo passo.

7 DE JANEIRO DE 2000

NOS DIAS QUE SEGUIRAM, Ana e Letícia se falam ao telefone quase todo dia, mas com a família das duas sempre por perto, o assunto nunca evolui para algo mais sério. Letícia está sempre ocupada demais para encontrar a namorada, o que Ana suspeita que seja mentira. Ela só não está pronta para conversar. Talvez esteja magoada com Ana, que se culpa por não ter deixado mais claro que a decisão de se mudar não foi dela e que, se não fosse por causa do próprio pai, ela nunca iria embora.

Celso, por mais distante e perdido que possa parecer, nota como Ana está diferente. Ele já esperava que a filha tivesse uma certa resistência à mudança, mas a maneira como ela reagiu foi diferente. Ela está triste, e ninguém precisa ser o pai mais atento do mundo para perceber isso. Não quando a filha anda pela casa de pijamas o dia inteiro, sem lavar o cabelo e com os olhos inchados. Não quando ela mal se alimenta e passa a maior parte do tempo sozinha no quarto. Não quando a filha responde "triste" toda vez que Celso pergunta "como você está?".

Acho que está bem óbvio.

Ana se afunda nos livros de vampiro e se distrai levando a mente para uma realidade alternativa onde só existem seres míticos, eternos, jovens e muito bonitos e a humanidade é apenas um detalhe. Isso não faz bem para ela, porque fingir que a humanidade não existe é um péssimo jeito de lidar com as decisões cem por cento humanas que ela precisa tomar.

Quando falta uma semana para a mudança, Celso começa a encaixotar as coisas de menor importância. Muitos objetos acabam sendo separados para doação e nenhum dos móveis irá embora com eles.

Ana poderia ficar feliz com a perspectiva de ter uma cama nova, que não seja de segunda mão e não tenha os pés marcados com mordidas de um cachorro que ela nunca conheceu, mas pensa que, se fosse possível, dormiria na rua para não ter que ir embora. Óbvio que ela não aguentaria nem dois dias, mas Ana acredita que sim, porque tem dezessete anos, está apaixonada e suas convicções tendem a ser um pouquinho dramáticas quando fica triste.

— Quer me ajudar a encaixotar as coisas? — Celso pergunta na tarde de sexta-feira, depois de bater de leve na porta do quarto de Ana.

Impaciente, ela se levanta, abre a porta e encara o pai. Celso não sabe quando foi a última vez que Ana lavou o rosto, mas, a esta altura, tem medo de perguntar.

— Ahn — Ana resmunga.

— Você pode começar guardando as coisas menos importantes. E ao longo da semana que vem a gente vai organizando o resto — o pai orienta.

Ana abre os braços e abaixa a cabeça, como se estivesse se rendendo.

— Me coloca numa caixa, então. Não tenho importância nenhuma pra você, mesmo — ela diz.

Meu Deus, que drama.

— Filha, vem cá. A gente precisa conversar.

Com carinho, Celso pega a filha pela mão e caminha com ela até o sofá.

SIM! CONVERSEM!, eu gritaria, se pudesse gritar. Mas não posso. É contra as regras. O máximo que consigo fazer por vontade própria é balançar as janelas com força em dias de chuva.

— Não tem o que falar, pai. Já está tudo decidido. Você decidiu tudo sozinho — Ana resmunga e se joga no sofá com os braços cruzados.

— É difícil pra mim também. Não decidi sozinho porque quis.

Celso não diz em voz alta, mas o pensamento de que a mãe de Ana não está aqui para ajudar nas decisões paira no ar. A culpa por ter sido um bebê cheio de complicações e causado um parto letal para a própria mãe toma conta de Ana. Esse tipo de culpa é difícil de ir embora.

— Você às vezes queria que ela tivesse sobrevivido, né? No meu lugar — Ana diz o que pensou a vida inteira.

— Filha, não! Não, nunca, jamais — Celso responde de imediato, atropelando Ana com suas palavras. — Isso nunca passou pela minha cabeça e posso te prometer que nunca vai passar.

Celso está mentindo. Isso já passou pela cabeça dele. Mas ele não tem orgulho desses pensamentos.

— É estranho porque não consigo nem sentir falta dela, sabe? É impossível sentir saudade de uma pessoa que nunca conheci.

Celso engole em seco e só agora, depois de dezessete anos, se dá conta de que esse tempo todo ele sentia saudades sozinho. Falar sobre a mãe de Ana sempre foi uma missão complicada. Ele tentava no começo, quando a filha era apenas uma garotinha correndo pela casa e rabiscando as paredes com giz de cera. Ele ocasionalmente soltava um "você tem a risada da sua mãe" ou "sua mãe ficaria furiosa com essa bagunça toda", mas Ana, sem entender muito bem sobre quem ele estava falando, apenas sorria e continuava brincando. O assunto foi ficando cada vez mais raro, e Celso não falava porque achava que a filha não queria escutar, e Ana não perguntava porque achava que o pai não iria responder.

Mas hoje os dois se sentem diferentes. Cansados de varrer o assunto para debaixo de seus tapetes emocionais. Celso se levanta rapidamente e vai até a cozinha. Ana aguarda, com os olhos ainda molhados e a cabeça cheia de perguntas. Ele retorna com um copo d'água e o entrega para a filha.

Ela bebe, mas dá uma risada no meio do primeiro gole.

— Achei que você ia voltar com um colar especial, um amuleto, sei lá, falando "sua mãe queria te dar isso quando você fizesse dezoito anos, mas acho que agora é o momento certo" — Ana confessa, ainda rindo.

— Isso é coisa de filme, filha — Celso responde, se aproximando de Ana com um abraço. — Ela provavelmente teria um presente especial para os seus dezoito anos, mas a gente não teve tempo de pensar em nada. Quando sua mãe ficou grávida, a gente só pensava em como iríamos nos virar pra comprar fraldas. Mas se um colar com um pingente bonito pode te deixar feliz, a gente sai agora pra comprar um.

Ana suspira.

— Não é o colar, pai. É só que... Sei lá. Fico tentando adivinhar o que ela esperaria de mim. Se gostaria da pessoa que eu sou. Se me amaria apesar de qualquer coisa.

Celso fica em silêncio, pensando no que dizer em seguida. Ana fica em silêncio, se arrependendo do que acabou de falar. E, no ar, paira um grito de "PAI, EU SOU GAY!!!" que qualquer um seria capaz de escutar.

Não, calma. *Não foi* um grito silencioso pairando no ar. Ana literalmente disse em voz alta e eu acabei me perdendo no meio de tantas emoções intensas. Celso também, pelo visto.

— Pai? Eu sou gay — Ana repete, olhando nos olhos de um Celso confuso e boquiaberto.

— Isso quer dizer que...? — ele pergunta, lentamente.

— Que gosto de garotas. Gay é meio que um termo guarda-chuva — Ana explica, e a expressão de seu pai se suaviza porque, até este exato momento, ele acreditava que apenas homens poderiam ser gays.

— Diz alguma coisa — Ana pede, cansada de fazer revelações bombásticas para outras pessoas e receber silêncio em troca.

— Fiquei surpreso. Não chateado, de forma alguma. Apenas surpreso — ele responde.

— Nossa, sempre achei que fosse tão óbvio. Sei lá, olha pra mim... — Ana diz, apontando para o próprio corpo.

— Vejo uma garota linda. E... gay — Celso diz, se esforçando para ser um bom pai. A última palavra sai da sua boca como se fosse um novo dialeto.

Ele olha para a filha, esperando pela confirmação de que usou a palavra do jeito certo.

Ana sorri.

— Sempre achei que o seu jeito de ser... Seu jeito de falar e se comportar fosse assim porque... não sei, estou buscando as palavras aqui.

Porque não tive uma mãe para me ensinar a ser mais "feminina"?, Ana pensa, sem precisar ouvir as palavras para saber o que o pai quer dizer e fazendo aspas com os dedos dentro do próprio pensamento.

— Também penso nisso, às vezes — Ana diz.

Os dois respiram fundo, ainda se encarando, amedrontados demais para continuar a conversa, mas submersos demais para sair dela.

— Obrigado por me contar. Por confiar em mim — Celso agradece.

— Obrigada por... sei lá. Me aceitar? E não me expulsar de casa.

— Meu Deus, Ana! Que tipo de pai faria isso? — Celso pergunta, genuinamente chocado.

— Literalmente qualquer outro pai nessa merda de cidade pequena — Ana aponta o óbvio.

O rosto de Celso se ilumina, ele se ajeita no sofá, corrige a postura e pega nas mãos de Ana.

— Então isso é bom, não é? Estamos indo para uma cidade grande agora. O Rio é enorme. Deve ter muitas garotas lá. Garotas gays!

Ana ri, ainda desacostumada com o pai falando "garotas gays" em voz alta.

— Olha... — Ana diz, soltando a mão do pai e enrolando o cabelo nos dedos. — É que tem outra coisa. Eu tenho uma... namorada.

— *Eitaaaa* — Celso diz, sem a menor ideia de como receber essa enxurrada de informações sobre a filha que, até ontem, ele acreditava que só tinha problemas para socializar por conta da quantidade de livros de vampiro no seu quarto.

— Isso é um "eita" bom ou um "eita" ruim? — Ana pergunta, desesperada pela resposta.

— Um "eita" normal? É só… diferente. Saber que você é gay na prática também.

Ana ri porque nunca tinha pensado sobre si mesma como gay na prática. Ela gosta do título.

— E eu conheço essa namorada? — Celso pergunta, ainda admirado.

— Pelo amor de Deus, pai! É a Letícia. Ela dormiu aqui em casa. No meu quarto. Só tem uma cama lá. Fiquei chorando por cinco dias depois que ela foi embora!

— Nossa, eu achava que vocês eram só grandes amigas.

O coração de Ana pesa porque, bom, de certa forma, ele não está errado. Seu olhar se entristece e ela começa a roer a unha do dedão. O que ainda resta da unha, na verdade. E, concentrada no péssimo hábito, Ana é pega de surpresa por um gesto simples. Celso se aproxima da filha e a puxa para um abraço.

A relação entre os dois sempre foi pacífica. Celso é um pai carinhoso. Mas, por algum motivo, abraços sempre foram raros nessa casa.

Ana está cansada de ficar sempre na defensiva e, pela primeira vez em muito tempo, sente que pode descansar. Ana se permite ser abraçada, e quanto mais força Celso coloca em seus braços, mais Ana se encolhe, perdida no peito do próprio pai. Sem medo de ser vulnerável.

— Sabe… — Celso diz, acariciando os cabelos de Ana. — Eu já tive um amigo gay.

Ana se contorce porque nada de bom começa com a frase "eu já tive um amigo gay", mas ela permanece imóvel porque quer ver aonde isso vai chegar.

— O nome dele era Orlando — Celso continua. — Ele estudou comigo na faculdade. Era amigo da sua mãe, na verdade, mas ela sempre me emprestou os amigos dela porque eu não tinha muitos. Era a década de setenta, a realidade era outra. Ele precisava se esconder o tempo todo, vivia com medo, mas estava sempre apaixonado.

— Você ainda conversa com ele? — Ana interrompe, empolgada com a possibilidade de conhecer um adulto gay que possa dizer para ela que, com o tempo, tudo vai ficar bem.

— Nunca mais nos vimos e perdi o telefone dele. É difícil manter contato com as pessoas dessa época. Se pelo menos existisse um lugar virtual onde todo mundo pudesse mostrar atualizações da própria vida só pra gente ver e saber que está tudo bem sem ter que, necessariamente, entrar em contato com elas...

— Pai, você tem cada ideia às vezes... — Ana ri, desacreditada. — Conta mais do Orlando.

— Então, ele tinha esse amigo... namorado, na verdade. Se conheceram na adolescência e foram apaixonados um pelo outro a vida inteira. O moço morava longe, não lembro onde. Mas eles se encontravam uma vez por ano. Era o maior evento de todos. Trocavam cartas por onze meses e passavam um mês inteiro juntos, só pra se separarem de novo no mês seguinte.

— Espero que você não esteja sugerindo que eu *troque cartas* com a Letícia por onze meses — Ana provoca.

— Não, nada disso! É só que... Teve uma vez. A gente estava bebendo lá na lagoa. Eu, ele e sua mãe. Era um

SE A CASA 8 FALASSE *147*

encontro de amigos dos dois, eu só estava lá porque era o namorado da sua mãe. Meio que como um narrador-observador bizarro...

Te entendo, Celso.

— Ele estava empolgado demais com a visita do namorado — Celso continua. — Planejando tudo e compartilhando os detalhes com a sua mãe. E ela perguntou como eles fariam depois que aquele mês passasse. E é engraçado porque aquele ano inteiro é um borrão na minha vida, mas lembro como se fosse ontem do jeito como ele olhou pra sua mãe, riu e falou "como é que eu vou saber? Tudo o que temos é o agora". E sei que é uma frase meio cafona...

— É, bem cafona — Ana concorda.

— Mas penso nela de vez em quando até hoje. E acho que ela pode te ajudar, talvez.

Ana pensa sobre o agora. Sobre tudo o que poderia fazer neste exato momento para aproveitar ao máximo o seu tempo ao lado de Letícia. Mas parece tão inútil se esforçar para ser feliz hoje, sabendo que daqui a uma semana ela vai estar em outra cidade, a novecentos quilômetros daqui, onde as pessoas colocam ketchup na pizza.

Esse tipo de conselho é muito bonito na teoria, mas Ana agora é gay na prática. O agora não parece muito promissor quando o amanhã já está cheio de decisões que ela não pode mudar tomadas. Mas Ana não diz isso em voz alta porque reconhece que o pai só está tentando ajudar e ela não quer quebrar o clima. Além do mais, receber esse abraço do pai e ficar deitada aqui conversando está sendo bem melhor do que ela imaginava.

— Por que você está me contando isso agora? — ela pergunta.

— Não sei. Contexto, talvez? Em que outra situação eu poderia falar "bom, filha, certa vez eu conheci um gay" assim, do nada?

— Não, bobo — Ana ri. — Não estou falando do Orlando. Tô falando da minha mãe. Do jeito como vocês tinham amigos juntos e bebiam na beira da lagoa. Você nunca fala dela.

— Nunca sei o quanto você quer saber dela. Porque, pelo menos pra mim, essas lembranças são muito boas e, de repente, começam a machucar. É uma linha muito tênue, e não sei como isso funciona pra você.

Ana também não sabe, mas neste momento ela quer saber de tudo. Quer que sua mãe deixe de ser uma estranha que ela só conhece pelas fotos antigas guardadas no armário do pai, dentro de uma lata de biscoitos meio enferrujada com um desenho da Torre Eiffel e a frase "Comme c'est délicieux!". Ana quer saber o que ela gostava de comer no café da manhã, como organizava as gavetas de roupa, porque ela decidiu chamar a filha de Ana, só Ana, sem nenhum outro nome depois, se ela sabia cozinhar, se era boa em matemática e se também gostava de livros de vampiro.

Mas todas essas perguntas juntas podem ser demais para Celso e ela não quer fazer o pai cruzar a linha tênue entre a lembrança boa e lembrança que machuca.

— Quero saber tudo. Aos poucos. Você vai ter tempo de me contar — ela diz com um sorriso.

— Claro que vou! Vou viver até os trezentos anos com a minha consciência transferida pra um robô, esqueceu?

— Você não vai me deixar esquecer disso nunca, pelo jeito.

— Paro de falar sobre pais-robôs-futuristas se a gente começar a encaixotar as coisas — Celso propõe.

Ana se levanta em um pulo, arregaça as mangas e prende o cabelo com uma empolgação que não demonstrava há dias.

Enquanto se prepara para revirar o quarto e decidir o que levar para sua nova casa, ela quase não pensa em Letícia. Quase.

Encaixotar uma vida inteira é divertido apenas nos primeiros trinta minutos. Ana não fazia ideia de quanto lixo acumulava no quarto e, quanto mais gavetas ela abre, mais assustada fica. O fundo do armário é basicamente uma cápsula do tempo, e Ana analisa cuidadosamente cada memória que encontra ali. Seus cadernos da escola organizados por ano e com as folhas de adesivos intactas porque ela tinha medo de gastar, um envelope amarelo com todos os ingressos de cinema dos filmes que assistiu em 1997, o álbum de figurinhas de *Pokémon* incompleto porque ela desistiu na metade, quando se deu conta de que, para conseguir figurinhas novas, ela teria que trocar as repetidas e, para trocar as repetidas, teria que conversar com outras crianças.

Ela joga tudo fora (o álbum de *Pokémon* é resgatado da sacola de lixo por Celso, que acredita que no futuro ele pode valer muito dinheiro) e quanto mais mexe em suas coisas, mais tem vontade de deixar tudo para trás e começar do zero no Rio de Janeiro.

Não seria uma má ideia.

Talvez, se cortasse o cabelo como o do Leonardo DiCaprio em *Romeu + Julieta* antes de viajar, ela pudesse chegar no Rio como essa garota nova e descolada, que não vai precisar responder quando alguém perguntar "ué, cortou o cabelo?" porque ninguém vai perguntar. Aquele seria seu corte de cabelo oficial.

Talvez seu pai esteja mesmo certo sobre essa coisa toda da cidade grande ter mais pessoas gays e, de certa forma, isso a deixa empolgada. Claro que ela não pensa em arrumar outra namorada. Ana nem sabe como vão ficar as coisas com Letícia e, além do mais, ela ama aquela garota o bastante para garantir pelo menos um ano de tristeza até ser capaz de beijar outra boca. Mas, enquanto rasga fotos da formatura da oitava série em que usava um vestido laranja horrível e um penteado com duas mechas de cabelo enroladinhas na frente da orelha, Ana não consegue evitar pensar em como seria incrível se mudar para um lugar diferente e ter amigos. Amigos como ela.

Esse tipo de pensamento faz a culpa apertar em seu peito. Aceitar que vai se mudar é uma coisa, mas fantasiar com o que a mudança pode trazer de bom é outra completamente diferente. Ela sente como se estivesse traindo Letícia, traindo Lagoa Pequena, traindo sua própria casa.

Só para deixar claro, eu não me sinto traída. Estou ótima.

— Um jantar chique! — Celso diz, entrando no quarto de Ana e interrompendo seus pensamentos de culpa, esperança e saudade.

— Pai, são quatro da tarde ainda — ela responde.

— Não! Estava pensando em um jeito de você ter uma despedida bonita com a sua... namorada — ele diz. — Um jantar chique. Abriu um restaurante no centro chamado Truta Mania.

— Pelo nome parece realmente *muito chique* — Ana comenta, revirando os olhos.

— Truta é um peixe caro, filha. Ouvi dizer que eles têm velas nas mesas e música ao vivo com violino. Acho que ela vai gostar. Quer dizer, isso se ela gostar de truta, né? Ela é vegetariana? Tem vegetariano que come peixe, não tem?

Ana abre um sorriso porque nunca imaginou que seu pai reagiria desta forma quando soubesse de Letícia. Celso sempre deu sinais de ser um pai compreensivo, mas sugerir música ao vivo e se preocupar se a namorada é vegetariana ou não? Isso vai além das expectativas.

— Parece uma boa ideia, pai. Obrigada pelo esforço — Ana diz, incapaz de esconder uma pontada de preocupação no olhar. — Mas se eu fosse levar Letícia pra jantar um dia, sei lá, eu queria poder segurar na mão dela. Por cima da mesa. Sem medo. Não sei como isso seria possível no Truta Mania.

Celso engole seco, talvez se dando conta só agora de que os problemas da filha são bem maiores do que planejar uma despedida.

O telefone toca e o pai respira aliviado porque não sabe o que responder.

— Alô — Ana corre para atender e, pelo jeito como seu rosto se ilumina, Celso já sabe quem é.

— Oi — Letícia responde do outro lado. — Pode falar? Minha mãe foi no mercado, aproveitei pra te ligar.

— Posso, sim. Preciso te contar uma coisa. Meu pai sabe… da gente — ela diz, sorrindo para Celso, que levanta os polegares em forma de apoio e depois vai para a cozinha, dando privacidade para Ana.

— Meu Deus! Como ele descobriu? — Letícia pergunta ansiosa.

— Na verdade, eu que contei. E deu tudo certo. A reação dele foi bem… positiva? Não sei. Eu não sabia o que esperar, na real. Contei no impulso. Mas ele não me odeia. E não te odeia também, óbvio. Porque é impossível te odiar.

Letícia fica em silêncio.

— Diz alguma coisa — Ana pede, já cansada de pedir para pessoas dizerem alguma coisa.

— Não quero que você ache que fiquei com inveja ou qualquer coisa assim. Estou tão feliz por você! Acho que, sei lá, você não tem ideia da sorte que tem.

— Você é a minha sorte — Ana responde impulsivamente.

— *Aaaaarrrghhhhhh* — Letícia diz, imitando vômito.

Essa é uma coisa que as duas fazem quando uma delas extrapola nos níveis de breguice. É fofo. Ana ri.

— Mas tô falando sério — Ana protesta. — Te conhecer meio que mudou o jeito como eu me vejo.

— Tô com tanta saudade.

— Eu também.

— Tô cansada de fingir que as coisas não vão mudar. Mas também não aguento mais ficar pensando em como vou me arrepender por não estar passando cada minuto do seu lado enquanto ainda posso.

— Tudo o que temos é o agora — Ana repete a lição que aprendeu com o próprio pai durante a manhã, orgulhosa de como conseguiu fazer tudo se encaixar.

— Bom, agora *agora* é meio difícil. Minha mãe volta daqui a pouco e vai precisar da minha ajuda pra guardar as compras, e a gente deve aproveitar o solzinho do fim da tarde pra dar banho no Billy — Letícia argumenta de maneira prática, quebrando completamente o ciclo de autoconhecimento de Ana.

Billy é o cachorro de Letícia, aliás.

— Quando você pode? Amanhã? — Ana pergunta, já que o agora *agora* está fora de cogitação.

— Amanhã tenho que cuidar dos meus primos porque minha tia vai fazer depilação fora da cidade.

SE A CASA 8 FALASSE *153*

Se Ana não conhecesse Letícia há tanto tempo e não soubesse como a família dela é, acharia que isso não passava de uma desculpa esfarrapada para elas não se verem.

— Domingo? — Ana propõe.

— Igreja — Letícia responde com a voz triste que sempre aparece quando ela fala sobre isso.

— Segunda? — Ana não vai desistir.

— Segunda! Segunda eu consigo! Invento alguma coisa. Peço pro meu irmão me acobertar, sei lá. Ele está me devendo uma.

— Eu te espero aqui. Até lá decido o que vamos fazer. Mas vai ser especial.

— Uuuuhhhh — Letícia diz. — Especial como? Preciso usar um vestido?

— Não! Não se arruma demais porque nunca sei me arrumar, daí se você chega arrumada e eu fico só sendo eu mesma, a gente destoa demais.

— Como se nossos vinte centímetros de diferença na altura já não fossem destoantes o bastante — Letícia provoca.

— Você é ridícula.

— Eu te amo — Letícia diz baixinho, com medo do que pode acontecer se alguém escutar.

— Eu te amo também — Ana diz, em um tom de voz normal porque agora não precisa mais se esconder.

Ela inclusive pode até gritar.

— TE AMO MUITO E ESTOU CONTANDO OS SEGUNDOS PRA SEGUNDA-FEIRA — ela grita, só porque pode.

— Não precisa jogar na cara que agora você pode gritar — Letícia diz, um pouco ressentida, talvez.

— Enquanto você não puder, eu grito por nós duas, tá bom? — Ana promete.

— Tá bom.

Ana desliga o telefone eufórica, dando pulinhos e emitindo um som agudo que Celso nunca presenciou. Ele não consegue deixar de reparar em como o leque de emoções da filha variou no dia de hoje e aquela Ana chorosa de rosto inchado que ele encontrou de manhã parece uma lembrança distante.

— Segunda-feira então, hein? — Celso diz, escorando o corpo no batente da porta da cozinha, mas escorregando de leve e quase caindo porque ele é desajeitado.

— Sim. Vai ser uma coisa simples, na verdade.

— Nada de Truta Mania?

— Nada. Só um encontrinho aqui em casa. Talvez à luz de velas. Mas vamos ficar por aqui mesmo. Aqui é um lugar seguro — Ana afirma.

Em toda a minha existência, nunca me chamaram de "lugar seguro" antes. Eu choraria de emoção se fosse capaz de chorar. Talvez o próximo morador encontre uma pequena infiltração no banheiro.

— E como posso ajudar? — Celso se prontifica.

— Vou precisar de dinheiro pra comprar comida — Ana começa a listar.

— Certo.

— E, por um acaso, você sabe tocar violino? — ela pergunta.

— Não, mas acho que consigo ensaiar uma música ou duas no violão…

— Pai, *pelo amor de Deus*, estou brincando! Ninguém quer o próprio pai tocando música ao vivo no jantar de despedida com a namorada.

Celso ri e se dá conta de que, apesar da intensa aproximação emocional que tiveram hoje, Ana continua sendo uma adolescente normal com problemas de socializar por conta da quantidade de livros de vampiro no seu quarto.

— Só preciso que você saia — Ana continua. — Por, tipo… duas horinhas? Você consegue deixar a casa livre pra gente por duas horas na segunda? Juro que não vou colocar fogo em nada.

Celso parece pensativo.

— Nem engravidar — Ana completa, com um sorriso amarelo.

Celso abre a boca, perplexo.

— Cedo demais pra essa piada? — Ana pergunta.

— Cedo *demais* — ele diz, batendo no ombro da filha e se preparando para retornar para as caixas da mudança.

— Obrigada, pai — Ana diz. — Por tudo.

Ainda de costas para a filha, Celso sorri. Ele não quis escutar a conversa ao telefone, mas a parte em que ela gritou "TE AMO" foi meio difícil de deixar passar. E agora Celso sente que aqui pode, sim, ser um lugar para falar de amor.

— Te amo, filha — ele diz, se virando para Ana e apertando de leve a ponta do nariz da garota, para que a declaração pareça mais casual.

Mas por dentro ele está tremendo, porque nunca na vida falou tão sério. E isso fica evidente para Ana, que responde com naturalidade, quase como se essas palavras fossem ditas por aqui diariamente.

— Também te amo.

— A propósito — Celso continua tentando parecer o mais casual possível. — Quando foi a última vez que você tomou banho?

— *Pai!*

— Estou falando sério. Para o seu bem. Ninguém quer uma namorada fedida — ele diz, tentando não encarar o cabelo oleoso e os olhos inchados da filha.

— Tááááá.

— Pro banho, agora! — Ele aponta em direção ao banheiro.

E Ana obedece porque, bom, o que mais ela poderia fazer?

GREG

22 DE JANEIRO DE 2010

— QUER FICAR PARA TOMAR um café da tarde, Tiago? Eu trouxe bolo de laranja — Catarina pergunta com a naturalidade de quem não acabou de interromper um beijo que estava prestes a acontecer atrás do balcão do seu estabelecimento falido.

Ela sabe o que estava rolando. Eu sei que ela *sabe*. E, mais uma vez, Catarina sente prazer em ver o sobrinho envergonhado. Para uma mulher que vive há anos tendo como única companhia o vira-lata de três patas mais adorável de todos os tempos, observar o constrangimento de um familiar adolescente todos os dias tem sido seu passatempo favorito. Não posso culpá-la. As coisas realmente ficaram bem mais divertidas agora que Gregório está aqui.

— Acho melhor eu ir nessa — Tiago diz, com o rosto pálido ficando mais vermelho de vergonha a cada segundo. — Muito obrigado, mas minha mãe deve estar me esperando.

Catarina franze o cenho e põe as mãos na cintura. Ela não vai deixar sua diversão acabar rápido assim.

— De jeito nenhum. Eu *insisto* — ela enfatiza, colocando a embalagem do bolo de padaria com um furo no meio sobre o balcão. — Gregório, prepara um café pra gente?

SE A CASA 8 FALASSE *159*

Greg não sabe o que fazer. Ele nunca preparou um café em toda a sua vida.

— Nunca preparei um café em toda a minha vida — ele diz.

— Deixa de bobagem. É só jogar o pó e a água na cafeteira e apertar um botão. Você mexe com *computadores*, não vai ser tão difícil assim — rebate ela, como se computadores fossem foguetes de última geração na NASA.

Greg não discute. Com um sorriso amarelo, ele abaixa a cabeça, entra na casa e vai em direção à cozinha.

Minutos depois, ele volta com uma jarra de café fumegante em uma das mãos e três canecas de cerâmica empilhadas na outra.

— Hm, o cheiro está bom — Tiago diz, sentindo a obrigação moral de apoiar o garoto que quase beijou.

Tiago está mentindo. Não tem cheiro nenhum. Só de ver o líquido escuro e ralo balançando na jarra de vidro dá para perceber que este é, possivelmente, o pior café já feito na história de todos os cafés.

Com muito cuidado, tentando controlar as mãos que tremem de nervoso, Greg enche as canecas e pega uma fatia de bolo.

Os três bebem quase ao mesmo tempo. Difícil dizer quem faz a pior careta.

— Pelo menos o bolo tá bom — Greg comenta, tentando amenizar a situação.

— O que vocês fizeram o dia inteiro? — pergunta Catarina.

— Conversamos — Tiago responde.

— Vimos filme — Greg responde *ao mesmo tempo* porque, por algum motivo, tem medo de dizer a verdade para a tia.

— Conversamos vendo filme — Tiago tenta amenizar.

— Que pesadelo — Catarina comenta, porque ela odeia quem conversa durante o filme. — E o que mais aconteceu enquanto fiquei fora?

Ela está movendo as sobrancelhas para cima e para baixo de um jeito intimidador. Ela definitivamente *sabe* o que está fazendo. Ela gosta disso. Keanu corre de um lado para o outro, mancando com suas três patas e latindo de empolgação. Diferente de Catarina, ele não está empolgado porque os garotos estão constrangidos, só sente a felicidade de sua dona e, consequentemente, também fica feliz. Porque bons cachorros são assim. Ficam felizes pelas pessoas.

— Nada de mais — Gregório diz.

— Absolutamente nada — completa Tiago.

— Nadinha — Gregório reforça.

Catarina coça a cabeça, um pouco confusa.

— E os clientes? Muito movimento?

Greg fica em silêncio. Foi um dia parado, quase morto, na locadora. Ele consegue contar nos dedos das mãos as pessoas que passaram por aqui hoje. Nos dedos de *uma* das mãos, se ignorar as pessoas que só entraram para pedir informação ou perguntar se eles vendem cigarro.

Catarina não precisa de uma resposta. Ela sabe o que o silêncio do sobrinho quer dizer, mas toca na ferida mesmo assim.

— Nossa… estranho… — Ela sabe que não é nada estranho. — Sexta-feira geralmente é dia de bastante cliente. — Ela sabe que faz tempo desde que uma sexta teve muitos clientes. — Engraçado mesmo. — Ela não vê a menor graça.

Greg coça o queixo. Ele queria arrumar um jeito delicado de dizer para a tia que, bom, manter uma locadora de filmes em 2010 é maluquice. Tiago alisa a franja. Ele só quer ir embora.

SE A CASA 8 FALASSE *161*

— Você fecha tudo aqui então, Gregório? Vou entrar e tomar um banho — Catarina finalmente diz, dando as costas sem se despedir de Tiago.

Keanu segue a dona, porque Catarina é sua humana favorita.

—Acho que ela precisa de mim — Greg diz para Tiago, com o mesmo tom de decepção de quem diz "aquele nosso beijo vai ter que ficar pra depois".

— Tudo bem, Greg. Eu entendo. Família é importante — Tiago responde com um sorriso.

Enquanto fecha as portas da garagem e passa um pano úmido nas prateleiras da locadora, Greg pensa na última frase que ouviu. Pela primeira vez, ele enxerga sua tia distante como família, e não apenas como a dona da casa onde ele está morando por sabe-se lá quanto tempo.

Quando Greg volta para dentro de casa, Catarina já está de banho tomado, com uma toalha azul enrolada na cabeça, uma camiseta velha e shorts de moletom. Ela não parece em nada com a mulher imponente e vibrante que Greg conheceu quando chegou aqui.

— Oi — ele diz, se acomodando ao lado dela no sofá, mas com cuidado para não se aproximar muito. — Quer conversar?

Ele não sabe como abordar o tema "seu modelo de negócios é ultrapassado e você precisa tomar uma decisão importante se quiser continuar ganhando dinheiro" porque ninguém quer ouvir esse tipo de conselho de um garoto de dezesseis anos.

— Por quê? *Você* quer? — Catarina responde à pergunta com outra pergunta. Um clássico mecanismo para evitar conversas que ela não quer ter.

— Não, é só que… — Greg busca pelas palavras certas.

— Você está apaixonado pelo Tiago e não sabe o que fazer? Já disse, não sirvo pra dar conselho amoroso. Sou um fracasso nisso *também*.

O jeito como ela diz "também" faz Greg pensar. Será que a tia está dizendo que ela é um fracasso no amor *assim como ele* ou que ela é um fracasso no amor *assim como em outras áreas*? Os dois cenários são deprimentes.

Mas ele não se prolonga muito nesse pensamento porque, antes, precisa refutar o que sua tia acabou de dizer.

— Nossa, do que você está falando? — ele responde também com uma pergunta.

Gregório aprende rápido.

— Dos dois garotos na bancada da minha locadora quase empoleirados um no outro, tão apaixonadinhos que mal perceberam que fiquei parada na porta por quase um minuto inteiro — Catarina brinca.

Apesar da risada da sua tia, Greg entra em pânico por um segundo. O sistema de alerta em sua mente cospe as palavras para fora.

— Por favor, não conta pra minha mãe — ele implora.

— Contar o que? Do Tiago?

— De tudo, na verdade. Não conta pra ela que eu sou…

— Gay? — Catarina prende a risada. — Mas, querido, ela já sabe.

— VOCÊ JÁ CONTOU? — Greg grita, apertando o braço do sofá com tanta força que as juntas de seus dedos ficam esbranquiçadas.

— Não! Ela que *me* contou. Achei que você sabia que eu sabia.

— Mas como ela sabe?

— Sei lá! Pensei que você sabia que *ela* sabia. Já tem quase um ano. Ela me ligou pedindo conselhos. As pessoas devem pensar que só porque moro sozinha numa casa escondida eu sou a porra do Mestre Yoda, só pode.

Greg sorri, se sentindo um pouco aliviado, mas ainda preocupado.

— Mas ela nunca conversou comigo sobre isso — ele diz, olhando para baixo.

— Típica Carmem. Ela não conversa sobre nada. Parece alérgica a conversas importantes.

Greg quase diz "Você também é assim", mas não tem coragem.

— Você sabe o motivo dessas suas "férias" aqui em Lagoa Pequena? — Catarina continua.

— Meus pais estão se divorciando e precisam de "um tempo para resolver tudo com calma" — Greg responde, fazendo aspas no ar.

— E eles falaram sobre isso com você?

— Não. Só ouvi os dois discutindo sobre o assunto na sala de jantar um dia, quando eu estava na sala de TV.

Catarina tenta não revirar os olhos para o fato de que a irmã mais velha tem uma sala de jantar *e* uma sala de TV.

— Viu só? Ela odeia conversas importantes. Ela tem medo de confronto. Foi assim a vida inteira. Quando começou a namorar seu pai, ela demorou *meses* pra falar sobre ele em casa. Porque seu pai é, você sabe...

— Rígido?

— Rico e branco — Catarina afirma. — Era quase como se sua mãe tivesse vergonha da gente. E de repente ela começou a frequentar festas chiques e jogos de golfe e sei lá o que pessoas ricas fazem.

Greg assente porque, bom, seu pai é vice-presidente do Clube de Golfe para Profissionais da Área de Estética. Ou CGPAE, como diz o bordado em sua camisa pólo branca de vice-presidente.

— Depois que o nosso pai, seu avô, faleceu — Catarina continua —, senti que não tinha mais nada que me prendesse em São Paulo. Daí vim pra cá, me afastei de tudo para encontrar um pouco de paz.

— E encontrou? — Greg pergunta.

Como se estivesse esperando sua deixa, Keanu Reeves aparece e pula no colo de Catarina, rosnando baixinho e pedindo carinho.

— Acho que sim. Um pouco, pelo menos — a tia responde, afagando a cabeça do vira-lata. — Mas as coisas estão mudando. É meio assustador.

— Como assim? — Greg se aproxima e acaricia o cachorro que agora está virado de barriga para cima no colo de Catarina.

Recebendo carinho de dois humanos ao mesmo tempo, Keanu nunca se sentiu tão sortudo em toda a sua vida.

— Pra começar, acordei esses dias e tinha um pirralho morando aqui e não sei o que faço com ele. Tenho medo de alimentar e ele não querer ir embora, mas não vou deixar o bichinho morrer de fome — ela zomba.

Gregório ri.

— Fala *sério*, tia. Vamos conversar *sério*! — Greg pede.

Até agora esta é a conversa mais honesta que ele já teve com um adulto em toda a sua vida e, bom, ele está amando. Greg não quer nunca mais parar de ter conversas honestas com adultos.

— Você sabe, Gregório. Sei que você não é burro.

SE A CASA 8 FALASSE *165*

— Obrigado — ele sussurra rapidinho para não interromper o raciocínio da tia.

— Já faz tempo que a locadora não vai bem. Eu arrumo qualquer tipo de trabalho pra manter o negócio funcionando. E nem me olha com essa cara de quem vai sugerir que eu feche a locadora ou que transforme a garagem em uma loja de velas artesanais porque velas artesanais nunca saem de moda e ninguém vai inventar um programa de computador que substitua velas artesanais.

— Uau, que específico.

— Já me sugeriram isso diversas vezes. A coisa das velas. A questão é que tudo indica que a melhor opção é desistir. E eu não desisto — ela diz, com firmeza.

— Isso parece frase de herói de filme de ação antes de se sacrificar pra salvar o mundo.

— E no fim ele salva o mundo, não salva? — Catarina rebate, erguendo a sobrancelha.

— E você acha que manter a locadora aberta vai salvar o mundo? — Greg provoca.

Catarina pensa por um tempo. Ela geralmente odeia ser provocada, mas hoje não se importa. Talvez seja efeito do banho recém-tomado, que deixa o cheiro de sabonete no ar, ou a endorfina liberada pelo carinho que ainda faz em Keanu Reeves, ou o simples fato de que ela *gosta* da companhia do sobrinho.

— Eu adoro filmes. Gosto de como são um meio de entretenimento coletivo que devem ser aproveitados em silêncio. Gosto de como várias pessoas podem ver o mesmo filme e entendê-lo de formas diferentes, cada um com seus próprios pensamentos. Gosto de como uma lista de cinco filmes favoritos diz mais a respeito de uma pessoa do que qualquer outra coisa. Gosto de recomendar os meus favoritos e, no dia seguinte, receber um cliente agradecido porque gostou daquela história tanto quanto eu. Acho que filmes aproximam as pessoas, mas não muito. Só o suficiente. Não gosto de estar muito próxima de muita gente. Filmes me dão isso na medida certa. Foi por isso que abri uma locadora. E também porque, quando comecei, dava muito dinheiro.

O rosto de Gregório se ilumina. Primeiro porque gosta de ver a tia falando sobre alguma coisa com tanta empolgação e, segundo, porque ele teve uma ideia. Uma ideia *boa*. Mas, se Catarina for como sua mãe, ela precisa de bons argumentos para ser convencida. E para ter bons argumentos ele provavelmente vai precisar de ajuda. E de uma apresentação em *PowerPoint*.

24 DE JANEIRO DE 2010

Gregório acorda cedo no domingo e, com o notebook embaixo do braço, se sente mais preparado do que nunca para apresentar seu plano para tia Catarina. Ele conversou com Tiago e Sofia Karen e juntou as sugestões dos dois. Trabalhou madrugada adentro lendo e relendo sua apresentação, procurando qualquer furo, inventando argumentos para qualquer possível pergunta que a tia pudesse fazer. Ele está pronto. Prontíssimo, eu diria.

Silenciosamente, Greg abre a porta do quarto e fica à espreita quando ouve vozes conversando na sala. Ou Keanu aprendeu a falar da noite pro dia ou tem um homem na sala, de voz tímida e grossa, conversando com sua tia.

— Não sei, Catarina. A ligação dele me pegou de surpresa, sabe? A gente não se vê há mais de dez anos — a voz diz. — E não quero que ele pense que fiquei aqui esse tempo todo esperando e que agora ele pode simplesmente aparecer do nada pra gente tentar começar tudo de novo.

— Mas é isso que você quer, não é? — Catarina pergunta.

O homem ri.

— Não sei. Não sei se ainda sou apaixonado por ele ou só pela versão dele que criei na minha cabeça.

Greg engole em seco, ainda escondido atrás do batente da porta. *Que tipo de casa é essa? Uma instituição de acolhimento para gays confusos?*, ele pensa.

E, bom, admito que ser uma instituição de acolhimento para gays confusos não seria nada mal.

— E o que você tem a perder? Já está quase com sessenta anos! — Catarina argumenta.

— Catarina, eu tenho *cinquenta e um!* — O homem grita. — Cinquenta e um.

— Que seja. Depois dos trinta eu parei de contar números quebrados. Tive trinta e cinco anos até fazer quarenta, depois quarenta e cinco, e por aí vai. O que importa é que talvez essa seja a sua oportunidade de viver um grande amor sem medo de ser feliz. *Como* você não está empolgado com isso? Você é a pessoa mais romântica que eu conheço!

Greg prende a respiração. Seja quem for, ele precisa saber o desfecho da história sobre o homem mais romântico que sua tia conhece. Mas Keanu denuncia o garoto. Passando pelo corredor, ele solta um latido empolgado em direção a Greg que pode significar *"o que você está fazendo escondido atrás da fresta da porta feito um* serial killer *prestes a matar sua próxima vítima?"* ou *"Por favor, me dê comida"*.

— Gregório? — Catarina chama, com a suspeita de que o sobrinho acordou.

Incapaz de se esconder por mais tempo, Greg estufa o peito, sai do quarto com alguns passos tímidos e caminha até a sala vestido com uma camiseta velha e um short de pijama vermelho estampado com pequenas *pokébolas*.

Seu rosto fica tão vermelho quanto seus shorts quando Greg vê que o sujeito que está conversando com sua tia é o mesmo que passou na locadora no início da semana. O homem é desnecessariamente bonito, tem o cabelo arrumado em cachos perfeitos e firmes e a camiseta justa o bastante para mostrar que, apesar dos cinquenta e um anos, ele provavelmente pega pesado na academia.

Greg tenta associar a imagem com a conversa que acabou de escutar e não consegue entender como é possível alguém como ele estar prestes a viver um grande amor. Se Greg fosse bonito *daquele jeito*, ele pensa, já teria vivido uns trinta grandes amores.

— Este é o famoso sobrinho — Catarina diz, apontando para Gregório como se ele fosse uma nova peça de decoração que comprou em uma viagem para o exterior.

— Oi — Greg cumprimenta o amigo da tia, desesperado para voltar correndo para o quarto e só sair de lá quando não estiver mais vestindo um pijama de *Pokémon*.

— Muito prazer... Gregório, né? — o homem diz. — Sou o Orlando.

— Orlando é um grande amigo — Catarina intervém.

—A gente se conhece desde... sempre? Nem lembro direito.

— Mas só nos aproximamos mesmo quando abri a loja, quase dez anos atrás — Orlando diz.

— Quando a locadora não era na garagem — Catarina completa.

SE A CASA 8 FALASSE *169*

— Minha loja era do lado da sua — Orlando continua e, neste ponto, a conversa está prestes a se tornar um jogral de frases intercaladas, uma perspectiva que deixa Greg completamente apavorado

— Você tem uma loja de que? — ele interrompe o homem desnecessariamente bonito a sua frente.

— Flores — ele responde antes de começar a rir junto com Catarina.

Greg não sabe se os dois estão rindo pelo clichê do gay solitário vendendo flores ou se é uma risada de desespero de dois amigos que atuam em mercados extremamente complicados. Não dá para ter certeza, porque Greg não sabe como anda o mercado de flores. Ele, pelo menos, nunca comprou flores na vida. O garoto quase se perde no pensamento de que talvez, e apenas talvez, seja uma boa ideia comprar flores para Tiago. Mas ele sai dos seus devaneios e bate o pé no chão para se lembrar do motivo que fez com que saísse do quarto com o notebook debaixo do braço em um domingo de manhã.

— Tia, tenho uma ideia pra te apresentar. Pra locadora. Mas pode ser mais tarde. Me chama quando tiver tempo? — ele diz tudo de uma vez, se preparando para dar as costas e voltar para o quarto.

— Conta agora! — a tia pede, bem-humorada como Greg nunca a viu. — Tenho certeza de que o Lando vai gostar de ouvir também.

— Bom, já perdi a missa de qualquer forma, melhor ficar por aqui — Orlando diz e se senta no sofá com as pernas cruzadas do jeito que Greg aprendeu com seu pai ser o "jeito masculino" de cruzar as pernas, um tornozelo sobre o outro joelho.

Catarina ri de novo, provavelmente por causa do comentário da missa. Greg não sabe se foi uma piada ou não, e o jeito como os dois parecem entrosados deixa o menino mais inseguro ainda. Ele não estava preparado para fazer a apresentação para *duas* pessoas.

Catarina se senta ao lado do amigo e os dois observam Gregório caminhar até o meio da sala, como dois pais orgulhosos prestes a assistirem a seu filho de cinco anos apresentar um poema que ele acabou de escrever sobre abelhas, minhocas e macarrão com queijo.

Apoiando o notebook aberto na mesa de centro, Greg dá play na apresentação que passou a noite inteira fazendo. A tela inicial mostra uma imagem do Keanu Reeves em Matrix, de óculos escuros, mas Greg pintou as lentes de vermelho e azul para parecerem aqueles óculos 3D que entregavam na porta do cinema antigamente, em sessões de filmes 3D malfeitos. Ele achou que a imagem do ator capturaria a atenção da tia de imediato, e não estava errado. Catarina está sentada na beirada do sofá, apoiando o rosto com as mãos e apertando os olhos para enxergar melhor quando Greg aperta a barra de espaço e o texto toma conta da tela: CATAVENTO CINE CLUBE.

Catarina abre um meio sorriso. Orlando abre um sorriso inteiro. Já é suficiente para que Greg se sinta confiante o bastante para começar.

— As pessoas não alugam mais filmes — ele diz. — Hoje em dia dá pra encontrar tudo na internet. Mas o que a internet não oferece?

Uma imagem de duas pessoas se abraçando enquanto suas cinturas saem de dentro de telas de computadores aparece. Sabe Deus o que Gregório digitou no campo de busca para encontrar uma imagem específica como esta. Ainda bem que eu já estava dormindo.

— Interação humana. Conversar sobre o que acabaram de assistir. Debater assuntos importantes e ampliar a experiência do filme.

— É pra isso que existe o cinema — Catarina diz, começando a ficar incrédula.

Greg sorri. Ele aperta a barra de espaço novamente e a tela fica preta. Um texto em letras brancas aparece: "É pra isso que existe o cinema". Com mais um toque, um ponto de interrogação aparece ao fim da frase.

— É pra isso que existe o cinema? — Greg lê a pergunta, com uma entonação exagerada. — No cinema não existe um acordo de debate. Ninguém lá quer ouvir sua opinião. Puxar assunto com estranhos só vai te fazer parecer desesperada. Mas nada disso acontece aqui... — Pausa dramática. — No Catavento Cine Clube.

A página seguinte é um slide cheio de texto dividido cuidadosamente em tópicos. Greg fala sobre cada um deles sem precisar olhar para a tela, tamanho o seu envolvimento emocional com o projeto.

— Um clube de filmes mensal, quinzenal ou semanal, vai depender da sua força de vontade. Os clientes pagam por cada reunião, mas ganham desconto se pagarem por pacotes semestrais. O filme é exibido em um projetor, posicionado no fundo da garagem. Ambiente acolhedor e confortável. Comidas fornecidas em uma parceria comercial com a mãe do Tiago. Ainda não vi isso, mas ele disse que ela deve topar. Filmes cuidadosamente escolhidos por você, Catarina, a pessoa mais amada de toda a rua Girassol. Possivelmente de Lagoa Pequena inteira. Ao fim de cada encontro, rodas de debate sobre o tema central do filme. Descontos na locação pra afiliados que quiserem levar mais filmes pra casa e estender a experiência.

Greg pausa para respirar. Ele olha fixamente para uma mancha na parede, bem na sua frente, porque ainda não está preparado para ver a reação da tia. Ele passa mais um slide da apresentação, e algumas palavras em caixa alta e com fontes diferentes começam a aparecer.

AMIZADE...

EXPERIÊNCIAS...

FILMES...

PETISCOS...

LUCRO...

E, por fim, a tela da apresentação muda mais uma vez e as palavras CATAVENTO CINE CLUBE surgem no centro da tela, ao lado da ilustração de um catavento humanoide, que tem olhos esbugalhados e braços fininhos apoiados no que seria sua cintura.

— Horrível a mascote — Catarina diz. — Razoável a ideia.

Sem que ela tenha tempo de elaborar qualquer outra opinião negativa, Greg levanta o braço, como se pedisse permissão para falar e, assim que Catarina assente, ele lança seu argumento final. Aquele que ele *sabe* que sua tia não vai conseguir rebater.

— Você vai poder mediar os debates e explicar *A Casa do Lago* para um grupo de pessoas que vão te *pagar* por isso — ele cospe as palavras e termina com um sorriso.

Catarina também sorri.

Orlando torce o nariz. Provavelmente porque ele não entendeu *A Casa do Lago*.

— Podemos tentar — Catarina diz, com a mão no queixo. — Mas com uma condição.

Greg sente calafrios.

Orlando ri.

SE A CASA 8 FALASSE 173

Keanu late.

Catarina olha para o melhor amigo.

— A gente vai exibir um filme naquela garagem — ela diz, estendendo o braço e apontando para a direção errada, mas ninguém ousa corrigi-la porque Catarina parece determinada demais. — E você vai convidar o Roger.

Catarina sorri.

Orlando sente calafrios.

Keanu vai até a cozinha encarar a janela por seis minutos como ele faz diariamente, provavelmente porque enxerga espíritos visíveis apenas aos olhos caninos.

Greg solta uma risada confusa.

— Quem é Roger? — ele pergunta, porque a existência dessa pessoa de repente se tornou a diferença entre o sucesso e o fracasso do plano que elaborou para salvar a locadora.

— Ex-namorado do Orlando. Da época da faculdade — Catarina responde, com os olhos fixos no amigo. — Está voltando pra Lagoa Pequena a passeio. Mandou mensagem pro Lando dizendo que quer "matar a saudade dos velhos tempos" e o meu amigo aqui está morrendo de medo.

Greg revira os olhos. Sempre achou que pessoas desnecessariamente bonitas não tivessem medo de nada.

— Então é só convidar esse cara e tá tudo resolvido — Greg olha para Orlando, tentando equilibrar em seu olhar a quantidade certa de intimidação e súplica. — *Né?*

Orlando foi encurralado pela melhor amiga de sobrancelhas erguidas e pelo sobrinho da melhor amiga com shorts de desenho animado. Está sendo uma das manhãs de domingo mais incomuns na vida dele.

— Será que a gente pode parar de expor minha vida agora, Catarina?

— Você acabou de ver um garoto de treze anos fazer uma apresentação sobre como devo gerenciar o *meu negócio*. Eu sou a mais exposta aqui! — Catarina reivindica.

Keanu volta para a sala, latindo em concordância porque ele sempre vai fazer de tudo para defender a dona.

— Eu tenho dezesseis anos! — Gregório protesta.

— Você vai ter que expor ele também pra todo mundo ficar no mesmo nível. — Orlando aponta para Greg com um sorriso maldoso.

— Eu estou literalmente de cueca — Greg diz.

— Ele tá apaixonadinho pelo Tiago, sabia? — Catarina responde assim que o sobrinho termina seu protesto.

— Tiago filho da Clélia? Do restaurante? — Orlando pergunta, cruzando e descruzando as pernas como quem prepara o corpo para fofocar.

Greg sente o rosto queimar de constrangimento, mas também é atingido por algo bom. A sensação confortável de ver dois adultos conversarem sobre o garoto de quem está a fim de forma tão natural, como se ele fosse uma criança que acabou de contar sobre uma namoradinha na escola. Como se gostar de Tiago fosse algo *esperado* e não *condenado*, como se fosse algo *fácil*. O que o faz pensar que, no fim das contas, talvez seja mesmo.

Depois de uma vida inteira cheia de jantares desconfortáveis com os pais e conversas sobre celebridades que ele não conhece fazendo procedimentos cirúrgicos sobre os quais ele não quer saber, Gregório se sente acolhido enquanto é categoricamente envergonhado por sua tia e um gay adulto desconhecido que é, dentre todas as coisas que um gay adulto desconhecido pode ser, *florista*.

— Vamos ser práticos — Greg diz, tentando desviar a atenção dos dois para um assunto que realmente importa. — A gente vai precisar de cadeiras confortáveis, uma boa faxina na garagem, cartazes pra espalharmos pelo bairro, um projetor e, sei lá, um lençol branco, talvez?

— Eu tenho o lençol branco — Catarina diz, chacoalhando os ombros.

— Acho que consigo as cadeiras — Orlando complementa.

— Eu dou conta do resto — Greg afirma, tentando passar muito mais confiança do que realmente sente.

— Até do projetor? Isso não é uma coisa… cara? — Catarina pergunta, preocupada pela primeira vez com a possibilidade de ter que gastar dinheiro para fazer a ideia fantasiosa do sobrinho dar certo.

— Minha melhor amiga também é meio que minha assistente pessoal, ela pode me ajudar com isso.

— Assistente pessoal? *Pfff*. É assim que chamam as babás hoje em dia? — Orlando brinca, sendo abusado demais com o garoto que acabou de conhecer.

— Minha família é meio esquisita — Catarina sussurra para Orlando.

— Tecnicamente ela é mais babá do meu pai do que minha — Greg comenta.

— Eu disse, esquisita *demais* — Catarina sussurra mais uma vez.

— Sofia Karen vai me ajudar com as coisas caras, Tiago vai preparar o cartaz, e espero que ele seja melhor desenhando do que jogando tênis, e vocês dois… sei lá. Só estejam prontos no dia em que fizermos a primeira exibição — Greg ordena, se sentindo o adulto da sala.

— E isso vai ser no dia...? — Orlando questiona.

— Você que diz. No dia em que o seu amor do passado retornar para a cidade. Não era esse o combinado? — Catarina provoca.

— Ele vem na sexta — Orlando responde.

— Que é tipo... daqui a cinco dias? — Greg pergunta, já sabendo a resposta.

Os três ficam em silêncio, cada um por um motivo diferente.

Catarina porque se dá conta de que os dias estão passando depressa e mais cedo ou mais tarde o sobrinho vai embora, deixando para trás uma responsabilidade que ela não sabe se quer para si mesma.

Orlando porque, a menos de sete dias de encontrar o homem que mais amou em toda a vida, não faz ideia de como as coisas vão funcionar para os dois. *Se* é que as coisas vão funcionar para os dois.

E Gregório, coitado, porque percebe que uma contagem regressiva começou a piscar em cima da sua cabeça e que ele precisa aproveitar cada segundo em Lagoa Pequena para salvar a locadora da sua tia e, se não for pedir demais, beijar um garoto pela primeira vez. Ele sente um desânimo com a possibilidade de seu plano não dar certo.

Greg precisa correr, mas, antes disso, pensar. Ele enfia o notebook embaixo do braço e dá as costas para voltar para o quarto.

— Consigo fazer isso dar certo em uma semana — ele murmura e abre um sorriso forçado mesmo sabendo que seu rosto não está mais visível para os dois adultos. Acho que o sorriso forçado é para ele mesmo.

— Ei, Greg — Catarina chama com a voz doce de um jeito *quase* carinhoso.

— Oi — ele responde, ainda de costas.

— Não esquece de tirar a mascote de catavento horrível. Por favor.

Greg ri.

Keanu late.

— O Keanu daria uma mascote muito melhor! — Orlando comenta.

— Vocês têm razão — Greg diz.

E, desta vez, ele sorri de verdade.

25 DE JANEIRO DE 2010

NA MANHÃ DE SEGUNDA, Greg acorda cedo e com a cabeça cheia enquanto equilibra a empolgação para ver Tiago em mais uma semana de trabalho e o gosto amargo causado pela premonição de que seus dias em Lagoa Pequena podem estar chegando ao fim.

Ele observa cada detalhe do quarto pequeno onde passou os últimos dias e pensa no que será da sua tia depois que ele for embora. Ela vai sobreviver, é claro. E Greg também. Mas o garoto tem a sensação de que, por algum motivo, este é um daqueles momentos que irão mudar o jeito como ele enxerga o mundo. É uma sensação comum entre humanos. Acontece quando se apaixonam pela primeira vez, ou quando perdem uma pessoa importante. Quando decidem o que fazer da vida ou quando aprendem a dizer não para coisas que não querem fazer. Acontece com casas também. Quando sua varanda vira uma garagem, quando sua garagem vira uma locadora, quando um morador novo chega e quando um antigo vai embora. São momentos muitas vezes rápidos, mas que criam um novo ponto na linha da nossa existência. E o ponto que Gregório está prestes a deixar na minha história ainda é um mistério para mim.

Catarina bate de leve na porta e assusta o sobrinho, que não esperava ser chamado tão cedo. Não são nem oito da manhã e a locadora não abre antes das nove.

— Gregório — ela diz por trás da porta. — Tá acordado? Sua mãe está no telefone.

Isso pega o garoto de surpresa. Na última semana, sua mãe ligou três vezes (e seu pai, nenhuma). Em todas as ligações ela conversou apenas com a tia, perguntou como Greg estava, se precisavam de alguma coisa e, nos segundos finais, mandou um beijo para o filho e disse que estava com saudades.

Greg nunca sentiu vontade de falar com a mãe porque não via necessidade. Com as constantes viagens importantes da família, não é como se eles já não estivessem acostumados a ficarem distantes por muitos dias.

— Já vou — Greg diz, passando os dedos para desembaraçar os cachos do cabelo e baforando dentro da mão para sentir se está com hálito de quem acabou de acordar. A resposta é sim, obviamente. E isso o deixa um pouco mais inseguro de conversar com a mãe, porque ele tem medo de que, mesmo através da ligação, ela perceba que o filho não está impecável do jeito como ela gosta.

— Oi, mãe — Greg diz, depois de se levantar aos tropeços para pegar o telefone sem fio com a tia, que o esperava pacientemente na porta.

SE A CASA 8 FALASSE *179*

— Bom dia, filho. Desculpa ligar tão cedo. Te acordei, né? — sua voz tem um pouco mais de afeto do que o normal. Mas bem pouco.

— Acordou — Greg mente porque, por algum motivo, quer que sua mãe se sinta culpada.

— Desculpa. Hoje vai ser um dia longo resolvendo... coisas. Preferi tentar falar com você antes de ficar ocupada demais.

Se divorciando do meu pai e fingindo que nada está acontecendo, Greg pensa.

— Só queria ouvir sua voz — Carmem, a mãe de Greg, continua. — Está tudo bem por aí?

— Sim. Muito bem. A cidade é ótima — Greg diz, mesmo mal tendo conhecido a cidade.

— Sua tia é muito mandona? — a mãe pergunta, com uma risada no final.

— Não. Na verdade, ela é uma das pessoas mais carinhosas que já conheci — Greg mantém sua estratégia de miniagressões porque, depois que começou, não consegue mais parar.

Sua mãe fica em silêncio por alguns segundos, como se escolhesse bem as próximas palavras para não demonstrar que estava com ciúmes de Catarina. Tenho certeza de que ela estava. Na porta do quarto, Keanu fareja e rosna. Ele também tem certeza.

— Semana que vem você volta, né? — a mãe pergunta.

— Volto? Não sei. Ninguém me avisou nada.

— Pedi para o seu pai mandar a secretária comprar a passagem de volta e te avisar.

Assim como Keanu, Greg também rosna. Mas o som não sai alto o bastante para que a mãe possa escutar do outro lado da linha. Ele odeia quando ela chama Sofia Karen de secretária.

— Vou ver com ela, então — Greg diz, tentando encerrar a ligação. — Qualquer coisa te aviso.

Ele não vai avisar.

— Estou com saudades — Carmen diz.

— Eu também — Gregório mente.

Ele encerra a ligação e se joga na cama de forma dramática, como qualquer adolescente gay de dezesseis anos que acabou de descobrir que a vida pode ser bem mais leve quando se está longe da pressão de ser um filho perfeito. Ele não *odeia* a família. Mas também não *sente saudades* dela. Deitado na cama e encarando o teto, Greg se sente culpado por pensar uma coisa dessas, afinal de contas, temos que amar nossa família, certo? Mas a outra parte do seu cérebro, a parte que queria não ter que voltar para casa nunca mais, argumenta que Catarina *também é família*. E talvez ele possa apenas... ficar aqui? Para sempre?

Com um pulinho desengonçado, Keanu Reeves sobe na cama, lambe o rosto de Greg e o tira do transe de pensamentos importantes.

Uma semana, ele pensa. Uma semana para criar o melhor clube do filme já feito em Lagoa Pequena. Uma semana para mostrar para a tia que nem tudo está perdido. Uma semana para ajudar Orlando a reencontrar seu grande amor. Uma semana para, pelo amor de Deus, dar um beijo em Tiago e resolver a questão do Primeiro Beijo de uma vez por todas.

E, como todo grande ato revolucionário, este também começa com uma atitude arriscada.

SE A CASA 8 FALASSE *181*

Segunda-feira, 25 de janeiro de 2010. 08h23
De: geodude1993@email.com
Para: skaren@brittobeleza.com.br
Assunto: Tenho um plano

Oi, Sofia! Como estão as coisas por aí? Por aqui, muita coisa aconteceu (nada de beijo) (quase!), mas vou te atualizar depois. Agora preciso da sua ajuda.

Você acha que consegue comprar um projetor no cartão de crédito do meu pai e mandar entregar aqui em Lagoa Pequena?

Depois te explico.

Do seu amigo que precisa de você mais do que tudo neste momento,

G.B.

BETO

1 DE MAIO DE 2020

MAIS DE UMA SEMANA se passou desde que os irmãos Beto e Lara firmaram o compromisso de *se conhecerem melhor*. Oito dias seguidos em que se esforçaram para tentar fazer algo diferente todo dia. Tempo o bastante para que Beto não tenha mais nenhuma ideia do que fazer nos próximos dias. Além do cookie amaldiçoado que deixou a cozinha com cheiro de queimado por três dias, eles já tentaram montar um quebra-cabeça de cinco mil peças, fazer uma pintura *tie-dye* em uma camiseta, transformar a camiseta *tie-dye* em uma capa de almofada porque ela ficou feia demais para vestir, jogar um jogo de tabuleiro que Beto ganhou no seu aniversário de onze anos e nunca havia tirado do armário, fazer pudim, fazer feijão, ouvir um podcast novo, *gravar* um podcast juntos e criar pulseiras da amizade com elásticos coloridos.

Metade das coisas deu certo, a outra nem tanto. Helena proibiu os dois de tentarem cozinhar qualquer coisa sem sua supervisão e hoje, no feriado do Dia do Trabalhador, os três moradores estão jogados na sala, cada um pensando em como seria o feriado perfeito se o mundo não estivesse passando por *tudo isso*.

SE A CASA 8 FALASSE 183

Para Beto, uma viagem sozinho para um lugar novo, com paisagens para fotografar e uma cama de hotel macia esperando por ele no fim do dia.

Para Lara, uma noite com os amigos para dançar até o cabelo pingar de suor, acordar no dia seguinte sem se lembrar de absolutamente nada e comer pizza amanhecida de café da manhã.

Para Helena, uma tarde em um spa, sem filhos e sem preocupações. Nada além de velas aromáticas e um massagista atraente o bastante para parecer ter saído de um filme romântico sobre encontrar o amor depois dos quarenta anos.

Pela primeira vez desde que Lara chegou, os três estão juntos, sem compromissos e livres para aproveitarem a companhia uns dos outros. A TV está desligada porque, a essa altura, ninguém tem saúde para lidar com as notícias. A família fez um acordo silencioso de que o feriado significa *também* dar um tempo dos lembretes diários de que o mundo lá fora ainda está horrível, e o silêncio calmo não leva muito tempo para ficar desconfortável. Alguém precisa dizer alguma coisa e os três decidem falar ao mesmo tempo.

— Estou me sentindo feia — Lara diz.

— Filha, quando você vai pintar meu cabelo? — Helena cobra.

— O que a gente vai almoçar? — Beto pergunta.

— A gente pode pintar hoje — Lara sugere.

— Vamos pedir comida porque não quero cozinhar — Helena declara.

— Eu me sinto feio todo dia — Beto comenta.

Em uma embolação de perguntas, respostas e pessoas falando ao mesmo tempo, a família toma uma decisão. Helena liga para o restaurante e pede três marmitas. Lara coloca a máscara e

184 **VITOR MARTINS**

uma roupa razoavelmente limpa para ir à farmácia, e não sobra nada para Beto fazer, então ele fica encarando o celular esperando uma resposta para o bom-dia que mandou para Nicolas.

Nenhuma resposta chega no tempo que Lara leva para sair e voltar como quem acabou de assaltar uma farmácia durante um apocalipse zumbi.

— Meu Deus, filha, quantas pessoas vão pintar o cabelo? — Helena brinca.

— Três, ué — Lara diz, sem *nenhum* ar de quem está brincando.

— NÃO! — Beto grita bem na hora em que o almoço chega.

Durante a refeição em família, Lara faz uma lista de argumentos para convencer Beto de que pintar o cabelo é, *sim,* uma excelente ideia:

1. Os dois precisam de uma coisa nova pra fazer hoje. Ele nunca pintou o cabelo e ela nunca pintou o cabelo *de outra pessoa.*
2. Se ele não gostar, não é como se alguém fosse ver. Do jeito que as coisas estão, até todo mundo voltar a ser visto em público a cor já vai ter ido embora.
3. Qualquer coisa usa um boné!
4. Não existe isso de "não ficar bem de boné". É uma peça de roupa. Tipo, sei lá, *calças.* Todo mundo fica bem de calça.
5. Mudanças externas podem ser gatilhos para mudanças internas. Se enxergar de um jeito novo pode ajudar a ver seus problemas por outra perspectiva e trazer um pouquinho de estabilidade emocional.

Beto acredita que o último argumento foi totalmente *inventado* pela irmã, mas como sua mãe, a psicóloga da casa, não contestou e Beto só queria que Lara parasse de encher seu saco, ele disse sim.

Ele é um garoto teimoso e resistente, mas é *péssimo* em dizer não.

Sobre a mesa, o celular de Beto vibra.

Nico
bom dia! acordei agora. empolgado pra mais um dia trancado em casa!

Beto
minha irmã decidiu que vai pintar meu cabelo

não consegui dizer não

certeza que vou me arrepender

Nico
AAAAAA EU AMEI

vai pintar de que cor?

— Vai pintar de que cor? — Beto pergunta em voz alta, sem tirar os olhos do celular.

— Comprei várias porque quero fazer umas mechas no meu cabelo. Então você pode escolher entre verde, azul ou roxo — Lara responde.

— Uau, eu posso *escolher*? Tá aí uma novidade — Beto provoca.

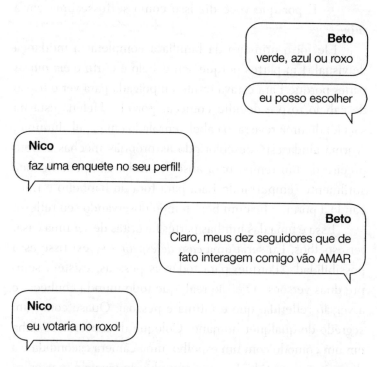

E Beto se contorce na cadeira ao aceitar que, em instantes, estará de cabelo colorido porque está cansado de argumentar com a irmã e a cor será roxa porque o garoto que ele gosta escolheu. Ele se sente um pouco frustrado ao perceber que faz tempo desde a última vez em que suas escolhas foram de fato suas. Mas, ao mesmo tempo, é mais confortável assim. Não é?

— Ficou TUDO! — Lara grita, se apoiando nos ombros de Beto enquanto ele se encara no espelho do banheiro.

— Tô parecendo um dos Ursinhos Carinhosos — Beto comenta, boquiaberto.

— E por que você diz isso como se fosse uma coisa *ruim?*

Ele foi o primeiro da família a completar a mudança de visual. Em partes porque seu cabelo é curto e *em outras partes* porque Lara estava muito empolgada para ver o irmão de cabelo roxo e decidiu começar por ele. Helena está na sala lendo uma revista, o cabelo enrolado em papel alumínio. A irmã ainda está descolorindo as próprias mechas e Beto precisa de um tempo para absorver tudo. Ele pede licença sutilmente (empurrando Lara para fora do banheiro e trancando a porta) e fica um bom tempo observando seu reflexo.

Essa é uma das minhas partes favoritas de ser uma casa: ter espelhos. Eu seria uma *casa de espelhos* se existisse essa possibilidade. Porque, para todas as pessoas, existem sempre duas versões: a versão real, que todo mundo conhece, e a versão refletida, que é íntima e pessoal. Quase como um segredo de qualquer humano. Coloque uma pessoa sozinha em um cômodo com um espelho, uma câmera escondida e a diversão é garantida. E como a minha *existência* é uma grande câmera escondida, estou sempre me divertindo.

Beto é o tipo de pessoa que testa seus ângulos. Normalmente ele vira a cabeça de um lado para o outro, tentando se sentir bem com o que vê. Põe a mão no queixo. Faz cara de bravo às vezes. Projeta um pouco os lábios para fora, para imaginar como seriam se fossem mais carnudos. Depois encolhe a boca e deixa os lábios finos enquanto pensa que, se fosse muito mais magro, até seria parecido com aquele garoto que fez o Homem-Aranha em um dos quinze filmes do Homem-Aranha.

Mas hoje ele só enxerga o cabelo. Lara fez um bom trabalho, não dá para negar. Para um procedimento feito em casa enquanto ele estava com um lençol velho enrolado no corpo e ela usava sacolas plásticas de supermercado nas mãos porque esqueceu de comprar luvas descartáveis, o resultado ficou *tecnicamente* muito bom.

Mas mudou completamente seu rosto. E, enquanto se observa, Beto tenta decidir se a mudança foi para melhor ou não. Ele vira de lado, passa os dedos entre os fios ondulados, fica de costas e vira rapidamente para o espelho, fingindo ter pegado seu reflexo de surpresa. Ele sussurra "oi, prazer, sou o Roberto, mas pode me chamar de Beto, todo mundo me chama assim", como se estivesse se apresentando para alguém pela primeira vez. Ele sorri. Finge que ri. Passa a língua pelos lábios lentamente para analisar se o cabelo novo adicionou *alguma* sensualidade à sua personalidade. Ele ri de verdade ao constatar que não. Ele se sente ridículo, mas também se diverte como não fazia há meses.

Beto pega o celular no bolso e tira algumas *selfies*. Tenta não pensar *muito* a respeito disso. Escolhe qualquer uma e envia para Nicolas.

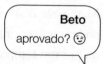

Beto
aprovado? 😉

De imediato ele se arrepende da piscadinha. O cabelo roxo faz com que ele se sinta *um pouco* mais descolado, mas não descolado o bastante para não repensar absolutamente todas as suas interações com Nico.

Ele sai do banheiro e é recebido com sorrisos. Sua mãe o elogia com uma intensidade desproporcional, como se ele tivesse acabado de ganhar o Prêmio Nobel dos Cabelos Coloridos. E Lara está orgulhosa do seu trabalho.

— Tá bom, vai. Gostei — Beto admite.

E quando o celular vibra com uma nova mensagem de Nico, ele mal percebe Lara fotografando sua reação. Ele não percebe mais nada, na verdade, porque está ocupado demais sorrindo feito bobo para a tela.

> **Nico**
> e não é que você conseguiu ficar
> ainda mais lindo? 😌

Beto e Lara já estão prontos para dormir. É quase meia noite e, apesar de sentir que passou o dia inteiro em um salão de beleza, Beto se sente feliz. Leve. Despreocupado, até. Ele tenta encarar o fato de que o mundo continua caótico e hoje foi apenas um dia bom e atípico. Beto faz isso para tentar diminuir um pouco sua felicidade, porque ele tem essa mania complicada de achar que estar bem é sempre um sinal de que, em breve, tudo vai piorar. Mas mesmo se *esforçando* para pensar em tudo de ruim que pode acontecer, ele sabe que vai guardar o dia de hoje na memória por um tempo. Sabe que, no futuro, este será um daqueles dias que vão gerar um pensamento de "ah, lembra daquele dia em que fiquei feliz por causa de uma bobeira de nada?" e, em uma realidade onde o mundo está tão cheio de notícias ruins, é bom ter dias assim para guardar na memória.

— Acho que você vai gostar disso aqui — Lara diz, deitada no colchão ao lado de Beto e apontando o celular para o irmão.

Beto observa a imagem na tela. É uma foto. Uma foto *dele*.

— Deixa eu ver aqui — ele diz, então pega o aparelho das mãos de Lara.

É a foto que ela tirou mais cedo na sala. Beto quase não se reconhece. Ele não gosta de se ver em fotos, e talvez seja por isso que sempre preferiu ficar atrás da câmera. Também não gosta muito dos seus braços e de como seus ombros sempre parecem caídos. Não gosta da papada embaixo do queixo e de como ela fica ainda mais evidente quando ele sorri. Não gosta de câmeras de celular que desfocam o fundo da imagem porque sabe que esses desfoques são feitos por uma inteligência artificial e não por uma lente. O recorte sempre fica esquisito e o autor da foto sempre se acha profissional demais só porque apertou um botão para embaçar o cenário.

A foto que vê agora tem tudo isso: seus braços, os ombros caídos, sua papada, um sorriso aberto demais, ele por inteiro com a cabeça inclinada para baixo encarando o próprio celular e o *maldito* fundo desfocado.

Mas, ainda assim, ele gosta do que vê. Pode parecer loucura, mas Beto *ama* aquela foto. De verdade.

— Quando você tirou isso?

— Mais cedo. Eu ia só mandar para a Gi que mora comigo porque ano passado ela queria pintar o cabelo, mas ficou com medo de me deixar fazer em casa. Só queria provar que, com uns tutoriais em vídeo e paciência, sou capaz de *tudo*. Só que achei que a foto ficou bonita de verdade. Nem sabia que você era capaz de sorrir assim — ela provoca.

— Lara! Eu sorrio o tempo todo! — Beto se defende, mesmo sabendo que não é verdade.

— Você ri dos seus próprios comentários sarcásticos como se estivesse em um monólogo dentro da própria cabeça. Isso não é a mesma coisa que sorrir — ela explica.

— Eu não faço isso! — Beto continua se defendendo, mesmo sabendo que Lara tem toda a razão.

Lara ri.

— Ai, Beto, sei lá, só aceita o elogio como qualquer pessoa faria — ela diz.

— Então elogia *direito*. "Eu nem sabia que por trás de toda a tristeza e escuridão da sua alma ainda existia um sorriso lutando pra existir" não é a melhor forma de elogiar alguém — ele diz, deixando a voz mais aguda para tentar fazer uma imitação horrível da irmã.

— Você tá certo — Lara concorda, enquanto se senta de pernas cruzadas, fecha os olhos por alguns segundos e respira fundo. — Você ficou muito lindo nessa foto, irmãozinho — ela completa, um pouco forçada, mas com amor genuíno.

— Obrigado, irmãzinha — Beto rebate no mesmo tom.

E, de alguma forma, os dois finalmente estão conversando no mesmo dialeto. Em uma mesma sintonia.

— Te mandei a foto — Lara diz, deitando de lado e se preparando para dormir.

Aproveitando a serotonina no organismo e o momento raro de autoestima, Beto publica a foto em seu perfil sem se preocupar, já que ninguém ali vai ter interesse em ver seu cabelo novo. Ele ignora totalmente o jeito como aquela imagem com fundo desfocado de câmera de celular destoa completamente das suas próprias fotos bem tiradas, bem editadas e *quase* profissionais. Digita "pintei o cabelo, gostaram?" e apaga. Depois digita "hoje foi um dia bom" e apaga. No fim das contas, joga um monte de emojis de uvas e corações roxos e se dá por vencido. Ele nem sabe por que ainda *tenta* elaborar legendas.

8 DE MAIO DE 2020

Beto se sente invencível.

É difícil acreditar que, mesmo depois de quase dois meses sem sair de casa, com seus planos completamente frustrados, nenhuma perspectiva para o futuro e o mundo inteiro se encaminhando para um caos sem precedentes, ele esteja feliz.

Beto se sente bonito, suas fotos têm recebido mais atenção do que de costume, sua rotina com Lara está leve e agradável, sua mãe tem equilibrado melhor as horas de trabalho para passar mais tempo em família e Nicolas continua sendo Nicolas (presente, divertido, insuportavelmente lindo e gentil).

São quase três da tarde de uma sexta-feira e Lara já parou de trabalhar. Ainda é um mistério para Beto o funcionamento da rotina de trabalho da irmã e como ela consegue bancar uma vida em outra cidade apenas escrevendo *coisas* na internet, mas ele já desistiu de tentar entender.

Os dois estão tomando café com leite, cada um em uma ponta do sofá, com o rosto enterrado em seus respectivos celulares. Quem observa de longe pode achar que são dois estranhos, mas na dinâmica dos dois isso basicamente se qualifica como *passar um tempo juntos*.

Beto tira uma foto da sua caneca de café branca com os dizeres "Deus é bom D+" ao lado do desenho de uma formiga sorridente de luvas amarelas. Foi presente de um dos pacientes da mãe e ele adora usá-la ironicamente. Envia a foto para Nico, que responde quase imediatamente com a foto de uma caneca amarela com os dizeres "Eu AMO terças-feiras" ao lado do desenho de um gato de óculos-escuros.

> **Beto**
> uau, que específico. quem AMA terças-feiras?

> **Nico**
> minha mãe tem uma coleção com todos os dias da semana

> só sei que dia é hoje por causa das canecas. a pandemia já me tirou completamente a noção da realidade

> **Beto**
> nicolas, hoje é sexta

> **Nico**
> meu deus????

Beto ri mais alto do que de costume, o que chama a atenção de Lara.

— Quem é o garoto? — ela pergunta.

— Do que você está falando?

— O garoto com quem você passa o dia inteiro conversando com essa cara grudada no celular.

— Lara, você *realmente* está se transformando na mamãe.

— Não muda de assunto, tô falando com você — ela insiste, guardando o próprio celular dentro do sutiã e cruzando os braços.

Beto aponta para o sutiã de Lara e começa a rir porque, bom, a mãe dos dois faz exatamente a mesma coisa. Lara também ri porque nem ela é capaz de negar a semelhança.

— Estou falando sério, Roberto! — Lara diz em meio a uma risada. — Sei que tem algum garoto aí nesse celular. Ninguém sorri tanto assim pra uma tela sozinho.

— O nome dele é Nicolas — Beto responde revirando os olhos para fingir que está apenas cedendo à pressão da irmã.

Mas no fundo, bem no fundo, ele *quer* falar sobre Nico. Porque Nico nunca foi um assunto com ninguém da "vida real". Porque ele acha que, de alguma forma, falar sobre Nico em voz alta vai trazer o garoto para mais perto.

Infelizmente, não vai.

Não do jeito como ele quer.

Mas, de certa forma, vai, sim.

Não sei como funcionam essas coisas.

Sou uma casa, só entendo de coisas práticas.

— E o *Nicolas* é... — Lara diz lentamente enquanto movimenta os dedos como se estivesse ensinando palavras para uma criança que ainda não sabe falar.

— Legal? — Beto responde, levemente arrependido de ter dado corda para Lara.

Em trinta segundos ele descobriu que não consegue falar sobre Nicolas em voz alta. Ele não tem ideia do que dizer. Nunca conversou sobre garotos com outra pessoa.

— Você nunca conversou sobre garotos com outra pessoa, né? — Lara deduz.

— Tá! Ele é legal. E muito divertido. A gente se conheceu na internet por causa de *Batalha no Gelo*...

— Aquele programa cancelado dos patinadores? — Lara interrompe.

— Não tinha necessidade nenhuma de citar o "cancelado" se você só queria confirmar qual era o programa, mas sim, esse mesmo — Beto responde, levemente irritado.

— Desculpa, desculpa. Continua — ela diz, bebericando o café com leite que a esta altura já deve estar frio, mas Lara não se importa porque ama o caos.

— Ah, é meio que só isso. Acho que gosto dele, sei lá. Não sei dizer. É complicado. Acho que ele gosta de mim. Ele sempre manda sinais.

— Uh, eu *adoro* sinais! Ele se inclina pra frente pra rir só pra ficar mais perto de você? Ele te abraça por mais tempo do que um abraço normal deve durar quando vocês se encontram?

Beto engole seco. Ele se sente *tão* idiota.

— A gente nunca se viu. — Ele cospe as palavras em um sussurro quase inaudível.

— Quê? — Lara se aproxima do irmão para ouvir melhor.

— A GENTE NUNCA SE VIU! — Beto grita, não como uma pessoa agressiva, só como alguém que já perdeu completamente o controle.

— Shhhhhh — Helena chia do quarto-escritório onde atende um paciente.

— Mas onde ele mora? — Lara sussurra com o rosto quase colado no de Beto.

— Brasília — ele responde também sussurrando, como se contasse um segredo para a irmã.

— Puta merda — Lara diz em um tom de voz *padrão*, desistindo completamente de continuar sussurrando. — Quer dizer, não é *tão longe*, mas, ainda assim, tipo, não é como se todo mundo estivesse se vendo horrores agora, né? Sabe, mesmo se ele morasse mais pra baixo aqui na Girassol, não é como se vocês *pudessem* se ver agora.

O coração de Beto dói com uma pontada ao imaginar um possível cenário em que Nicolas morasse "mais pra baixo aqui na Girassol". Ele provavelmente quebraria *todas* as recomendações sanitárias só para ver aquele sorriso de perto.

— E mesmo quando isso acabar, nossa, tem promoção de passagem *o tempo todo*. E milhas do cartão de crédito. Dá pra fazer *muita coisa* com milhas. Eu comprei uma batedeira com milhas, acredita? Sem gastar um real. É tipo dinheiro de mentira — Lara continua, sem saber a hora certa de ficar quieta.

Ela fala demais quando está nervosa.

Ela está nervosa porque seu irmão está apaixonado por um garoto que mora longe.

E ela *sabe* como isso pode doer.

— Tá, Lara. Não é como se a gente fosse se casar amanhã, sei lá. Ele nem sabe que eu gosto dele.

— Você não manda sinais também? — Lara pergunta, curiosa.

— Às vezes. Não sei — Beto responde, coçando o cotovelo.

— Dá aqui, deixa eu ver — Lara diz, apontando para o celular do irmão.

Beto solta uma gargalhada genuína. Ele ri de verdade, como alguém que acabou de escutar a melhor piada do mundo. Não é encenação. Ou ele encena muito bem (o que não é o caso, vide os momentos em que ele vira de costas no espelho do banheiro e tenta surpreender o próprio reflexo).

— Não vou te mostrar nossa conversa — ele diz, finalmente. — Que tipo de pessoa *pede* pra ver o celular da outra?

— Sei lá, todas as minhas amigas? — Lara comenta, se sentindo levemente ofendida.

— Não sou sua amiga. Sou seu *irmão*. E tem coisas aqui — Beto bate com o dedo indicador na tela do celular — que depois de vistas jamais poderão ser desvistas.

SE A CASA 8 FALASSE *197*

Lara acredita que o irmão esteja falando de conversas *safadinhas*.

Beto na verdade está falando sobre todas as suas tentativas fracassadas de conduzir a conversa para um contexto romântico que sempre terminam com ele se sentindo humilhado e mudando de assunto com memes.

— Acho que você devia se declarar pra ele, então — Lara comenta, como se fosse a solução mais óbvia.

— Hã?

— Falar como você se sente, sei lá. Por mais que seja uma situação difícil, as coisas ficam mais fáceis quando a gente conversa. Além do mais, você *sente*, não sente?

— O quê?

— Que ele também gosta de você, bobo.

Beto reflete por um tempo. Ele acredita que sim, mas morre de medo de estar errado.

Todas as vezes em que tentou listar seus medos, Beto perdeu a conta depois do item trinta e dois. Ele teme a rejeição quase na mesma intensidade que a confirmação. Se Nico disser não, tudo vai mudar entre os dois. Mas se ele disser sim, tudo *também* vai mudar. E apesar de ter passado os últimos três anos contando os dias para se mudar de cidade, Beto não é fã de mudanças. Não das que envolvem o seu relacionamento com o único garoto da sua idade que é divertido, atraente, gentil e conversa com ele por horas e horas sem que nenhum dos dois fique entediado.

Tudo isso deve significar alguma coisa, certo? Beto acredita que *tem* que significar alguma coisa.

Mas ele morre de medo de descobrir o quê.

— Vamos lá! — Lara diz, cruzando as pernas e arregaçando mangas imaginárias porque a camiseta que ela está vestindo tem mangas curtas. — Toda vez que preciso tomar uma decisão difícil, eu analiso o que pode acontecer de melhor e de pior.

Beto se segura para não comentar que isso é literalmente o que qualquer pessoa ponderada faz e que ela deveria parar de falar como se tivesse inventado a balança de prós e contras só para parecer mais sábia e madura, mas ele fica quieto, porque sabe que Lara só quer ajudar.

— O que pode acontecer de *pior*?

— Hm... — Beto se esforça para imaginar o pior cenário possível. É fácil, porém machuca um pouco. — Ele pode achar que eu estava delirando de achar que nós dois poderíamos ser... alguma coisa. E pode mandar aquela de "acho que é melhor a gente se afastar por um tempo" e sumir da minha vida pra sempre até a gente se reencontrar no futuro em alguma rede social que provavelmente não será nenhuma das que existem hoje. Vou olhar todas as fotos dele, ou hologramas, porque pode ser que hologramas sejam comuns no futuro, e me remoer de inveja enquanto o vejo com um marido que não sou eu e filhos que não são meus.

— Uau, que intenso — Lara diz, com um meio sorriso, tentando se concentrar na conversa, mas com a mente totalmente distraída pela coisa dos hologramas. — E o que pode acontecer de *melhor*?

— Ele também gostar de mim, talvez? — Beto diz com a voz aguda, quase rindo do próprio absurdo que acabou de falar.

— Pelo amor de *Deus*, Roberto! Você é mais criativo que isso.

— Tá bom — Beto diz, e seca o suor da testa com as costas da mão porque essa conversa está sendo desafiadora.

Beto odeia conversas desafiadoras. — Ele pode gostar de mim. E aí a gente conversa muito sobre o que iremos fazer com todo esse sentimento. Quando *tudo isso passar* a gente se encontra pela primeira vez, daí a gente vê se ele *realmente* gosta de mim, porque pessoalmente é outra coisa, né? E, no melhor cenário, ele também vai me amar pessoalmente. Tipo, literalmente me amar. Ele diz que me ama dois segundos depois de bater os olhos em mim porque não aguenta mais esperar. Isso tudo no *aeroporto*. Depois a gente para em uma loja de donuts que ele sempre comenta que tem no aeroporto de Brasília. Já vi fotos, são donuts extremamente bonitos. Ele diz "espera aí, vou pegar uns pra gente" e volta com uma caixa; quando eu abro, encontro um donut de chocolate com cobertura rosa escrito "Beto, quer namorar comigo?", mas a letra do funcionário que confeitou o donut é estranha e parece estar escrito "Beto, quer na moral comigo?" e nós damos risada disso por anos. Digo sim. Vivemos felizes pra sempre. Pedimos um Uber na saída do aeroporto.

— Meu Deus — Lara diz.

— Perdão. Pedimos um Uber na saída do aeroporto e *depois* vivemos felizes pra sempre. Troquei a ordem das coisas.

— Você pensou nisso tudo… agora?

Não. Beto roteiriza esse momento na cabeça de diversas formas diferentes há meses. Já criou uma playlist com a mesma duração do tempo de viagem de Lagoa Pequena até Brasília. Ele já sabe até o que vai *vestir* quando encontrar Nicolas pela primeira vez.

— Sim, pensei agora.

— Posso estar errada, mas acho que mesmo que tudo aconteça da pior forma possível, ele merece saber como você se sente — Lara comenta. — São sentimentos bons. E acho que no meio *disso tudo* que a gente está vivendo, todo mundo precisa de um pouquinho de sentimentos bons.

Beto solta um longo suspiro e passa a mão pelos cabelos roxos. Ele nunca tinha pensado dessa forma. Nunca havia enxergado todos esses sentimentos como algo *bom*. Para Beto, o amor sempre foi como uma bomba relógio que, quanto mais o tempo passa, mais cria tensão e traz a certeza de que falta pouco para explodir. E aí, quando explode, destrói tudo.

— Além do mais — Lara continua. — Essa pode ser a sua coisa inédita do dia. Se declarar para alguém pela primeira vez.

Beto ri.

— *Pfff*. Até parece. E qual seria a *sua* coisa inédita do dia?

— Observar meu irmão se declarando para alguém pela primeira vez, claro!

— Não *mesmo* — ele responde. — Se eu for fazer isso, vou fazer sozinho.

Ele se levanta do sofá de cabeça erguida, corre para o quarto e fecha a porta atrás de si.

Lara abre um sorriso.

Dentro do quarto, Beto encara a tela do celular.

Esse é um sentimento bom. Esse é um sentimento bom. Esse é um sentimento bom.

Ele respira fundo, buscando toda a coragem dentro de si mesmo. Estava tão bem no começo do dia! Ele se sentia invencível! Para onde foi aquela coragem toda?

Com as mãos suadas, Beto segura o celular. Com os dedos trêmulos, digita uma mensagem.

SE A CASA 8 FALASSE *201*

Beto
oi

Nico
Oie

Beto não esperava uma resposta tão rápida. Ele não sabe o que fazer. O tempo passa, um minuto ou dois. Ou cinco.

Nico
beto?

Beto
nada sério

só queria saber qual queijo você gosta mais

Nico
provolone

ou requeijão, se você considerar requeijão um tipo de queijo!

É irritante como Nicolas tem uma resposta para tudo. Como ele não precisa de mais de dez segundos para decidir seu queijo favorito.

Beto sente o estômago dar cambalhotas e se contorcer só de imaginar a possibilidade de Nicolas ter uma resposta rápida para seus *sentimentos bons*.

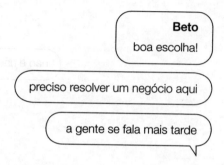

Morrendo de vergonha, Beto esconde o celular dentro da gaveta como se fosse capaz de se esconder de Nicolas. A coragem foi embora, e Beto não sabe se ela vai voltar amanhã.

9 DE MAIO DE 2020

NÃO VOLTOU.

10 DE MAIO DE 2020

TAMBÉM NÃO.

11 DE MAIO DE 2020

> **Beto**
> oi nico. tá por aí?

> queria conversar

> não é nada sério. talvez um pouco

> mas nada URGENTE

> só um pouco

ANA

10 DE JANEIRO DE 2000

QUANDO CHEGA A SEGUNDA-FEIRA, Ana não tem mais unhas nos dedos.

Os últimos dias foram cheios, e meus dois moradores dedicaram muito tempo encaixotando suas coisas. É absurdo como, a cada gaveta, eles descobriam o quanto deles existia aqui. Celso é especialista em mudanças e, ao longo da vida, já morou em mais de dez bairros diferentes em Lagoa Pequena (ou seja, quase todos). Mas esta é a primeira mudança de Ana. Tudo que ela tem está aqui, e é emocionalmente cansativo escolher o que vai e o que fica.

O quarto de Ana já não parece mais seu. Os livros e CDs que ocupavam a maior parte do espaço já estão todos guardados, com exceção da leitura atual de Ana (*A história do ladrão de corpos*, de Anne Rice), e alguns CDs que ainda escuta antes de dormir (incluindo o disco do Blink-182 que, esta noite, será enfim devolvido para a devida dona). As paredes que antes eram cobertas de pôsteres e recortes de revista agora estão vazias, e o branco opaco com algumas marcas de fita adesiva nos cantos é um pouco assustador. Não resta quase nada de Ana por aqui.

Na cozinha, a maioria dos utensílios também já foi embrulhada em plástico bolha e jornal. O mínimo necessário para duas pessoas foi deixado de fora e, no escorredor de louça, há dois pratos, dois copos e dois garfos. Isso faz Celso pensar que talvez seja possível recomeçar a vida em outra cidade com apenas dois pratos, dois copos e dois garfos. Ele odeia lavar louça tanto quanto a filha.

A vantagem de convidar Letícia para jantar no meio do processo de mudança é que a sala finalmente *se parece* com uma sala. Todas as peças de computador de Celso já foram guardadas e a mesa de jantar voltou a exercer sua função original. Ana comprou velas (bonitas e cheirosas, não daquelas para usar quando acaba a luz) e Celso até trouxe flores da feira de rua que acontece todo domingo. Não lembro quando foi a última vez em que trouxeram flores de verdade aqui para dentro!

(Sendo bem sincera, lembro, sim. Lembro de tudo, na verdade. Em 1982 tive uma moradora que era obcecada por flores. Seu nome era Elis, e ela morou aqui por quatro anos e meio, até conhecer um padeiro bonitão e se mudar para a Itália com ele depois de dois meses de namoro. Espero que ela esteja bem.)

— Você já tem alguma ideia de como vocês duas vão lidar com... tudo isso? — Celso pergunta durante a tarde, enquanto Ana se encara no espelho do banheiro e, pela primeira vez na vida, tenta fazer a própria sobrancelha.

— Você diz se a gente vai tentar continuar juntas? — Ana pergunta, impaciente com o pai e com a própria sobrancelha.

— Sei lá, existem maneiras de fazer dar certo. Não quero parecer que estou me metendo nem nada, mas...

— Já se metendo — Ana rebate.

— Brasil Online! — Celso meio que grita, como se esperasse que essas duas palavras fizessem algum sentido para a filha. — Agora já existem webmails gratuitos pra qualquer pessoa. Você já parou pra pensar nisso, filha? É de graça, rápido, seguro.

— Tenho as minhas dúvidas sobre a parte do "seguro" — Ana diz.

— Tudo que a Letícia precisa é de um computador, acesso à internet e *puf* — Celso faz um gesto com as mãos que parece ser sua tentativa de imitar um mago revelando seu truque. — Vocês estão imediatamente conectadas.

Ana arranca mais um fio da sobrancelha direita e a analisa no espelho com muita calma para ver se está no mesmo formato que a esquerda. Não está.

— Ninguém tem computador em casa, pai. Na escola só tem um que fica trancado na diretoria. As pessoas ainda acham que computadores são a marca da besta ou uma forma do governo de controlar nossas vidas, sei lá. Você é a exceção — Ana diz, soando um pouco mais dura do que a situação exige e se arrependendo imediatamente.

— Só quero ajudar — Celso diz, genuinamente preocupado. — Sei lá, é como se vocês duas fossem uma novela romântica que estou acompanhando e torcendo por um final feliz.

— Pai, você não gosta nem de novela, nem de romance — Ana lembra, incapaz de segurar o riso.

— Será que não? — Celso diz, mexendo as sobrancelhas para cima e para baixo, de um jeito que sempre parece bizarro quando feito por pais, e depois desaparece dentro do quarto.

— Volta aqui! — Ana grita.

— Webmail grátis pra todos! — Celso grita de volta, sem fazer sentido algum.

Ana desiste de arrumar a sobrancelha; até se arrepende de ter começado. Se Letícia realmente a ama, não vai se importar com um detalhe bobo como este.

— Meu Deus, o que você fez com a sua sobrancelha? — É a primeira coisa que Letícia diz quando Ana abre a porta.

Ana sente o rosto queimar de vergonha e cobre a testa com as mãos.

— Não, não — Letícia diz, desesperada. — Não quis dizer que você ficou feia. Só está diferente. É só que, bom, está na sua cara. Não é como se você tivesse colocado unhas postiças, sei lá, isso levaria mais tempo pra perceber. Mas sobrancelhas ficam aí, logo acima dos olhos. E se os olhos são a janela da alma, as sobrancelhas seriam, sei lá, o telhado da alma? Não, acho que o cabelo é o telhado da alma. Sobrancelhas seriam tipo as calhas que coletam a água da chuva. Meu Deus, o que é que estou falando?

Ana ri e sente desde já a falta que o fluxo de palavras de Letícia vai fazer em sua vida.

— Acho que isso seriam os cílios — ela responde.

— Como é?

— As calhas que recolhem a chuva são os cílios. Porque sem eles as lágrimas iam escorrer direto dos olhos pelo rosto.

— Mas a chuva não sai de dentro das janelas — Letícia argumenta.

— É melhor você entrar. — Ana dá um passo para o lado, abrindo caminho para a namorada e finalmente encerrando a conversa maluca que não vai dar em nada.

— Vamos começar de novo — Letícia diz, dando um passo à frente. — Você está linda!

— Você também — Ana responde enquanto observa Letícia de cima a baixo.

Ana realmente está linda com um vestido largo preto com bolinhas brancas, meia-calça e uma bota de cano curto (apesar de se sentir um pouco ridícula por estar de bota para um jantar na própria sala). Seu cabelo solto cai sobre os ombros com um movimento suave, e quem vê pode pensar que ela passou horas em um salão de beleza cuidando dele quando, na verdade, apenas o lavou.

As maravilhas que água e xampu podem fazer!

Letícia está com um short jeans que parece ser novo, um All Star vermelho muito velho e uma blusa amarela leve e folgada, amarrada com um nó um pouco acima do umbigo, o que dá à Ana uma pequena visão da sua barriga. Seu cabelo cacheado está preso em um rabo de cavalo bem no topo da cabeça e a única maquiagem que ela usa é o brilho labial que Ana adora porque tem gosto de melancia e deixa o beijo das duas pegajoso na medida certa.

Ana poderia beijar essa garota por horas sem sentir o tempo passar. Poderia começar agora mesmo, se seu pai não estivesse em casa ainda. Uma coisa é contar para o próprio pai sobre a namorada, mas beijá-la na frente dele é outra completamente diferente. Seria esquisito demais.

— Olha quem chegou! — Celso diz quando aparece na sala, arrancando Ana dos pensamentos sobre o brilho labial e o umbigo de Letícia.

As duas garotas olham para Celso espantadas porque: 1) ele não está usando o boné da Copa de 98 (o que espanta principalmente Letícia, que sempre acreditou que Celso era careca e usava o boné para esconder, mas ele na verdade tem muito cabelo e o boné é uma escolha) e; 2) Celso está arrumado de verdade, com uma camisa de botão, calças cáqui e, por mais incrível que pareça, sapatos sociais.

— Pai? — Ana pergunta, como se tentasse se certificar de que aquele é o mesmo Celso de sempre.

— Caprichou, hein, sogrão?! — Letícia comenta, se arrependendo imediatamente de ter cruzado uma linha que ainda não sabe se Celso está pronto para cruzar com ela.

— Acham que só vocês duas merecem uma noite especial? — Celso diz, segurando o colarinho da camisa social e dando uma voltinha, o que é ao mesmo tempo constrangedor e muito fofo. — Também vou sair pra uma despedida.

— Hm, quem é ela? — Letícia quer saber.

— Provavelmente os amigos que jogam RPG com ele todo mês na Biblioteca Municipal — Ana sussurra.

Celso não responde e, depois de um beijo na testa de Ana e outro na de Letícia, sai deixando a solução do mistério por conta das duas.

— Uau, que estranho — Ana diz.

— O beijo na testa? Achei fofo. E ele não fez cara feia quando o chamei de sogrão. Isso é bom, não é? — Letícia comenta, se jogando no sofá. — Chamar um adulto de sogro sempre me pareceu um conceito tão distante. Sei lá, é cada sonho besta que eu tenho.

Ana sorri e as duas ficam em silêncio, deixando a lembrança de que este é um jantar de despedida se assentar aos poucos.

— Tem peixe — Ana diz, desesperada para dissipar a tristeza que paira no ar.

— Ahn?

— Truta. Meu pai comprou pra gente no Truta Mania. Ninguém aqui em casa sabe cozinhar peixe.

— *Uh, chique!* Minha mãe foi lá com o meu pai numa de suas tentativas de salvar o casamento com comida cara. Ela disse que ficam tocando violino o tempo inteiro e é insuportável! — Letícia comenta.

— Hoje não vai ter música ao vivo, a agenda do violinista estava cheia — Ana brinca, mas não dá o tempo de que Letícia precisa para rir. — Vou botar a mesa, então.

— Ei — Letícia chama. — Calma, não precisa ter pressa. Fica um pouquinho comigo — ela pede, e dá dois tapinhas ao seu lado como se chamasse um cachorro para subir no sofá, só que de um jeito romântico. Nunca entendi a diferença.

Ana corre e se encolhe ao lado da namorada no sofá, aproxima o rosto do peito de Letícia e ouve seu coração bater.

— Nós duas arrumadas pra ficar na sala, parece Ano-Novo em família — Letícia comenta, se encarregando de quebrar o silêncio desta vez.

Sem perceber, as duas já criaram um esquema de quebra de silêncio intercalado, dividindo as responsabilidades e lidando com tudo isso juntas.

— Não empenhei nem metade do esforço de hoje pra me arrumar no Ano-Novo. Inclusive, tenho quase certeza de que passei a virada do milênio de pijama. Talvez seja isso que me deu tanto azar — Ana comenta.

Parece que uma vida inteira já se passou desde a virada. A noite em que ela acreditou que o novo milênio seria o começo de uma fase incrível da sua vida. A noite em que dormiu pensando em Letícia e em tudo que os próximos mil anos significariam na vida das duas. Sua boca é tomada pelo gosto amargo da saudade.

— A gente pode ficar a noite inteira em silêncio e não falar sobre o futuro? — Ana pergunta.

Mas, ao mesmo tempo, Letícia diz:

— A gente tem que conversar sobre o futuro.

As duas soltam uma risada constrangedora.

— Não tem como fugir mais, amor. A gente precisa decidir isso juntas — Letícia diz, enquanto faz carinho lentamente no cabelo de Ana.

— Acho que o destino meio que já decidiu pela gente, né? — Ana lamenta.

— O destino é um filho da puta — Letícia afirma.

Mais silêncio.

— A gente pode dar um tempo, sei lá. Não precisa ser um término. A palavra término me dá calafrios, sei lá. — Ana diz.

— Cala a boca — Letícia diz, com carinho. — Você foi o maior acerto da minha vida até agora. E não quero te tirar dela, Ana. Mas, ao mesmo tempo, não quero te prender.

E se eu quiser que você me prenda?, Ana pensa, mas não tem coragem de sugerir.

— Como assim me prender? — Ela decide se fingir de boba.

— Até parece que você não sabe. — Letícia não entra no jogo. — Não sei como dizer isso sem parecer uma pessoa horrível, mas, tipo, você sabe que pra você vai ser bem mais fácil, né? Você é a pessoa que está indo. Vai descobrir novos lugares, novas pessoas e novas maneiras de deixar a pizza com um gosto horrível. Eu vou ficar aqui, vivendo nessa cidade minúscula onde cada cantinho tem uma lembrança sua.

Ana também já tinha pensado nisso e, em partes, sabe que Letícia tem razão.

— Eu carrego uma lembrança sua em cada pedacinho de mim — Ana diz, sem medo de ser cafona. — Exceto, talvez, no meu dedo mindinho esquerdo.

Letícia sorri, pega a mão esquerda de Ana e a leva até a boca para dar um beijo no mindinho da namorada.

— Pronto, agora tem — ela diz. — Só não deixa todas as nossas lembranças te impedirem de criar lembranças novas, tá?

Ana fica emburrada de imediato.

— Queria ser madura como você pra lidar com isso tudo — ela diz.

— Madura?! — Letícia exclama, ainda segurando o dedinho de Ana. — Chorei por causa disso pelo menos duas vezes por dia na última semana. Fico pensando se conseguiria me esconder no caminhão de mudança. Não tenho maturidade *nenhuma*!

— Não seria uma má ideia — Ana diz. — Mas é que, sei lá, você parece tão pronta, sabe? Chega a dar raiva. É quase como se você estivesse me empurrando pra outras pessoas, como se já tivesse aceitado que deu tudo errado.

Letícia processa a informação e abre a boca para responder, mas desiste e pensa mais um pouco. É uma situação delicada, na qual pensar antes de falar nunca é demais. Todo mundo deveria ser um pouco como a Letícia. O mundo teria muito menos problemas se as pessoas sempre pensassem antes de falar, mesmo em situações que não fossem delicadas de forma alguma.

— Amor, pensa comigo. *Star Wars* — Letícia tenta formar um argumento.

— Não entendo nada de *Star Wars* — Ana admite.

— Não, esquece. Eles vão lançar mais três filmes, esse exemplo não serve. Mas… vamos fingir que *A Ameaça Fantasma* não saiu ano passado, pode ser? Finge comigo que esse filme não existe e tudo o que temos são os episódios quatro, cinco e seis. Uma trilogia excelente.

— Não sei se é excelente, você que está dizendo. Eu nunca assisti — Ana interrompe, cética.

— Mas eu gosto. Eu amo. E quando a trilogia terminou, não deixei de amá-la por isso. Ela não fracassou só porque acabou. Foi um sucesso justamente porque durou tudo o que tinha que durar.

Ana encara Letícia, confusa.

— Mas você acabou de dizer que vão fazer mais filmes. Então teoricamente não acabou — ela questiona.

— Igual a gente — Letícia conclui, sentindo que seu exemplo não foi tão ruim assim, mas definitivamente seria melhor se Ana entendesse *Star Wars* da mesma forma que entende livros de vampiro. — O nosso primeiro arco acabou. E foi excelente. Vou lembrar dele pelo resto da minha vida. Mas agora você vai embora e eu vou ficar e, sei lá, um dia a gente pode se reencontrar e começar um novo arco, em que as coisas não vão necessariamente continuar de onde a gente parou porque, sei lá, no futuro eu e você vamos ser pessoas completamente diferentes e não tenho nem como garantir que você ainda vai amar a Letícia do Futuro, sabe? A gente não pode garantir nada, Ana. Mas tudo o que a gente teve até aqui foi tão bom! Não entendo como você não consegue enxergar a beleza disso.

Ana respira fundo, assimilando cada palavra que acabou de escutar e lembrando do amigo gay do seu pai que um dia disse que tudo que temos é o agora. Meu Deus, como Letícia é madura emocionalmente. E inteligente. E boa com analogias. E linda demais.

— Desculpa se sou teimosa às vezes — Ana diz. — Entendo o que você quer dizer, mas é só que… Eu não queria isso tudo, sabe? Queria que durasse muito mais. Que continuassem fazendo filmes de *Star Wars* por, sei lá, vinte, trinta anos!

— Eu também queria — Letícia comenta, pensando primeiro em *Star Wars* e só depois em como isso se aplica à analogia que ela acabou de fazer.

— E sinto que ainda falta tanta coisa pra gente viver. A gente nunca saiu pra dançar, a gente nunca se beijou na chuva, a gente não fez nenhuma grande loucura de amor, sabe? — Ana diz, levantando um dedo para cada item da sua lista.

Isso pega Letícia de surpresa e deixa a garota pensativa por um tempo.

— Te amar por si só já é loucura pra mim. Uma loucura boa, claro — Letícia diz. — Mas, ainda assim, uma loucura. Ainda mais levando em conta tudo o que pode acontecer se alguém descobrir que eu te amo. Tenho certeza de que a minha mãe não compraria peixe e deixaria a casa livre pra nós duas.

O peso da angústia de Letícia paira no ar e Ana, mais uma vez, agradece mentalmente por ter um pai como Celso. Ela não sabe o que responder. O que se diz numa situação dessas? Ela sente um desejo de pedir desculpas por ter um pai tão compreensivo, mas Letícia continua falando.

— Já sobre as outras coisas, a gente pode dar um jeito. Temos a noite inteira — ela diz, jogando os braços para o ar e quase acertando a cabeça de Ana com um tapa acidental. — Como é que se dá um beijo na chuva sem sair de casa?

Ana pensa por um segundo.

— Você vai me achar ridícula — ela diz.

— Te amo justamente porque você é ridícula, Ana — Letícia responde.

• • •

Trinta minutos depois, Letícia está pendurando suas roupas molhadas atrás da geladeira de Ana na esperança de que sequem antes que dê a hora de ir embora.

As duas entraram debaixo do chuveiro.

Vestidas.

Para se beijar.

Foi um desastre total. Provavelmente a pior ideia que Ana já teve na vida. Mas as duas se divertiram tanto, gargalhando alto e fazendo juras bregas de amor, praticamente vivendo uma comédia romântica particular dentro do banheiro.

— Nunca vou esquecer do meu primeiro beijo na chuva — Letícia diz, enrolada em uma toalha e torcendo as pontas do cabelo.

— Veste isso aqui — Ana diz, e entrega para a namorada um roupão do pai, que provavelmente é a única coisa na casa que serviria em Letícia.

— Isso aqui é do seu pai? — Letícia pergunta assim que bate os olhos no roupão, como se fosse uma especialista em roupões de pais.

— Teoricamente, sim. Meu pai ganhou de brinde com a assinatura de uma revista dessas de fofocas de celebridades. Ele assinou porque ficou com pena do vendedor que bateu aqui na porta de casa. Meu pai não sabe dizer não pra estranhos. O roupão foi só um brinde, ele nunca usa — Ana mente, porque Celso já usou o roupão umas duas ou três vezes.

— Então isso significa que posso vestir isso aqui tranquilamente e você não vai olhar pra mim e pensar no seu pai, certo? — Letícia confirma antes de se vestir.

— Óbvio, que tipo de pessoa você acha que eu sou? — Ana continua mentindo, agora incapaz de segurar a risada.

Letícia também ri, veste o roupão mesmo assim e dá um soquinho no ombro de Ana.

— Cara, eu te odeio — ela diz.

— Não é o que parecia quando você estava comigo no chuveiro há... — Ana olha para um relógio imaginário no pulso. — Cinco minutos!

Ana abre um sorriso malicioso, o que é o bastante para Letícia abandonar a cena que estava fazendo, abraçar a namorada com força e beijar seu pescoço, sua bochecha e, por fim, seus lábios. Letícia pensa em como sentirá falta dos beijos de Ana que, por sua vez, tenta não pensar em como é esquisito beijar uma pessoa vestida com o roupão do pai.

— Agora bateu a fome — Letícia diz, quando seus lábios ficam dormentes.

— Truta Mania! — Ana grita, correndo para a cozinha e retirando as embalagens do jantar de dentro do forno.

Ela coloca o jantar na mesa com muita calma, acende as velas que comprou e posiciona os talheres simetricamente ao lado dos pratos, tentando lembrar a ordem de cada um deles de acordo com uma matéria sobre etiqueta a que assistiu em algum programa da tarde na tv. Ana faz tudo errado, mas nenhuma das duas sabe como é o certo, então, no fim das contas, a intenção é o que importa.

A bandeja de truta grelhada com molho de alcaparras enche a sala com um perfume bom. Uma travessa de vidro está cheia de arroz (o mais branquinho e mais soltinho que a Letícia já viu na vida), e Ana serve duas taças com o resto do vinho que sobrou da última visita da namorada.

— A gente brinda antes de comer? — Letícia pergunta depois de se sentar à mesa.

— Acho que sim. Deve dar sorte ou qualquer coisa do tipo — Ana responde enquanto ajeita a postura e segura a taça pela haste e não pela base, lembrando-se novamente do programa de TV.

—Ao futuro! — Letícia diz, estendendo a taça para a frente.

— Ah, não. Não quero pensar no futuro — Ana rebate.

— Ao... agora? — Letícia sugere, ainda com o braço na mesma posição.

— O agora é bom. Porque agora você está aqui — Ana responde e estende sua taça até que encoste de leve na de Letícia. — Ao agora.

— *Tim-tim!* — Letícia diz, porque é irresistível dizer "tim-tim" quando duas taças se encontram.

Ana e Letícia dão um gole na bebida e odeiam o sabor do vinho quase na mesma intensidade. As duas se encaram com um sorriso amarelo e começam a rir.

— Como é que as pessoas bebem isso? — Ana pergunta com uma careta, e enfia imediatamente uma garfada de peixe na boca para aliviar o sabor do vinho.

— Gostar de vinho deve ser uma coisa que vem com a idade, sei lá — Letícia diz. — Tipo colocar a mão na testa de alguém e saber se está com febre, que é uma coisa que só se aprende depois de virar mãe.

Ana engole a comida e sente um peso descendo junto pela garganta com a menção da palavra "mãe".

— Desculpa, foi sem querer — Letícia diz, arrependida do comentário por saber que é uma questão sensível para a namorada.

— Na verdade — Ana começa, e bebe mais um gole de vinho só para ter o que fazer com as mãos —, conversei com meu pai. Sobre a minha mãe.

— Nossa — Letícia diz, sem saber exatamente como reagir. — Quando foi isso?

— Logo depois que contei sobre nós duas.

— Uau, vocês decidiram conversar em um dia tudo o que não conversaram a vida inteira — Letícia comenta, chocada, e a namorada ri.

— Pois é, não sei o que deu na gente.

Ana conta sobre como o pai parece outra pessoa quando fala da mãe, e sobre como ele conhecia um gay. Letícia conta que tem quase certeza de que um de seus primos é gay também, e que queria muito poder conversar com ele para os dois serem gays juntos no Natal, porque é difícil demais ser gay sozinha. Ana diz que quer descobrir mais sobre a mãe, ver fotos, reparar nas roupas dela e ouvir as histórias que o pai tem para contar. Letícia diz que isso a deixa muito feliz e que Celso também parece feliz, afinal estava mais bem vestido do que nunca essa noite. As duas inventam teorias a respeito da noite de Celso e dos motivos que o fizeram sair de casa tão arrumado e criam juntas uma história cheia de detalhes que termina com ele bebendo uísque em um bar e encontrando uma namorada secreta chamada Leandra, que é uma espiã e por isso Ana nunca a conheceu.

Quando as duas já estão satisfeitas de tanto comer e Letícia já pegou todas as alcaparras do prato de Ana, elas ficam em silêncio por um tempo. Aquele silêncio esquisito de uma noite que está quase acabando. Quase.

— Onde estão os CDs? — Letícia pergunta.

— Naquela caixa ali — Ana aponta para uma caixa no canto da sala.

— Mas está escrito "Louças". — Letícia aponta para a palavra escrita em caneta permanente preta.

SE A CASA 8 FALASSE *219*

— Eu que escrevi. É pros encarregados da mudança pegarem com cuidado e não quebrarem — Ana responde.

— O jeito como a sua cabeça funciona sempre me surpreende — Letícia diz, antes de se levantar e dar mais um beijo em Ana. — Uau.

Com cuidado, Letícia abre a caixa de CDs e vai mexendo em um por um.

— O que você está procurando? — Ana pergunta.

— A trilha sonora perfeita — Letícia responde. — Pra gente dançar. Meu Deus, quantos CDs de metal você tem!

— Tive uma fase metaleira quando era mais nova — Ana mente, porque nunca foi apenas uma fase.

— E esse CD da Céline Dion?! — Letícia grita, tirando *All the Way... A Decade of Song* da caixa.

— É do meu pai — Ana mente mais uma vez.

Ela gosta de ouvir Céline Dion enquanto lê romances de vampiro porque acha que o clima combina. Ela também acha a Céline Dion muito bonita. E esse álbum em específico tem uma música da trilha sonora de *Íntimo & Pessoal*, com a Michelle Pfeiffer, que Ana também acha bonita. Muitas escolhas na vida de Ana são baseadas no critério "mulheres bonitas".

— Acho que esse vai servir, então — Letícia diz, enquanto liga o aparelho de som da sala e coloca o CD na bandeja. — Qual música você quer dançar?

— Faixa treze — Ana responde de imediato, porque já fantasiou esse momento dezenas de vezes na própria cabeça.

Frank Sinatra e Céline Dion começam a cantar "All the Way" e Letícia estende a mão para a namorada.

— Dança comigo? — ela pergunta com uma piscadinha.

O sorriso de Ana mal cabe no próprio rosto enquanto ela se levanta e passa os braços ao redor da cintura de Letícia.

As duas não têm a menor ideia de como dançar uma música romântica, mas isso não torna a cena menos fofa. Com a cabeça apoiada no ombro de Letícia, Ana é guiada pela namorada e as duas giram sem sair do lugar, dando passos tímidos para um lado e para o outro no ritmo da música (ou quase). O coração de Ana bate acelerado quando ela se dá conta de que nunca se sentiu tão próxima de outra pessoa como agora. Letícia quase chora quando percebe como tem sorte de estar viva agora, neste momento, ao lado de Ana.

— Você é boa mesmo — Letícia diz, e afasta com delicadeza uma mecha de cabelo molhado do rosto de Ana.

— Boa de dança? — Ana pergunta, incrédula, porque ela sabe que é uma péssima dançarina.

— Não — Letícia diz com uma gargalhada, porque também sabe que Ana é uma péssima dançarina. — Em escolher músicas perfeitas pra momentos perfeitos.

Ana pensa por alguns segundos.

— Tá, vai parecer meio idiota — ela diz, ainda balançando o corpo no ritmo da música. — Mas às vezes acho que eu queria trabalhar com isso, sabe? Não sei se é uma profissão oficial, também não sei se paga bem, muito menos o que tenho que estudar pra fazer isso, mas queria ser a pessoa que escolhe as músicas que tocam nos filmes. A pessoa que assiste a uma cena, analisa cada movimento, sente o que os personagens estão sentindo e fala "toma essa música aqui, vai ficar perfeita na edição final".

Letícia sorri.

— Não é idiota. Só é muito específico. Mas acho que você chega lá. Eu acredito em você mais do que em qualquer coisa.

Mais do que acredito em mim mesma, ela pensa. Mas não diz, porque não quer transformar o momento em uma sessão de autodepreciação.

— E você? O que quer fazer da vida?

Letícia também pensa por alguns segundos, mas só para fingir que não tem a resposta na ponta da língua.

— Quero ser atleta. Jogar vôlei de verdade. Competir, ir para as Olimpíadas, ganhar medalhas — ela diz, com um sorriso enorme.

— Isso vai ser tão fácil! Você é a melhor jogadora de vôlei que eu conheço — Ana exclama, empolgada.

— Você não entende nada de vôlei, Ana — Letícia responde com uma risada frouxa. — Mas vou aceitar o elogio.

Ana sorri.

Letícia ri.

— O que foi? — Ana pergunta.

— Também tenho uma ideia meio idiota. É mais um sonho, na verdade. É ridículo, mas penso nisso com uma frequência absurda.

— Tenho certeza de que não é tão idiota quando querer ser "a pessoa que escolhe as músicas que tocam nos filmes" sem nem saber o nome dessa profissão — Ana diz.

— Tá. Eu me imagino ganhando minha segunda medalha, saindo do estádio cercada de jornalistas e, no meio da entrevista, eu me assumo bissexual pro mundo, assim como quem não quer nada. Sem medo nenhum. As matérias do jornal vão dizer "Bicampeã e Bissexual" — Letícia diz, abrindo a palma da mão no ar, como se fosse capaz de enxergar a manchete.

— "A primeira mulher bissexual a trazer o ouro duas vezes para o Brasil" — Ana completa, se permitindo fazer parte desse sonho também.

— Vai levar um tempo, não quero ser a primeira. Espero que existam outras antes de mim. Ser a primeira é um peso muito grande — Letícia comenta, ainda pensando em cada detalhe de como irá construir sua carreira no esporte.

Ana sorri porque ela simplesmente ama o jeito como Letícia enxerga o futuro.

Já são quase onze da noite quando Letícia decide ir embora. Celso ainda não voltou, e as duas poderiam ter mais alguns minutos a sós, mas ela não quer arrumar problemas em casa e sua roupa pendurada atrás da geladeira já parece seca o bastante para não levantar nenhuma suspeita.

— Obrigada por compartilhar essa noite comigo — Letícia diz, ainda nervosa, enquanto calça o tênis.

— Hm... Acabou, então? — Ana pergunta, sem especificar exatamente o que.

A noite? O namoro? O amor? As alcaparras que vieram junto com a truta porque Letícia comeu todas?

— Por enquanto, sim. Mas a gente não sabe o que o futuro reserva — Letícia responde, sentindo mais uma vez o peso de ser a metade mais racional do casal.

Ex-casal?

— Espera — Ana diz, e corre até o seu quarto para buscar uma coisa, na tentativa de que a mudança abrupta de assunto faça com que ela seja capaz de segurar o choro.

Ela volta para a sala com um pedaço de papel dobrado.

— Meu pai criou um e-mail pra você. Ele anotou o endereço e a senha aqui, e no verso — ela diz, desdobrando o papel e mostrando as anotações — tem um passo a passo de como receber e enviar e-mails. É de graça. Só precisa de internet. E é bem mais secreto do que, sei lá, cartas. E chega na hora. Você pode me escrever sempre que quiser. O meu e-mail também está anotado aí.

Letícia pega o pedaço de papel e o analisa com cuidado, como se estivesse lendo um pergaminho antigo escrito em um dialeto que nunca viu na vida.

— Não sei quando nem como vou conseguir usar a internet, mas vou tentar, prometo — ela diz.

— E assim que eu chegar no Rio te ligo pra passar meu endereço. E meu telefone. Mas vai ter que ser rápido porque é mais caro ligar pra outro estado. Mas a gente vai dar um jeito. Não quero que você suma da minha vida — Ana diz, abrindo mão completamente de segurar o choro.

— Por que a senha do meu e-mail é CelsoNota10? — Letícia pergunta, ainda examinando o pedaço de papel.

— Porque foi meu pai que criou. E ele é ridículo. Disse que era pra você não se esquecer dele — Ana explica, chorando e rindo ao mesmo tempo.

— Como se fosse possível esquecer — Letícia diz.

— Dele? — Ana pergunta, levemente enciumada.

Letícia revira os olhos e responde com um beijo. Um beijo lento e demorado, na medida certa para que as duas guardem cada segundo dele durante muito tempo.

— De tudo — Letícia sussurra, antes de abrir a porta da frente e ir embora.

Sozinha na sala, Ana deixa o choro sair. Ela olha para a caixa de CDs revirada e encontra o disco do Blink-182 que não teve coragem de devolver para Letícia.

GREG

26 DE JANEIRO DE 2010

ORGANIZAR UM CLUBE DO FILME em uma garagem pequena sem ter a menor noção de quantas pessoas vão aparecer é uma tarefa bem mais complicada do que Gregório esperava.

É terça-feira, três dias antes da primeira exibição, e Greg está sozinho na locadora limpando as prateleiras e parando de vez em quando para fazer carinho em Keanu. Ele merece.

Keanu se comportou direitinho no dia anterior, posando para Tiago, que desenhou o cachorro nos cartazes de anúncio do clube. Greg ainda está surpreso com mais uma revelação sobre Tiago: ele sabe desenhar. Bem. Por sorte, a partida desastrosa de tênis quebrou o braço esquerdo de Tiago e ele é destro. Em poucos minutos, ele conseguiu criar uma caricatura perfeita de Keanu Reeves (o cachorro, não o ator) saindo de dentro de um balde de pipoca e, com um marcador preto e sua letra mais bonita, Greg acrescentou:

CATAVENTO CINE CLUBE
O primeiro clube do filme de Lagoa Pequena
···
Primeira exibição: A Casa do Lago (2006) - Dir: Alejandro Agresti
Estrelando: KEANU REEVES e Sandra Bullock

> **29 de janeiro, às 15h**
> **Na Catavento Vídeos**

Petiscos para todos os participantes!
Entrada: 10 reais
Cachorros são bem-vindos e não pagam!!!

Foi pedido de Catarina colocar KEANU REEVES em letras maiúsculas. Ela queria colocar "Permitida a entrada de crianças desde que não falem durante o filme", mas Greg a convenceu de que não seria muito educado.

Tiago e Catarina estão espalhando os cartazes pela cidade. Ela nos bairros mais afastados com um carro que pegou emprestado e Tiago nas redondezas com sua bicicleta. Ainda é estranho para Greg estar em uma cidade onde pessoas *emprestam carros* para outras.

É entediante passar a tarde sem Tiago, mas Greg se esforça para colocar um sorriso no rosto toda vez que um dos raros clientes aparecem. Ele entrega um cartaz, comenta sobre o clube do filme e observa o cliente ir embora pela rua Girassol para ver se ele vai jogar o cartaz no lixo ou não. Apenas um joga, mas Greg fica enfurecido mesmo assim. Tudo bem não querer participar do clube, mas jogar fora um desenho do cachorro mais educado do mundo feito pelo garoto mais lindo do mundo? Não faz sentido!

Já passa das três da tarde quando Orlando chega na locadora. Diferente das duas outras vezes em que ele e Greg se viram, hoje ele não está arrumado e cheiroso. Está com uma camiseta velha e manchada, com o cabelo bagunçado, a pele coberta de suor e usando botas que Greg acredita serem de açougueiro. Aparentemente elas *também* são botas de florista.

— Trouxe as cadeiras — Orlando diz, secando o suor da testa com as mãos de maneira intensa, como se fosse um galã de filme de ação escapando ileso de uma explosão. — Me dá uma ajuda?

Greg se prontifica e vai até a calçada, de onde vê uma caminhonete adesivada com o nome *Vila das Flores*, a loja de Orlando e, na carroceria, umas cem cadeiras empilhadas. Ou cinquenta. Não sei. Sou uma casa muito ruim com números.

Os dois trazem as cadeiras para dentro da locadora, e Greg não consegue deixar de reparar em como, a cada viagem, Orlando consegue carregar pilhas muito maiores que as dele porque, além de ser um adulto bonito, simpático, empresário e estar prestes a viver um grande amor, ele também é forte. Greg se sente confuso porque, mesmo vivendo em uma cidade enorme como São Paulo, nunca se comparou tanto com outras pessoas como tem feito em Lagoa Pequena. A cidade fez o garoto perceber que não é forte, não joga tênis, não tem sua própria floricultura, não sabe desenhar... Ele só gosta de *Pokémon* e tem conhecimento *mediano* sobre filmes. E, de alguma forma que Greg não sabe muito bem explicar, isso parece muito pouco.

— Acho que terminamos — Orlando comenta depois de colocar a última pilha de cadeiras nos fundos da garagem. Ele está muito mais suado do que estava quando chegou.

— Quer um copo d'água? — Greg pergunta, porque acredita que seja o certo a fazer quando se está diante de uma pessoa *tão* suada.

— Por favor — Orlando diz.

Greg corre para dentro e volta em poucos segundos com um copo de vidro em uma das mãos e uma garrafa de água gelada na outra porque não sabe se Orlando é do tipo que bebe um copo aos poucos ou dois copos tudo de uma vez. Gregório Brito é um garoto extremamente prestativo.

— Aaaaahhh — Orlando suspira depois do segundo copo, sorrindo de satisfação. — Obrigado, Gregório.

— Pode me chamar de Greg. Todo mundo me chama assim.

— Sua tia te chama de Gregório — Orlando comenta.

— Só quando ela está fingindo que não gosta de mim. — Greg ri.

— Ela sempre foi assim — Orlando comenta. — Difícil de conquistar. Mas é uma amiga incrível.

Greg assente, apesar de não saber como sua tia é como *amiga*. Ele acha que nunca vai descobrir, porque deve ser estranho alguém ser tia *e* amiga ao mesmo tempo.

— Empolgado pra sexta-feira? — Greg pergunta, puxando assunto porque está cansado de ficar sozinho.

— Um pouco nervoso, na verdade — Orlando confessa, e se apoia contra o balcão da locadora.

— Por causa da coisa do... Roger... né? — Greg diz, espaçando bem as palavras porque não sabe se está ultrapassando algum limite.

Orlando sorri e seus olhos se iluminam. Greg se pergunta se um dia o nome de uma pessoa vai fazer com que ele sorria e seus olhos se iluminem *daquele jeito*.

— Pois é — Orlando diz. — Eu me sinto como um adolescente bobo apaixonado. É ridículo.

Greg faz uma careta porque, bom, ele *é* um adolescente bobo apaixonado. Será que também deveria estar se sentindo ridículo?

— Fica tranquilo, Orlando. Tenho certeza de que vai dar tudo certo.

— Gosto do seu otimismo. A sua geração tem muita sorte, sabe? Vocês não têm medo de nada — Orlando comenta.

Greg ri porque ele tem medo de *muita coisa*.

— Tô falando sério — Orlando continua. — Quando conheci o Roger, nossa, eram outros tempos. A gente precisava se esconder. Precisei lidar com muita coisa. E sei que a gente ainda não vive no mundo ideal, estamos bem longe disso. Mas sinto que hoje ficaria bem menos apavorado se alguém me visse de mãos dadas com outro homem do que há, sei lá, trinta anos.

— Mesmo aqui em Lagoa Pequena? — Greg pergunta, querendo saber mais sobre como é ser gay aqui.

Não que ele pretenda ficar ou qualquer coisa do tipo. É só curiosidade.

Orlando pensa por alguns segundos antes de responder.

— Mesmo aqui. É uma cidade pequena, interiorana, ainda tem muita gente estúpida por aí. Mas não é um lugar tão ruim de se viver. Sabia que a segunda medalhista olímpica bissexual brasileira é daqui?

— Uau — Greg comenta, tentando não achar graça no quão específico esse título é. — Não sabia.

— Pois é. Provavelmente tem mais gente espalhada por Lagoa Pequena esperando a hora certa pra fazer história. Para a nossa *comunidade*, sabe?

Greg sorri ao som da palavra comunidade. Pela primeira vez, ele enxerga sua sexualidade não como uma coisa que ele é, mas como um lugar ao qual pertence.

— Claro que não é como a sua cidade. São Paulo é enorme, a vida gay lá deve ser muito mais fácil, todo o ativismo e a luta por igualdade… e as festas, meu Deus, as festas. Deve ser muito mais fácil viver lá. Mas aqui também é bom.

Greg tem vontade de dizer que ele tem dezesseis anos, poucos amigos e um péssimo relacionamento com os pais. Ele quer dizer que não entende nada de ativismo e muito menos de festas. Quer dizer que se sentiu mais acolhido em uma semana aqui do que em uma vida inteira lá.

— Aqui também é bom. — É tudo o que diz.

— Preciso ir — Orlando diz, apoiando o copo de vidro vazio no balcão. — Ainda tenho muita papelada do trabalho pra resolver hoje.

Greg franze a testa, sem saber qual tipo de papelada um *florista* teria para resolver.

— A gente se vê na sexta, então? — Greg pergunta.

— Claro, claro — Orlando confirma. — Só me acompanha até o carro, por favor?

Com passos tímidos, Greg segue Orlando até a porta da garagem, e agora o homem está com metade do corpo enfiada para dentro da janela da caminhonete, apenas as pernas para fora enquanto procura alguma coisa lá dentro. Greg se sente culpado por observar de forma tão atenta a maneira como a calça jeans justa e suja envolve a bunda de Orlando. Primeiro porque ele está em uma posição vulnerável, segundo porque, bom, Orlando é velho. Mas, em defesa de Gregório, o garoto viu poucas bundas masculinas em calças jeans apertadas e sujas de terra em toda a sua vida.

Alguns segundos depois, Orlando se vira para Greg e tira de dentro do carro um girassol. O garoto não entende nada a respeito de flores, mas girassol é uma das cinco flores que qualquer pessoa sabe o nome.

— Dei uma dessas de presente para a sua tia quando ela se mudou pra essa casa — Orlando diz, apontando para mim.

— Por causa do nome da rua, né? — Greg comenta.

230 **VITOR MARTINS**

— É — Orlando confirma. — Mas também porque girassóis são flores que giram em direção ao sol.

— Uau, o nome é bem autoexplicativo, então. — Greg ri.

— O girassol observa onde o sol está e vira seu caule pra acompanhar. Acho isso bonito, sabe? Na época, falei pra sua tia que ela era o meu sol, e aonde quer que ela fosse, eu estaria sempre observando.

— Isso pode ser romântico demais ou psicopata demais.

— Sua tia achou psicopata demais, claro. Mas ela gostou da flor mesmo assim — Orlando ri.

— Aonde você quer chegar com essa conversa? — Greg pergunta, enfiando as mãos no bolso da calça, porque é isso que faz quando está confuso.

— Achei que você poderia usar uma dessas pra dar de presente pra alguém. Alguém de quem você vai lembrar mesmo quando estiver longe — Orlando diz, e estende a flor em direção a Greg.

— Nossa, de quem será você está falando? — Greg ri e pega o girassol para admirar a beleza das pétalas amarelas. — Foi minha tia que mandou você falar comigo?

Orlando ri.

— Foi. Ela disse que você precisava da ajuda de alguém que te entendesse melhor, porque ela só sabe obrigar os outros a ver filmes do Keanu Reeves na expectativa de que a pessoa tire lições valiosas da experiência.

— Ela me obrigou a ver *Constantine* — Greg comenta.

— Catarina já fez o mesmo comigo. Duas vezes. É o jeito dela de mostrar que se importa — Orlando sorri.

Greg decide que gosta de Orlando.

— Obrigado pelo girassol. Vou pensar ainda em pra quem vou dar. E tentar elaborar um discurso melhor do que o seu — Greg diz.

Orlando ri e dá um soquinho no ombro de Gregório. Do tipo que amigos dão.

— Ei, não zomba do meu discurso! Sua tia já fez isso o bastante na época — Orlando diz. Ele confere as horas no relógio de pulso. — Agora tenho mesmo que ir.

— Algum último conselho? — Greg pede, enquanto Orlando entra no carro.

— Coloca essa flor na água e deixa em um lugar iluminado — Orlando provoca.

— Nossa, muito obrigado por me dar *mais uma responsabilidade* — Greg rebate, balançando o girassol.

— Do que você está falando? — Orlando diz, girando a chave na ignição. — Nenhuma flor fica bonita desse jeito se não for bem cuidada. Cuidar é a melhor parte.

Ele dá a partida e vai embora. Greg continua parado na calçada, olhando para a flor. A flor olha para o Sol. E o Sol se move devagar, fazendo o tempo passar porque, bom, é isso que ele faz.

Catarina está exausta. Ela pendurou cartazes em todos os bairros de Lagoa Pequena e conversou com moradores como se fosse uma vereadora em época de eleição. Com os pés para cima no sofá, ela espera Gregório trazer seu jantar. Catarina ouve o apito do micro-ondas e os passos do sobrinho saindo da cozinha com uma lasanha recém-aquecida nas mãos.

— Obrigada, Gregório — ela diz, sem esperar nem um segundo para dar a primeira garfada.

— Não foi nada. Imagino que seu dia deve ter sido cansativo — ele comenta, sentando-se na poltrona no canto da sala e zapeando pelos canais da TV sem prestar atenção em nada.

— Amanhã é você quem vai sair — Catarina avisa, de boca cheia. — Vou tomar conta da locadora.

— Sair? Ainda tem mais cartazes pra colar? Alguma coisa pra buscar?

Catarina sorri.

— Você tem uma cidade pra conhecer — ela diz. — Está trancado aqui desde que chegou. Claro que é uma cidade pequena, meio sem graça, mas você não pode ir embora sem pelo menos conhecer a lagoa.

Greg tenta ignorar a parte do "ir embora" porque acredita que, se fingir que alguma coisa inevitável não vai acontecer, ela pode acabar não acontecendo. É uma linha de raciocínio meio ingênua, mas Gregório não tem muita experiência em lidar com coisas inevitáveis.

— Tem mesmo uma lagoa aqui? — Greg pergunta.

— Claro que tem! Que pergunta, Gregório. É a mesma coisa que perguntar se Belo Horizonte tem um horizonte belo.

Greg dá de ombros porque nunca foi à Belo Horizonte.

— E a lagoa é… pequena?

— É média. Mas acho que o nome Lagoa Média não teria o mesmo impacto, sei lá. Não sou professora de História.

Greg ri.

— Tudo bem, então, vou pesquisar na internet como faço pra chegar na lagoa média de Lagoa Pequena — ele comenta.

— Não precisa. Eu não ia te mandar pra essa jornada *sozinho*, né? Tiago vai te levar. Ele passa aqui amanhã depois do almoço.

O sorriso de Greg mal cabe no rosto. Ele cruza as pernas sobre a poltrona e abraça os joelhos porque não sabe muito bem o que fazer com os braços. Ele não é estúpido. Sabe o que está acontecendo. Primeiro a coisa toda de Orlando e o girassol e agora isso. Catarina e seu amigo estão marcando um encontro por ele, como numa versão inversa de qualquer filme dos anos noventa em que os filhos arrumam um encontro para o pai solteiro.

— Obrigado por fazer tanta coisa por mim — Greg diz quase, mas *quase* chorando. Ele sente que os dois estão prestes a ter um momento tia-e-sobrinho e quer aproveitar cada segundo.

— Bom — Catarina diz, com um sorriso. — Faz uma coisa por mim, então, e coloca essa lasanha no micro-ondas por mais um minutinho. Tá gelada no meio.

Catarina não está pronta para um momento tia-e-sobrinho.

Greg não se importa. Ele pega o prato das mãos da tia, volta para a cozinha e fica observando o relógio do micro-ondas fazer sua contagem regressiva como se aquele fosse o momento mais empolgante de toda a sua vida.

27 DE JANEIRO DE 2010

ESTA É PROVAVELMENTE A CENA mais adorável que já presenciei, e olha que sou uma casa que já presenciou *muitas* coisas. É meio-dia em ponto de um dos dias mais bonitos dos últimos meses e Gregório espera por Tiago na porta da locadora. Ele veste uma camisa de botão azul-clara e seus cachos estão perfeitamente cacheados por causa de uma pomada que encontrou no armário do banheiro. Seu tênis branco está impecável porque ele passou a manhã inteira limpando com um paninho úmido. A calça jeans dobrada na barra deixa à mostra suas meias amarelas, da mesma cor que as pétalas do girassol em sua mão. Ele está prestes a ter um treco, mas respira fundo enquanto observa o fim da rua, na expectativa de que Tiago vá virar a esquina a qualquer momento.

Tiago está atrasado, é claro. Ninguém pode ser bonito, educado, bom com cachorros, jogar tênis, desenhar super-bem e *também* nunca se atrasar. Seria simplesmente injusto com os outros seres humanos.

Assim como leite no fogão, que só ferve e transborda quando ninguém está olhando, Tiago só aparece quando Greg desiste de olhar fixamente para a esquina. Ele está distraído brincando com Keanu na calçada quando Tiago chega, esbaforido e empolgado.

— Oi — Tiago diz.

— Uau — Greg responde.

Este não é um momento *O Diário da Princesa*, em que Tiago aparece completamente transformado, com um novo corte de cabelo, roupas do tamanho ideal para o corpo e sobrancelhas feitas. Tiago parece o mesmo de sempre, vestido de preto da cabeça aos pés, com o gesso no braço esquerdo, a franja cobrindo parte do rosto e a cara de quem acabou de sair do ensaio de uma banda em que no final todos os membros gritam, quebram instrumentos e jogam cerveja uns nos outros como parte de um ritual criativo (não sei como ensaios de banda funcionam).

Mas, ainda assim, Greg diz "uau" porque se dá conta de que está prestes a ter seu primeiro encontro de verdade com outro garoto e não sabe muito bem o que dizer.

— Obrigado por me esperar — Tiago diz.

— Eu não tinha outra opção — Greg provoca.

— Pronto pra ir?

— Isso é pra você — Greg diz, e olha para o girassol sem necessariamente entregar a flor para Tiago.

— Que bonita — Tiago diz com um sorriso enquanto estende a mão em direção à flor.

O braço de Greg hesita, ainda um pouco trêmulo, e quando o girassol passa de uma mão para a outra, os dedos dos dois garotos se esbarram. O coração de Greg acelera tanto que deve ser possível escutar as batidas do outro lado da rua. Tiago, que já é um pouco mais experiente com primeiros encontros e ter seus dedos esbarrando em outros dedos, parece mais tranquilo. Mas, ainda assim, dá para perceber sua bochecha ficando vermelha.

— Você falou que amarelo é sua cor favorita — Greg comenta, porque acha essa desculpa muito menos esquisita do que toda aquela coisa de "o girassol segue o Sol onde quer que ele esteja" que Orlando havia dito.

— E você lembrou — Tiago sorri, então tenta colocar o girassol atrás da orelha, mas não consegue porque o caule da flor é longo e grosso demais.

— Acho melhor carregar a flor na mão mesmo — Greg diz, genuinamente preocupado com o bem-estar do girassol.

— Não posso ficar com um braço engessado e o outro ocupado com uma flor. Se tudo sair como planejado, vou precisar de uma das mãos livre no dia de hoje — Tiago diz, erguendo a sobrancelha.

— Hmmmm. Tá. — Greg ri, totalmente desesperado.

— Pelo amor de Deus, me dá essa flor, deixa que eu guardo lá dentro — Catarina diz, saindo de dentro da locadora do nada, como se estivesse escondida ouvindo tudo.

Ela estava.

— Obrigado, tia — Greg ri *ainda mais desesperado*, enquanto se pergunta como essa experiência pode ficar ainda mais constrangedora.

— Agora vão embora daqui. Divirtam-se — Catarina ordena, então toma a flor da mão de Tiago e expulsa os dois.

Não sei o que acontece a seguir. A calçada é meu limite, e quanto mais eles se afastam, mais difícil fica de ouvir o que os dois estão conversando. Mas, pouco antes de chegarem ao fim do quarteirão, consigo ouvir uma última frase.

— Era pra isso que eu precisava de uma das mãos livre.

Tiago estende a mão em direção à de Greg, que olha em volta com medo de ser visto, mas leva menos de um segundo para se acostumar com o toque do outro garoto. Os dedos tímidos se entrelaçam e eles desaparecem no fim da rua Girassol.

Gosto de ser uma casa. De verdade. Mas hoje, neste momento específico, queria ser outra coisa. Queria ser a lagoa média de Lagoa Pequena, queria ser Lagoa Pequena *em si* ou qualquer outra coisa capaz de observar tudo. O tempo, o universo, o destino, um fantasma, uma mosca. Greg e Tiago têm sido minha novela favorita de todos os tempos. Como uma mãe impaciente, espero os dois voltarem, e o céu já está escuro quando isso acontece.

O sorriso de Tiago poderia iluminar a cidade inteira. Os olhos de Gregório parecem ter acabado de ver todas as sete maravilhas do mundo ao mesmo tempo.

— Obrigado por hoje — Greg diz, quando os dois chegam na porta da garagem já fechada, porque é tarde e

Catarina está no quarto testando modelos diferentes de gravata-borboleta em Keanu Reeves (o cachorro) para que ele esteja bem-vestido na inauguração do clube do filme.

— Desculpa não ter avisado que tênis branco não é a escolha ideal para caminhar na beirada da lagoa — Tiago ri e aponta para o tênis coberto de lama de Greg.

— Não tem problema. Valeu a pena mesmo assim. — Greg sorri.

Os dois ficam em silêncio, se encarando por um tempo. É um silêncio confortável, sem pressão alguma. Só alívio e, sei lá, esperança?

A rua Girassol está escura e calma. Algumas luzes acesas indicam moradores vivendo suas vidas normais, sem a menor noção de que aqui, em frente ao número oito, um marco na história de dois garotos está acontecendo.

Greg apoia o braço no ombro de Tiago.

Tiago passa seu braço engessado ao redor da cintura de Greg.

Greg fica na ponta dos pés para alcançar os lábios de Tiago e os dois se beijam. Um beijo que começa tímido, fica um pouco agressivo e volta a ficar calmo antes de terminar. Tudo em menos de um minuto.

— Nada mal pra um segundo beijo — Greg sussurra.

Segundo beijo! Eu perdi o primeiro!

Tiago ri.

— *Décimo segundo*, você quer dizer, né? Não que eu esteja contando.

Perdi os *onze* primeiros.

Keanu late e corre para a janela, com uma gravata-borboleta cor-de-rosa no pescoço, como se fosse um alarme canino de beijos.

— Preciso entrar — Greg diz, sentindo as bochechas queimando como uma sanduicheira.

Tiago rouba mais um beijo rápido, que termina com um estalo e um latido de Keanu.

— Treze é meu número da sorte — ele sussurra antes de ir embora.

E, conforme Greg lentamente abre o portão, atravessa a garagem, entra na sala e se joga no sofá, não me importo mais de ter perdido seu primeiro beijo. Fico feliz porque este momento foi deles, e só deles.

Catarina percebe que há algo de diferente com Gregório no momento em que ele bota os pés na sala. Ela não é boba. Mas não comenta nada porque acha que já envergonhou o sobrinho o bastante nos últimos dias. Ela gosta dele. De verdade. Sua obsessão em experimentar gravatas-borboleta no cachorro só aconteceu porque ela precisava se distrair do fato de que, em poucos dias, Greg não estará mais aqui. Mas ela nunca vai dizer isso em voz alta.

Greg não consegue dormir, é claro. Nenhum garoto de dezesseis anos conseguiria dormir depois de beijar pelas primeiras treze vezes em uma mesma noite. Ele abre o notebook e decide atualizar Sofia Karen dos últimos acontecimentos. Greg sente tanta falta dela. Mas, antes que possa escrever, descobre uma mensagem não lida que sua amiga enviou enquanto ele estava fora com Tiago.

Quarta-feira, 27 de janeiro de 2010. 16h22
De: skaren@brittobeleza.com.br
Para: geodude1993@email.com
Assunto: Re: Tenho um plano

Oi, Greg!

O projetor que você pediu está a caminho. Comprei naquela loja perto da sua casa e fretei um carro para chegar aí mais rápido. Ao que tudo indica, vão fazer a entrega amanhã. Obviamente não comprei nada sem seu pai saber porque isso poderia causar minha demissão, mas expliquei pra ele que você precisava (pra que você precisa disso, afinal?) e ele não se importou. Só disse pra mandar junto um bilhete escrito "O pai te ama".

Provavelmente corro o risco de estar cruzando alguma linha profissional aqui, mas queria que você soubesse como tem sorte de ter um pai que compensa ausência emocional com presentes. Meu pai, por exemplo, só me deu ausência e pré-disposição a diabetes.

Enfim, mudando de assunto, em anexo estou mandando sua passagem de volta pra São Paulo. Sua mãe pediu pra comprar para quarta-feira, dia 3 de fevereiro. Acho que você queria ficar um pouco mais de tempo aí, não queria? Mas só cumpro as ordens. No fundo, tô com saudade de você. De te ver correndo pelo apartamento e me interrompendo o tempo todo quando preciso trabalhar. Vai ser bom ter você de volta, mesmo sem saber como vão ser as coisas depois de... tudo o que está acontecendo por aqui. Você vai saber quando seus pais conversarem contigo.

Por favor, me manda alguma novidade boa pra tirar o clima esquisito desse e-mail.

Um beijo,

S.K.

Como se estivesse em uma montanha-russa emocional, Greg despenca da altura máxima em queda livre. De treze beijos em Tiago à uma passagem de volta para São Paulo em menos de trinta segundos. Ele respira fundo e relê o e-mail. Sabe que Sofia Karen não tem culpa de ser a portadora de más notícias, mas, ainda assim, é inevitável não culpar a amiga pelo balde de água fria.

Bem menos empolgado do que imaginava que fosse ficar quando revelasse seu primeiro beijo para alguém, ele clica no botão de responder e começa a digitar. Seus dedos passeiam pelo teclado de maneira preguiçosa, como se cada tecla exigisse um esforço absurdo.

Quarta-feira, 27 de janeiro de 2010. 22h34
De: geodude1993@email.com
Para: skaren@brittobeleza.com.br
Assunto: Re: Re: Tenho um plano

Oi, Sofia. Espero que esteja tudo bem por aí. Obrigado por conseguir o projetor pra mim. Vai ajudar pra caramba a salvar a locadora da minha tia (eu espero). Vamos organizar um clube do filme na sexta. Estou mandando o cartaz em anexo. O cachorro desenhado

SE A CASA 8 FALASSE *241*

é o Keanu Reeves. Foi o Tiago que fez. Ele desenha muito bem!

E aproveitando o gancho: ele também beija muito bem!

Sim! Você leu certo. Finalmente vou parar de te encher o saco com a coisa toda de primeiro beijo porque EU FINALMENTE BEIJEI. Como você sabe, minhas expectativas eram bem altas. E foram todas superadas.

Beijar Tiago depois do pôr do sol às margens cheias de lama de uma lagoa de tamanho médio foi provavelmente a coisa mais cinematográfica que já aconteceu na minha vida. Foi como se, sei lá, o mundo inteiro parasse por um minuto e nada mais importasse. Como se tudo ficasse em silêncio pra não atrapalhar o momento mais bonito de todos acontecendo bem ali. Não sei se todos os primeiros beijos são iguais, mas foi assim que me senti.

Estou com saudades também. Mas às vezes, só às vezes, penso em como minha vida seria diferente se eu pudesse, sei lá, ficar aqui?

Até breve e obrigado por tudo.

G.B.

(De onde você tirou essa coisa de S.K. afinal? Estou assinando como G.B. para te imitar, mas meu cérebro só lê G.B. como GoiaBa)

Ele clica no botão de enviar. Amanhã vai ser um novo dia para Gregório Brito. O primeiro dia em que vai acordar como um garoto que já beijou na boca treze vezes. Ele cai no sono enquanto assiste a um episódio de anime no notebook e não vê de imediato a resposta de Sofia Karen. Mas eu vejo, porque sou enxerida e, enquanto uma casa que está prestes a perder um morador tão especial, ver as conversas dos outros é a única coisa capaz de me trazer alegria agora.

```
Quarta-feira, 27 de janeiro de 2010. 23h02
De: skaren@brittobeleza.com.br
Para: geodude1993@email.com
Assunto: Re: Re: Re: Tenho um plano
```

Primeiros beijos não são todos assim. Só os especiais.
Estou feliz por você :)

28 DE JANEIRO DE 2010

UM DIA ANTES DA INAUGURAÇÃO do clube do filme, Greg acorda com o barulho do entregador batendo palmas do lado de fora. Ele acha engraçado essa coisa toda de bater palmas do lado de fora quando existe uma campainha enorme e visível acoplada ao portão da garagem, mas não perde muito tempo pensando nisso porque sabe bem o que o espera do lado de fora.

Se sentindo um adulto responsável totalmente acostumado a receber encomendas, ele assina o recibo que o homem (levemente mal-humorado) entrega, então corre para a sala, empolgado como se fosse manhã de Natal. Greg abre a caixa enorme e cheia de flocos de isopor enquanto Keanu late e corre em volta do garoto porque, como qualquer outro cachorro, ele *ama* flocos de isopor.

O barulho chama a atenção de Catarina, que sai do quarto enrolada em um roupão branco e com cara de quem poderia dormir por pelo menos mais três horas. Ou trinta.

— Que bagunça toda é essa? — ela diz, tentando bancar a brava, mas soltando uma risada frouxa quando vê seu cachorro rolando no chão com os flocos de isopor.

— Chegou o projetor — Greg diz, os olhos vidrados no manual de instruções. — Mas a gente vai precisar de uma chave de fenda...

— Eu tenho.

— E alguém que saiba usar uma parafusadeira.

— Eu sei.

Greg sorri, feliz por estar em uma casa onde as pessoas sabem fazer *coisas*.

— Então acho que temos tudo pra criarmos o melhor clube do filme que este país já viu! — ele diz, com uma empolgação exagerada.

— Pelo amor de Deus, preciso de um café — Catarina diz, porque nem duzentos Keanus Reeves brincando com flocos de isopor seriam capazes de deixá-la empolgada como o sobrinho a essa hora da manhã.

Tiago chega para ajudar durante a tarde e, junto com Greg e Catarina, reposiciona todas as prateleiras da locadora e organiza as cadeiras em fileiras espaçadas o bastante para que todo mundo fique confortável, mas juntas o suficiente para receber pelo menos trinta pessoas. Não dá para saber se a primeira exibição será um sucesso ou não, mas Tiago é otimista e quer se preparar para o melhor. Catarina é pessimista e acha que, se cinco pessoas aparecerem, já vai ser muito. Greg fica entre os dois e prefere não pensar, porque já roeu todas as unhas e precisa controlar a ansiedade antes que comece a comer os dedos *em si*.

Gregório tenta ser profissional. Ele tem um grande projeto para tocar, afinal de contas. Mas é difícil olhar para Tiago empenhado no trabalho sem lembrar da noite anterior. É impossível não querer largar tudo e partir para o beijo número quatorze. É incabível andar de um lado para o outro dentro da garagem sem fazer "hihihihi" por dentro toda vez que os dois se esbarram acidentalmente.

Mas Catarina está aqui, e por mais que ela pareça ser a tia mais legal da história de todas as tias, Greg e Tiago continuam fingindo que nada aconteceu.

Fingindo *mal*, devo acrescentar. Está estampado na cara dos dois o quanto gostariam de fugir daqui para se agarrarem em algum lugar longe do olhar de tias (e cachorros) (e casas).

O projetor é montado. Catarina lida com os parafusos e Greg com os cabos, conectando tudo em seu notebook, já que o computador da locadora é uma carroça. Ele *quase* pensa em como vai ser quando for embora. Quase pensa em como poderia deixar seu notebook com a tia e pedir um novo para o seu pai. Quase pensa em como poderia escrever um manual de instruções prático para que Catarina consiga continuar com as exibições sem sua ajuda. Mas escolhe não pensar.

— Tia, vou precisar do lençol branco pra gente testar o projetor — Greg diz assim que conecta o último cabo.

— E eu preciso de uma extensão pra ligar as caixas de som nas tomadas lá do fundo — Tiago comenta, apontando para os aparelhos que ele trouxe, emprestados de um amigo que tem uma banda de rock da qual, surpreendentemente, Tiago não faz parte.

Catarina olha para os dois garotos, um de cada vez.

— Você — ela diz, apontando para Tiago. — Pega a extensão na gaveta atrás do balcão e deixa que eu ajudo com os fios.

A falta de experiência do garoto com equipamento elétrico faz com que Catarina tenha medo de que ele coloque fogo na locadora.

— E você! — Ela aponta para Greg agora. — No meu quarto, dentro do armário, na parte de cima, do lado de umas caixas de sapato. Tem alguns lençóis empilhados lá. Pega o mais branco que você achar, mas confere antes porque um deles tem uma mancha de xixi do Keanu que nunca saiu.

Greg faz cara de nojo.

— O lençol está *limpo e cheiroso* — Catarina protesta. — Só tá manchado.

Keanu late em defesa própria.

Em seus doze dias como morador temporário, Greg nunca entrou no quarto de Catarina. Primeiro porque nunca precisou, segundo porque o cômodo tem uma aura de Ala-Oeste-Proibida que ele nunca quis ultrapassar.

Ele quase bate na porta em sinal de respeito antes de entrar, mas, quando entra, não vê nada de mais. Uma cama de casal arrumada, uma mesa de cabeceira com uma luminária antiga, contas a pagar e um porta-retrato que emoldura uma foto de Catarina e Keanu em um dia na lagoa, além de algumas roupas empilhadas sobre uma cadeira.

Na parede de frente para a cama, o armário embutido vai do teto ao chão e Greg se dá conta de que vai precisar da cadeira para alcançar a prateleira mais alta, onde os lençóis estão guardados.

Com cuidado, ele sobe na cadeira, estica os braços e tateia o armário. Puxa a pilha de lençóis, mas o que parece ser o mais branco de todos continua lá no fundo. Greg amaldiçoa silenciosamente seus pais pelos genes de baixinho que recebeu ao nascer e estica o braço o máximo que pode para alcançar o pedaço de pano lá no fundo. E é aí que sua mão *sente* uma coisa. Um envelope colado com fita adesiva no forro da prateleira.

Ele não deveria, é claro que não, mas puxa o objeto mesmo assim. O envelope improvisado com uma página de caderno está amarelado e, pela espessura, Greg acredita que tenha apenas uma folha de papel ali dentro. Uma foto? Uma carta? Do lado de fora, com uma letra arredondada e caprichosa, ele lê: "Para o futuro morador desta casa." Poderia ser uma carta assustadora, mas ao lado da dedicatória há um coração desenhado. Provavelmente feito justamente com a intenção de acalmar quem a encontrasse ali.

Bom, eu *sei* de quem é a carta. Guardo ela há dez anos. Mas uma carta escondida embaixo de lençóis dentro de um armário pode passar despercebida por uma casa inteira. Acredito que, para os humanos, seja como uma pinta na nuca. Que eles até sabem que existe, sabem que está lá, mas nunca pensam a respeito.

Eu não pensava nesta carta há anos, até Greg a encontrar.

SE A CASA 8 FALASSE 247

Não sei se é falta de curiosidade, medo ou impulso, mas alguma dessas coisas faz com que Greg apenas dobre o envelope e o enfie no bolso. Só então ele volta para a locadora com o lençol branco, mas não sem antes garantir que não há nenhuma mancha de xixi.

BETO

11 DE MAIO DE 2020

BETO NÃO SABE EXPLICAR de onde veio a coragem de que precisava, mas quando se deu conta, os dedos já haviam digitado as mensagens e clicado em enviar. Enquanto o resto da família trabalha durante a tarde, ele está deitado na cama encarando a tela do celular e analisando o desastre que está prestes a acontecer. Suas mensagens ficam sem resposta por longos minutos e ele analisa cada palavra, se sentindo patético.

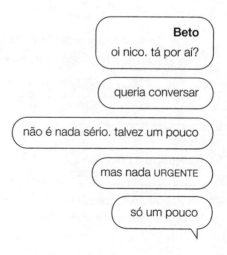

Ele pensa em deletar as três últimas, mas Nicolas fica on-line. Tarde demais. Ele visualiza. As três bolinhas na tela piscam como uma contagem regressiva para a humilhação total.

> **Nico**
> oie! tô aqui!

> aconteceu alguma coisa?

Suas mãos estão suando e ele sente o rosto derreter. O coração bate acelerado em um ritmo que ele não acreditava ser possível. Beto não entende muito de batimentos cardíacos.

Não tem mais volta. É agora ou nunca. Beto respira fundo e começa a digitar.

> **Beto**
> já faz tempo que queria falar com você sobre isso. fiquei enrolando e não sabia muito bem como abordar o assunto porque, sei lá, não sei como você vai reagir

> **Nico**
> estou ficando preocupado

> DEVO ficar preocupado?

Beto
olha, é uma questão de ponto de vista haha

Nico
pode falar

estou pronto

Beto
eu gosto de você

tipo

gosto GOSTO de você

gosto de conversar com você e de saber da sua vida e de acordar sabendo que vai ter uma mensagem sua me esperando. gosto do jeito como você vê as coisas que eu faço e me incentiva a ser uma pessoa melhor. e chegou num ponto em que não sei mais o que fazer com esse... sentimento.

daí achei que conversar com você a respeito poderia ser uma boa ideia

porque, sei lá, vai que você gosta de mim também, né?

a gente podia se gostar junto

(de longe, mas junto)

SE A CASA 8 FALASSE 251

Está feito. Beto envia tudo, bloqueia a tela do telefone e fecha os olhos. Ele não quer ver a resposta, mas ao mesmo tempo *precisa* ver a resposta. Um minuto se passa até Beto sentir o celular vibrando nas mãos. Só então ele percebe que estava segurando o aparelho com tanta força que as juntas dos dedos estão esbranquiçadas e a tela, coberta de suor.

Eca, Beto pensa.

Pelo visto, isso é tudo o que Nicolas demora *um minuto inteiro* para digitar.

Beto digita num impulso porque se sente culpado pelo desconforto enorme que foi instaurado entre os dois.

> não precisa pedir desculpas

> estou só pensando

> eu não esperava por essa

> nem sei o que eu estava esperando na verdade

> é só que

Mas ele não diz mais nada. Nico não completa seu "é só que". O resto da frase fica a cargo da imaginação de Beto, e ele só consegue imaginar coisas horríveis.

> **Beto**
> por favor diz alguma coisa

Beto já está completamente desesperado. A tela mostra que Nicolas está digitando, e se o garoto mandar mais um "nossa", Beto jura que vai arremessar o celular na parede e em seguida *se arremessar* na parede.

O que seria uma cena extremamente peculiar de assistir.

Um bloco enorme de texto aparece e Beto engole em seco enquanto tenta juntar as palavras uma por uma.

> **Nico**
> não é nenhuma NOVIDADE, sabe? a gente sempre foi assim um com o outro. sempre fomos amigos, mas, de alguma

SE A CASA 8 FALASSE 253

forma, sempre teve um CLIMA no ar. não sei explicar, mas provavelmente nem preciso porque você também já deve ter percebido. o jeito como você é sempre a primeira pessoa pra quem eu corro e conto qualquer coisa, ou como só sinto que meu dia começou depois que falo com você... e eu estaria mentindo se dissesse que já não pensei nisso antes. na gente. pensei muito, pra ser sincero. mas a real é que não sei o que fazer com isso? porque, é claro, 2020 tem sido um ano esquisito, mas mesmo se fosse um ano normal, eu ia continuar aqui e você aí. seu sonho é ir pra SP estudar fotografia. eu quero ficar em BSB pra estudar letras. e não vejo um momento próximo em que as nossas vidas vão se cruzar, sabe? e eu me sinto sortudo de ter te conhecido, mas ao mesmo tempo azarado, porque não sei pra onde isso vai nos levar. você é muito mais sonhador do que eu. eu sou prático. e de maneira PRÁTICA: o que a gente faz? espera? continuamos do mesmo jeito? acho que é por esse motivo que nunca tive coragem de conversar sobre isso. continuar do mesmo jeito é mais fácil, eu acho?? sei lá. realmente não sei o que a gente pode fazer. mas não quero que você se machuque. porque gosto MUITO de você.

Beto lê a mensagem. E relê. Ele não entende como esse monte de frases consegue significar absolutamente *nada*. Não entende como a resposta de Nicolas consegue ser positiva e negativa ao mesmo tempo. Talvez ele estivesse esperando algo mais simples, como um bilhetinho de "Você gosta de mim? ( ) SIM ( ) NÃO". Ele ri do próprio pensamento e acha que isso pode fazer Nico rir também.

Beto

eu estava esperando uma resposta mais simples

tipo

você gosta de mim?
( ) SIM ( ) NÃO

Nico

(X) SIM

Beto respira aliviado.

Nico

mas é um sentimento complicado. porque não tem nada que a gente possa fazer com ele agora. sei lá, corro o risco de parecer ridículo falando isso, mas você esperava que a gente pudesse tentar um namoro virtual? porque não sei se funcionaria pra mim. não enquanto a gente não tiver como criar um plano concreto pra se ver. até lá, será que a gente precisa mudar? não dá pra continuar do jeito como está?

Beto sente vontade de vomitar.

Beto

o problema é só a pandemia então? é só o fato de que AGORA seria impossível a gente ficar FISICAMENTE juntos? tipo, e se eu pudesse pegar um avião agora e ir até aí, o que você diria?

SE A CASA 8 FALASSE 255

Nico fica em silêncio. O tipo de silêncio que quer dizer alguma coisa.

> **Nico**
> não sei.

> **Beto**
> então o problema é outro...

Beto quer chorar. Ele quer *muito* chorar. Mas sabe que se deixar escapar uma lágrima, não vai conseguir segurar o resto. E se o resto sair, vai fazer barulho. E se ele fizer barulho, vai chamar a atenção da mãe e da irmã. E a última coisa que ele quer agora é chamar atenção.

Beto quer o *oposto* de chamar atenção.

Beto quer sumir.

> **Nico**
> não vou mandar essa de "o problema sou eu", mas talvez seja. acho que só não estou pronto pra lidar com sentimentos sérios hoje. ou com qualquer coisa séria, na verdade

> **Beto**
> desculpa. não quis atrapalhar seu dia com
> SENTIMENTOS SÉRIOS

> **Nico**
> agora você só está sendo grosso sem motivo

Beto digita "SEM MOTIVO???" e apaga. Digita "GROSSO, EU???" e apaga também.

> **Beto**
> tem razão. acho que preciso de um tempo pra pensar também

> até depois
> ☺

E num gesto rápido e calculado, Beto bloqueia o celular, guarda na gaveta e passa o resto do dia olhando para o teto e pensando em como absolutamente tudo conseguiu ser ainda pior do que ele imaginava.

18 DE MAIO DE 2020

UMA SEMANA SE PASSOU desde a última vez em que Beto conversou com Nico.

Ele tenta não guardar mágoa de Lara, que achou que confessar seu amor seria uma boa ideia. Ela não tinha como saber. Mas isso não significa que ele está *de boa* com a irmã. Os dois também mal se falam. E Helena, apesar de observadora, anda pela casa sem a menor noção de tudo o que se passa na cabeça do filho. Não que ela seja uma péssima mãe. Só está exausta.

É noite de segunda-feira e Lara está trancada no quarto apresentando um trabalho da faculdade. Pelo jeito como andou estressada e prestes a subir pelas paredes a qualquer momento nos últimos dias, deve ser um trabalho importante.

Beto e a mãe estão na sala, assistindo a uma competição culinária na TV enquanto se solidarizam silenciosamente por um participante que deixou o suflê de espinafre cair no chão faltando sete minutos para o fim da prova.

— Ele vai ser eliminado, tadinho — Helena comenta.

— Uma pena. Ele é tão... talentoso — Beto responde, sem coragem de dizer "bonitão".

— E bonitão — Helena completa.

— Olha lá, a Samara vai apresentar o prato dela — Beto diz, e aponta para a TV. — Certeza que ela vai chorar de novo, falar que a receita era da vó dela. Ela faz isso em *todo episódio*, não aguento a cara de pau.

— Filho — Helena chama, escolhendo bem as palavras.

— Ah lá, vai chorar, ela vai chorar — Beto comenta, totalmente alheio ao olhar preocupado de Helena.

— Você é feliz?

Beto fica imóvel e em silêncio ao ouvir a pergunta inesperada da mãe, como se ele fosse um boneco de Papai Noel Dançarino que alguém acabou de tirar da tomada. *Que tipo de pergunta é essa? Numa noite de segunda-feira?*

Na tela da TV, como esperado, a participante Samara chora enquanto explica que aquela receita era da sua avó.

— Como assim, mãe? Claro que sou — ele mente.

— Eu estava vendo suas fotos dessa semana no Twitter — ela diz, virando a tela do celular para o filho e mostrando a série de imagens em preto e branco que Beto fotografou nos últimos dias: um copo de vidro quebrado, a árvore do quintal do vizinho com galhos secos, uma nuvem carregada de chuva, um emaranhado de sombras no chão do quarto.

— Como assim você *me segue* no Twitter? — Beto pergunta, apavorado.

— Não sigo. Só olho. De vez em quando. Não gosto de invadir o seu espaço.

— Bom, você está invadindo agora — Beto rebate.

— É só que eu... me preocupo — Helena diz, empurrando a haste dos óculos, que insistem em escorregar pelo nariz.

— É só uma sequência de fotos em preto e branco, mãe. Não quer dizer nada — Beto justifica.

— E isso aqui? — ela aponta para os demais tuítes de Roberto na tela do celular.

beto @betojpg   •••
mais um dia triste e sem vontade de fazer nada

beto @betojpg   •••
eu só queria SUMIR!

beto @betojpg   •••
triste & cansado

beto @betojpg
a quarentena me deixou com saudades de ir ao cinema, ter perspectivas e sorrir, e vcs?

A lista poderia continuar por mais alguns minutos, mas Beto cobre a tela do celular da mãe com as próprias mãos porque já entendeu aonde ela quer chegar.

— Só estou triste, mãe. *Momentaneamente* triste. É normal, não é? Olha o mundo! Tá todo mundo triste! — ele aponta para a TV, onde a participante Samara ainda chora. Ou chora de novo.

— Eu sei, filho. Eu entendo. Cobrar felicidade das pessoas agora seria muito desonesto. E nem adianta pensar que, bom, algumas pessoas estão em situações muito piores que a nossa... — Helena diz, e toca o joelho do filho numa tentativa de se aproximar.

Beto franze a sobrancelha, cansado de conversar em códigos.

— É só um garoto, mãe. Um garoto que eu gosto. Gostava, sei lá — ele confessa. — Daí a Lara... Não, a Lara não. Eu. A Lara não teve nada a ver com isso. *Eu* decidi que seria uma boa ideia falar para ele como me sentia. E acabou que não foi uma boa ideia, porque ele não sentia a mesma coisa. Sei lá o que ele *sente*. Ele não fala nada com nada. Mas não foi como eu esperava, e agora está tudo estranho. Só queria que *uma coisinha* saísse de acordo com os meus planos, mas desde que esse inferno de ano começou, nada dá certo. E aí não sei o que faço, porque de que adianta me planejar? Só pra quebrar a cara de novo? Mas aí também se não for pra planejar, de que adianta *existir*? Nada faz sentido!

Ele solta um suspiro longo enquanto Helena estuda as palavras do filho.

— Bom — ela diz, finalmente. — Parece que não é só um garoto. É muito mais.

— Sim. É muito mais. É tudo — Beto diz, olhando fixamente para a mão da sua mãe que acaricia seu joelho.

— A gente pode procurar ajuda, você sabe, né? — Helena sussurra. — Mas *agora* eu só preciso que você saiba que...

Beto revira os olhos, porque já sabe o que a mãe vai dizer. Ele *sabe* que ela vai falar que "tá tudo bem ficar triste". Talvez Helena seja uma pessoa positiva demais, ou talvez seja coisa de mãe isso de dizer que "está tudo bem" quando não está e que "tudo vai se ajeitar" quando não vai. Beto sequer sabe se ela acredita mesmo nisso ou se já virou meio que o piloto automático da sua mãe para lidar com tudo. Mas agora, só agora, ele queria que ela lidasse com as coisas de um jeito um pouquinho diferente. Ele quer que ela sinta sua dor e entenda que não está tudo bem e que não existe uma perspectiva mínima de que um dia vá ficar. E que ele não sabe o que fazer quando o protocolo que escutou a vida inteira parece não funcionar.

— ... tá tudo bem ficar triste — ela completa.

— Não — Beto responde com a voz firme e ríspida.

Helena espera pacientemente porque sabe que tem mais coisa para sair dali.

— Não está tudo bem, mãe — Beto diz, depois de alguns segundos em silêncio. — Mas não sei o que fazer pra mudar isso, então, sei lá, eu... eu... não sei? Só queria...

Beto tropeça nas palavras. Seu rosto queima e ele sente vontade de chorar.

— O que você queria? — Helena pergunta.

— Gritar? — Beto sussurra, se sentindo um idiota.

Helena se levanta prontamente e sai da sala. Beto se sente ridículo por estar fazendo tanto drama e mais ridículo ainda porque, no momento em que a mão de sua mãe abandona seu joelho, ele se sente sozinho.

Em menos de cinco segundos, ela volta para a sala segurando um travesseiro.

— Grita — Helena diz com um sorriso e joga o travesseiro no colo do filho.

— Como assim, mãe?

— A gente não quer assustar os vizinhos, né? E sua irmã está apresentando um trabalho — ela sussurra. — É mais fácil abafar o grito se você enfiar a cara no travesseiro assim e...

— Não, mãe! — Beto interrompe. — Eu sei como *gritar no travesseiro* funciona. Só não quero parecer um idiota fazendo isso.

Helena se senta no sofá novamente, de frente para o filho. Seu olhar é o de uma pessoa que está no controle de tudo e sabe exatamente o que está fazendo. O que o filho não sabe é que, por dentro, ela não faz a menor ideia.

— Se eu gritar também você vai se sentir *menos* idiota?

Beto pensa por um segundo. Provavelmente não.

— Vou — ele responde.

— Passa pra cá, então — Helena diz, e estende a mão para pegar o travesseiro.

Ele passa. Um pouco relutante, mas passa.

— Mas você... Eu nunca te vi gritar. Você é a pessoa mais calma que eu conheço.

Helena ri.

— Eu sou sua mãe. Faço qualquer coisa por você — ela diz, então tira os óculos do rosto, enfia a cabeça no travesseiro e solta um grito tímido. — *AaaaaAah!*

Beto ri.

— Sua vez — ela diz, passando o travesseiro de volta para Beto, que vira o objeto porque acha estranho enfiar a própria cara na mesma superfície em que a mãe acabou de gritar.

— Tá — Beto diz, sem se mexer.

— Só pensa em tudo o que está te frustrando e põe pra fora — Helena aconselha.

— Eu penso no Nicolas todo dia e queria não ter estragado tudo, mas acho que odeio ele mais do que me odeio porque a resposta dele foi ridícula — ele diz com firmeza.

— Não precisava falar em voz alta, mas se isso te faz bem, vamos nessa!

Beto respira fundo, leva o travesseiro até o rosto e grita.

— *AaaaaaaaaAahh!*

Helena puxa o travesseiro de volta para si.

— Estou com medo. Medo porque não sei quando isso tudo vai acabar. Adaptar meu trabalho tem sido difícil e estou muito cansada — ela diz antes de gritar. — *AaaaaAAaaaaaahhh!*

Em um vai e vem coordenado como em uma gincana, mãe e filho colocam tudo para fora. Ou quase tudo.

— Sinto que não sou bom em nada, só razoavelmente interessado por fotografia, e não tenho ideia de como vou fazer pra viver disso no futuro — Beto desabafa. — *AaaaaaAAaaaaAh!*

— Às vezes me culpo e acho que não fui uma boa mãe pra você e pra sua irmã. *AaaaaaaaaAAAaaAh!*

— Às vezes sinto que nunca vou ser tão bom quanto a Lara em tudo o que ela faz, e isso me faz achar que você gosta dela um pouco mais do que de mim. *AaaaaAAAaaaaAaaaAh!*

SE A CASA 8 FALASSE 263

— Filho, que absurdo! É *óbvio* que amo vocês dois do mesmo...

— Não — Beto interrompe. — Conversas importantes só depois. Agora é hora de gritar pelos motivos mais bobos possíveis. Combinado?

— Combinado.

— Estou com saudade de ir àquele restaurante japonês da rua de baixo que tem o garçom bonitinho. E pedir pelo delivery não é a mesma coisa porque não tem garçom bonitinho. *AaaaaaAAaaAh!*

— Odiei esse cabelo vermelho. Toda vez que me olho no espelho me sinto o palhaço do McDonald's, mas não tive coragem de contar pra Lara que odiei. *AaaaaAaAaaaaaaaAh!*

Beto abre um sorriso malicioso porque ouvir sua mãe criticando Lara, mesmo que de uma forma inocente, faz com que ele se sinta à frente na competição imaginária que criou entre os dois.

— Eu tinha me esquecido de como a Lara ronca e tem noites em que preciso dormir com fone de ouvido porque é impossível descansar com tanto barulho! *AAAaaaaaaaaAAaAaAah!*

— Não aguento mais a parede bege do meu quarto. Tem dias que olho pra ela e me sinto uma velha desinteressante que nunca vai arrumar ninguém na vida. *AaaaAAAAAAaaaaaAAaah!*

— Também sinto que nunca vou arrumar ninguém na vida e não tenho nem metade da sua idade. *AAAaaaaAAaaaaaaaAaAAAAAAhahahah!*

O grito se transforma em risada.

A risada se transforma em gargalhadas.

Os dois riem como não faziam há muito tempo e, com os rostos vermelhos de tanto gritar e rir, eles precisam de um tempo para recuperar o fôlego.

— Chega. Chega. Não aguento mais — Beto diz, ainda ofegante.

— Vou sentir tanta saudade de você, filho — Helena comenta com um sorriso melancólico.

— Como assim?

— Você sabe. Quando você for atrás das suas coisas. Sair de casa. Ir fotografar o mundo. Me deixar aqui sozinha, abandonada — ela responde, acrescentando um pouco de drama na última frase.

— Você acha mesmo que vou conseguir?

— Claro que vai, Beto — Helena diz e coloca os óculos novamente no rosto. — As coisas vão dar certo. Agora é meio difícil saber quando, mas vai ficar tudo bem.

Beto ouve a mãe falando a mesma frase de sempre, mas, desta vez, não sente que ela está apenas repetindo um bordão. Ele acredita em Helena. Pela primeira vez desde que o ano começou, Beto acredita que *de fato* vai ficar tudo bem.

— Obrigado, mãe — ele diz, mas sente que apenas agradecer não é o bastante. — E fica tranquila. Seu cabelo está bonito. Você está linda. E não está parecendo o... palhaço... do McDonald's. *Pffffffff*.

Ele não consegue terminar a frase sem começar a rir novamente.

Helena também ri. O que mais ela poderia fazer?

— Meu Deus, o que está acontecendo? — Lara diz, finalmente saindo do quarto.

— Nada, filha. A gente só estava rindo junto.

— E gritando — Beto completa.

Os dois começam a rir de novo e ele fica feliz por ter esse momento, esses minutos, compartilhados exclusivamente com a mãe.

SE A CASA 8 FALASSE 265

Um momento só deles que ninguém vai poder invadir.

Lara desiste de tentar entender porque está cansada da apresentação.

— Ah, não — ela diz, olhando para a tv. — Já acabou *Super Chefinhos*?

— Não. *Super Chefinhos* é só na quarta. Hoje é segunda. Foi dia de *Super Chefs* normal. Com adultos — Beto explica, surpreso por saber essa informação com tanta exatidão.

— Tô tão exausta que já perdi completamente a noção do que são *dias da semana* — Lara comenta, massageando as têmporas e se espremendo entre Helena e Beto no sofá.

— Como foi a apresentação do trabalho? Deu tudo certo? — Helena pergunta.

— O filho do professor apareceu no meio da aula e chutou uma pelúcia da Peppa Pig na câmera, daí a gente precisou esperar uns minutos até ele colocar tudo de volta no lugar. Foi engraçado. Mas a apresentação foi boa. Meu grupo tirou nota máxima — ela responde, com a empolgação de quem diz "almocei ovo frito hoje".

— Parabéns, filha! — Helena diz, muito mais empolgada.

E Beto não sente inveja nem revira os olhos do jeito que sempre faz quando Lara diz algo para lembrá-lo de que é boa em tudo. Na verdade, fica com orgulho da irmã. Ele pensa que, mesmo exausta o bastante a ponto de se perder nos dias da semana e confundir o dia da exibição de *Super Chefinhos*, ela ainda consegue trabalhar, estudar e tirar nota máxima em um trabalho. E, bom, isso é, sim, um motivo de orgulho.

— Você é a melhor, Lara — Beto diz, *genuinamente* acreditando que Lara é a melhor.

— Obrigada, família — Lara responde com a voz ainda cansada, mas puxando os dois para um abraço.

Beto sorri com o som dessa palavra.

Família.

Beto bebe um copo inteiro de água antes de se deitar para dormir. A coisa toda de gritar com a mãe deixou sua garganta ardida. Quando entra no quarto, ele não apaga a luz porque Lara está deitada lendo um livro, mas, quando se aproxima, percebe que ela estava usando o livro para apoiar o celular e, na verdade, só está rolando infinitamente o *feed* do Instagram.

— Não conta pra mãe que a gente não fez nada de novo hoje, por favor. Tô sem cabeça pra pensar em qualquer coisa — Lara comenta, como se estivesse confessando um segredo.

— Bom, eu fiz — Beto diz, e não consegue evitar se sentir o campeão da Competição De Quem Faz Coisas Novas Todo Dia.

Talvez ele seja assim para sempre. Competitivo. Talvez seja coisa de signo, sei lá. Sou uma casa, não entendo de signos. Já tentei descobrir o meu, mas não sei se, para casas, a data que vale é a do início da construção ou a do fim. Ou a data de entrada do primeiro morador, porque, enquanto ninguém morava aqui, eu não era uma casa, era só um lugar. São muitas variáveis, então desisti. Meu signo são todos. Ou nenhum. Não importa.

Mas Roberto é escorpiano.

— Fez, é? O que? — Lara pergunta, não tão curiosa quanto seu tom de voz sugere.

— Conversei com a mãe. De um jeito mais... sério? Intenso. Sei lá, senti que a gente estava falando sobre coisas *importantes*.

Ele deixa de lado a coisa de gritar no travesseiro. Primeiro porque foi um momento privado dos dois, segundo porque acredita que Lara acharia ridículo.

— Vocês conversaram feito dois *adultos,* então.

— É. Foi isso, eu acho.

A palavra flutua no ar. Beto nunca teve medo de se tornar "adulto". Na verdade, sempre desejou isso mais do que tudo. Trabalhar, juntar dinheiro, sair de Lagoa Pequena, viver sozinho, conhecer o mundo, ter cafeteiras que fazem tipos diferentes de café, gostar de café. Isso é ser adulto, não é?

Porque se for, Beto está cem por cento pronto.

A não ser que adultos não possam ter inseguranças com o próprio corpo.

E com a própria profissão.

Ou cabelo roxo.

Ou o pensamento constante de que no fim das contas vão morrer sozinhos.

Ou o desejo de voltar no tempo e nunca ter se declarado para Nicolas do jeito mais passivo-agressivo possível.

Se tudo isso for permitido, aos dezessete anos, Beto já está pronto para ser adulto.

— A mãe odiou o cabelo vermelho, né? — Lara pergunta do nada.

— Nossa, que do nada essa pergunta.

— Para de tentar fugir — Lara insiste. — Ela falou alguma coisa?

— Não — Beto mantém o segredo a salvo. — Por que você acha isso?

— Ela estava atendendo a um cliente esses dias com a porta entreaberta. De chapéu, Beto. Um chapéu *de praia.* Dentro de casa.

Beto ri.

— Talvez fosse parte do tratamento daquele paciente em específico, ué — Beto responde, sem saber se realmente existe algum paciente que precise ser atendido por uma psicóloga usando chapéu de praia. — O que sei é que ela queria mudar a cor da parede do quarto dela.

— Ugh! Aquele bege é horrível mesmo. — Lara faz um barulho que imita vômito. — A gente podia pintar o quarto dela. De presente de Dia das Mães.

— Lara, o Dia das Mães foi há uma semana.

— Meu Deus, eu realmente preciso dormir.

E, em menos de dois minutos, Lara já está roncando.

20 DE MAIO DE 2020

Os irmãos pintam a parede do quarto da mãe de um verde esquisito. É meio musgo, mas levemente azulado, e a lata de tinta chama a cor de "horizonte nebuloso". Não sei qual horizonte tem *essa cor,* mas se eu o encontrasse um dia, correria na direção oposta. Se eu tivesse pernas.

Mas Helena gosta. Na verdade, ela *ama*. A mãe da família sorri feito boba enquanto encara sua nova parede e tenta ignorar a mancha de tinta que caiu no tapete que custou bem mais do que um tapete deveria custar. Relevar a mancha é uma decisão mais madura do que tentar encontrar um culpado.

O culpado foi Beto, que esbarrou na lata de tinta enquanto fotografava Lara. A irmã estava em uma posição inusitada demais para não ser fotografada, na ponta dos pés como uma bailarina e com os braços esticados o máximo possível

SE A CASA 8 FALASSE 269

para pintar os detalhes da quina da parede com um pincel de ponta fina. Em sua defesa, a foto ficou incrível.

— Nunca pensei que a quarentena ia me transformar em uma pintora — Lara comenta com o irmão mais tarde, enquanto ele edita as fotos que tirou ao longo do dia e ela finge estar trabalhando. — Pintora de cabelo, de parede. Daqui a pouco vou pintar quadro, pintar unha...

— Você podia pintar as minhas unhas qualquer dia — Beto diz sem pensar. — Seria uma primeira vez interessante.

— Você quer aquelas unhas postiças de Instagram cheias de cristais de plástico colados na ponta? — Lara provoca, esperando que a resposta seja sim e ela possa dar vazão à sua *obsessão* por unhas postiças de Instagram.

— Não. Só um esmalte preto mesmo. Meio borrado. Pra me dar um ar de rebelde.

— Tipo o daquele dono do restaurante na rua de baixo, que tem uns trinta anos e é emo até hoje? — Lara pergunta.

— Ele é minha maior inspiração — Beto confirma.

— Ele ainda mora aqui? — Lara pergunta.

— Deve morar. Nada muda em Lagoa Pequena.

— Pois é — Lara concorda. — Nada muda.

A família passa a noite reunida na sala assistindo a *Super Chefinhos*.

É um episódio emocionante, no qual a produção obriga crianças de nove a treze anos a preparar três pratos (entrada, prato principal e sobremesa) em menos de duas horas e a servirem a refeição para um chef renomado que irá fazer críticas leves o bastante para não ter problemas judiciais, mas pesados o bastante para fazer algumas das crianças chorarem na TV aberta.

Ou seja, mais um episódio qualquer de *Super Chefinhos*.

Lara pinta as unhas da mão esquerda de Beto com um esmalte preto ressecado que encontrou no fundo da bolsinha de esmaltes da mãe.

Com a mão direita, ele olha a *timeline* do Twitter, se desviando emocionalmente de qualquer coisa que o faça se lembrar de Nicolas. É um exercício exaustivo, levando em conta que quase tudo o faz se lembrar de Nicolas.

— Dá aqui a outra mão — Lara pede, e Beto larga o celular e foca toda a sua atenção nas unhas recém-pintadas.

Ele pensa em como seria divertido mandar uma foto da mão para Nicolas, e em como o garoto faria piada dizendo que, agora que Beto pintou as unhas pela primeira vez, já pode dizer que está quebrando *todas* as barreiras de gênero.

Beto ri sozinho.

Lara solta uma bufada porque, com a risada, a mão de Beto treme e ela borra o dedo indicador.

Minutos se passam em silêncio e, com as dez unhas pintadas, Beto anda pela sala balançando as mãos e soprando os dedos.

— Roberto, não assopra assim ou vai borrar tudo! — Lara provoca.

— Estou admirando o *seu trabalho*, me deixa em paz — ele responde.

— *Shiiiiiu* — Helena briga. — Vocês dois fiquem quietos pra eu assistir ao programa. Vão eliminar a menina ruivinha que eu gosto, tadinha.

Os irmãos param de conversar. Helena empurra os óculos para a ponta do nariz para enxergar melhor a tv. Os três assistem em silêncio à eliminação da menina ruivinha no programa de culinária infantil. Helena quase chora.

No braço do sofá, o celular de Beto vibra e ele não dá bola. Provavelmente é uma notificação de "Bora meditar?" do aplicativo de meditação que ele baixou no início da quarentena e usou apenas duas vezes.

O celular vibra de novo, querendo *muito* que Beto medite.

A terceira vibração parece urgente, com um tom de "VAI MEDITAR OU NÃO?????", e Beto pega o celular, determinado a deletar o aplicativo e nunca mais meditar em toda a sua vida, mas o que encontra na tela são três mensagens de Nicolas.

Nico

sei que pode parecer meio esquisito eu chegando aqui do nada

mas só queria dizer que estou muito orgulhoso

60 MIL LIKES, sabe!!!!!!!!

Com as mãos tremendo e o dedo pintado de esmalte preto ressecado encontrado no fundo da bolsinha de esmaltes da mãe, ele abre o Twitter e clica na aba de notificações.

Por algum motivo que ele não consegue entender em meio à tantas palavras, a foto antiga do pôr do sol que ele repostou ao lado de uma foto recente, que mostra a mesma janela, mas com o céu nublado e escuro do lado de fora, chamou a atenção da internet. Curtidas, comentários e reposts com a frase "Fotógrafo: @Betojpg" enchem seus olhos. Dessa vez ele grita sem travesseiro nem nada.

ANA

14 DE JANEIRO DE 2000

A SAÍDA DO CAMINHÃO DE MUDANÇA é bem menos dramática do que Ana imaginava. Para começar, nem é um *caminhão de verdade*. Uma caminhonete, talvez? Ana não entende nada de veículos de mudança.

A empresa que o pai contratou envia o caminhão/caminhonete bem cedo na manhã de sexta-feira, e uma dupla de funcionários entra rapidamente para recolher as caixas e móveis já desmontados. Tudo acontece em poucos minutos, e Ana se surpreende com como pode ser fácil desaparecer do mapa (quando se trabalha para uma empresa milionária de tecnologia disposta a pagar por toda a sua mudança).

Os itens pessoais e algumas caixas com peças de computador delicadas e caras que Celso teve medo de deixar nas mãos dos funcionários da mudança vão junto com os dois em um carro alugado que ele vai buscar antes do almoço.

A viagem de carro até o aeroporto de São Paulo vai durar poucas horas, mas isso já é o bastante para deixar Ana nervosa, já que não consegue se lembrar da última vez em que viu o pai dirigindo. Ela também está nervosa porque nunca viajou de avião na vida. Ana sabe que é irracional ter medo de avião, mas parte dela acredita que, quando estiver lá no alto, vendo o mundo por uma perspectiva completamente nova, vai sentir vontade de gritar.

Ela precisa se lembrar de perguntar para o pai se é errado gritar no avião. Tipo, *legalmente* errado. Porque socialmente ela sabe que é.

Os dois estão na varanda observando o caminhão se afastar. Celso coça a palma das mãos do jeito que sempre faz quando está nervoso. Ana encara o automóvel se afastar ao longo da rua Girassol e sente o coração apertado por saber que, daqui a pouco, quem vai se afastar é ela.

— Celso? — uma voz chama de repente, fazendo com que pai e filha virem a cabeça ao mesmo tempo.

Ana não reconhece o dono da voz, um homem branco e alto de ombros largos e maxilar rígido, com as mangas da camisa vermelha enroladas até os cotovelos. Ele está acompanhado de uma mulher negra de cabelo crespo curto e batom vermelho, e ela Ana reconhece. É a dona da locadora do fim da rua.

— Oi…? — Celso responde, sendo pego de surpresa.

Ana apoia o braço na mureta da varanda e observa a cena com atenção. Ela adora ver o pai interagindo com outros adultos, o que é uma situação quase rara, mas muito divertida.

— Nossa, quanto tempo! Sou eu. Orlando — o homem diz. — Você lembra de mim, não lembra?

Ana quase pula com o nome do homem. Porque só pode ser o "gay que seu pai conheceu uma vez". Ninguém conhece dois Orlandos na mesma cidade. Isso significa que aquele estranho era amigo da sua mãe. Ana sente o coração acelerar, mas não tem a menor ideia do que fazer com esse sentimento.

— Claro, claro. Lembro de você. É só que… Que engraçado… É só que semana passada…

— Oi, muito prazer, eu sou a Ana — a garota pula na frente do pai antes que ele complete a frase com "eu estava conversando com minha filha sobre você, o único gay que eu conheço, porque ela, sabe, *também* é gay".

Os olhos de Orlando se voltam para Ana e ele abre um sorriso. É a expressão de quem abre um presente na véspera de Natal e gosta *de verdade* do que vê dentro da caixa, sem nem precisar fingir.

— Oi, Ana — ele diz, ainda sorrindo. — Nossa, você é tão parecida com a sua mãe. O nariz igualzinho, como pode?!

O sol da manhã está bem na frente dela, iluminando sua vista. Ela precisa cerrar os olhos para enxergar direito, mas ainda assim não consegue dizer se aquilo nos olhos de Orlando são lágrimas ou se ele tem um olhar *naturalmente brilhante*.

Ana torce pela segunda opção, porque não saberia lidar com um total desconhecido chorando na sua frente por causa do seu *nariz*. Ela também torce para que a coisa dos olhos naturalmente brilhantes seja parte da genética gay. Ela quer *muito* ter olhos naturalmente brilhantes.

— Essa é minha amiga Catarina — Orlando apresenta a mulher ao seu lado, que abre um sorriso, estende a mão e dá início a um ciclo desengonçado de cumprimentos.

— A dona da locadora! — Ana comenta.

— Ah, sim, eu sabia que seu rosto era familiar — Celso complementa.

— Sim, sim. Já vi vocês dois por lá — Catarina diz.

Um silêncio esquisito se estabelece entre os quatro.

— O que estão fazendo por aqui? — Celso pergunta, tentando demonstrar interesse, mas soando como um interrogador inexperiente.

Ana ri.

— Catarina quer se mudar aqui pra rua. Morar mais perto do trabalho e tal. Estamos dando uma olhada em casas pra alugar.

Celso coloca as mãos na cintura e abre um sorriso orgulhoso.

— Estamos saindo hoje! A casa oito vai ficar desocupada em breve — ele diz, apontando para mim.

Isso chama a atenção de Catarina, e ela observa cada detalhe da minha fachada com muito cuidado.

— Uma casa excelente! — Celso continua. — Sala espaçosa, essa varanda grande aqui na frente, dois quartos... Você é casada? Tem filhos?

Mais uma vez, Celso tem a melhor das intenções, mas algo no jeito como ele enuncia as perguntas e passa as mãos lentamente pelos cabelos cheios faz parecer que está *paquerando* Catarina.

Ana ri mais uma vez e Orlando ri junto. Os dois trocam um olhar rápido, como se estivessem interpretando a conversa da mesma forma (eles estão).

— Não, não! — Catarina responde com firmeza. — Meu maior pesadelo.

— Casamento ou filhos? — Celso pergunta.

— Os dois — ela responde com uma risada.

Ninguém ri junto.

Ela percebe o desconforto no rosto de todo mundo.

— Um cachorro, talvez. Quero adotar um cachorro — ela completa, para amenizar o clima.

Ana sorri, pensando se no Rio de Janeiro, em sua nova vida, poderá ter um cachorro também.

— Vocês vão pra qual bairro? — Orlando pergunta, tirando o foco da amiga.

— Vamos mudar de cidade, na verdade. Estamos indo para o Rio de Janeiro — Celso responde.

Catarina franze a testa.

Orlando sorri em apoio.

Ana olha para o chão.

— Uau — Orlando comenta. — Uma *grande* mudança, então! Que sorte a minha ter conseguido te encontrar antes de vocês irem embora e ver a Ana tão crescida assim. Espero que vocês sejam muito felizes lá.

Eu duvido, Ana pensa.

— Também espero — Celso responde.

— Pai, vou entrar — Ana diz, e Celso assente.

— Foi um prazer te conhecer — Orlando diz. — Boa sorte na cidade nova.

Vou precisar, ela pensa enquanto entra na sala com passos lentos.

Da janela da frente, Ana observa os adultos conversando lá fora. Orlando ri, Catarina continua analisando os detalhes da casa e seu pai fala sobre qualquer coisa com empolgação enquanto mexe os braços mais do que o necessário. Ela teme que ele esteja pedindo conselhos sobre como lidar com sua filha recém-assumida gay para o único outro gay que conhece e não via há sabe-se lá quanto tempo. Ela tem medo do que os outros possam pensar dela. Mesmo sabendo que, a esta altura, nada mais importa. A opinião das pessoas de Lagoa Pequena a seu respeito não faz mais a menor diferença, e esta percepção, que tinha tudo para ser algo bom, deixa um gosto amargo na boca de Ana.

Os cômodos estão completamente vazios. É uma questão de tempo até que não exista mais nada aqui dentro. Só mais algumas horas até que eu deixe de ser um lar e me torne

SE A CASA 8 FALASSE 277

um imóvel novamente. Uma construção sem ninguém para construir uma história em mim.

Ana pega sua mochila, a única bagagem que ficou, e revira o conteúdo com tudo o que está levando para se distrair durante a viagem. O voo de São Paulo para o Rio de Janeiro dura menos de uma hora, mas, ainda assim, Ana leva o Discman, fones de ouvido, pilhas reservas (que ela tem medo de serem descartadas no aeroporto porque leu em algum lugar que é possível usá-las para fazer explosivos), dois livros com mais de quinhentas páginas cada, um travesseiro daqueles de pescoço que o pai também ganhou de brinde quando assinou a revista de fofoca e um caderno pautado novinho que pretende usar como um diário da vida nova.

Sou uma casa, não entendo *nada* de aviões, mas tenho certeza de que Ana não vai conseguir ouvir música, ler dois livros, dormir e escrever no diário em menos de uma hora. Ela provavelmente vai passar a maior parte do tempo olhando pela janela e imaginando como lá do céu as pessoas parecem formiguinhas e como a existência humana é pequena e passageira quando olhamos as coisas de longe.

Bom, pelo menos é isso que *eu* faria se voasse de avião algum dia.

Ela se senta no chão e olha para as paredes da sala da mesma altura que costumava enxergar o mundo quando era uma criancinha correndo de um lado para o outro.

Minha sala, agora que está vazia, já parece maior. Mas, olhando por esse ângulo, fica gigante. Ana pensa em como cresceu aqui, sem que as paredes ao seu redor crescessem também. Ela lembra de quando assistiu *Alice no País das Maravilhas* com o pai pela primeira vez na tv da sala. Pensa na cena em que Alice fica gigante dentro da casa do Coelho

278 **VITOR MARTINS**

Branco, com as pernas saindo pela porta e os braços saindo pelas janelas. Ela riu com o absurdo da cena na época, mas é assim que Ana se sente agora. Sendo forçada a crescer de um jeito rápido e inesperado até não caber mais aqui dentro.

Ela amava aquele filme, e a memória de tê-lo assistido com o pai aqui é o tipo de lembrança que estava guardada dentro dela havia muito tempo, intocada, e só precisou de um empurrãozinho para voltar à superfície da sua mente.

Alice no País das Maravilhas fez seu pai chorar e, na época, ela não entendeu o motivo. Que tipo de adulto chora com um desenho animado absurdo como aquele?

Só mais tarde, no início da adolescência, foi que Ana entendeu que o pai chorou de saudade.

A mãe de Ana se chamava Alice.

Até este exato momento, Ana nunca tinha parado para pensar que ela e a mãe compartilhavam a mesma inicial. E, aparentemente, o mesmo formato de nariz.

Ao longo da vida, Ana sempre pensou na mãe de um jeito estranho. Pensou nas consequências da sua partida ou na culpa que carregava. Pensou na solidão que o pai sentia e em como tudo o que aconteceu moldou sua relação com ele. Mas nunca pensou em *Alice*. Foi aqui que Alice engravidou. Eu fui a primeira (e única) casa de Ana. E agora, já deitada no chão e olhando para cada canto da sala com muita atenção, ela tenta imaginar os passos de sua mãe aqui dentro.

Ana monta uma colagem mental usando fotos que já viu e as poucas histórias que seu pai contou, para assim recriar uma versão própria da mãe. Imagina Alice lavando a louça na pia e andando até o banheiro de madrugada, durante a gravidez, para fazer o quarto xixi da noite. Imagina seus pais rindo, juntos, observando a rua pela janela, chegando em casa molhados depois de uma tempestade e pendurando as roupas no varal do quintal depois que o sol voltasse.

— Filha? Você está bem? — Celso chama, pegando Ana no susto.

Perdida nos próprios pensamentos, ela não percebeu que ele tinha voltado.

— Tá tudo bem. Só olhando a casa pela última vez — Ana responde, olhando o pai de baixo para cima e sorrindo ao ver como ele parece um gigante inofensivo.

Celso não pergunta mais nada. Ele se deita no chão ao lado da filha, sem se importar com a dor nas costas que o ato vai causar.

— Foi uma casa boa pra gente, não foi? — ele comenta, olhando as paredes do mesmo ângulo que a filha. Os dois pequenos em uma sala enorme.

— Eu gostei de morar aqui — Ana diz. E, respirando fundo porque não sabe como o pai vai reagir, ela pergunta: — A mãe gostava de morar aqui?

Celso ri. Parece um bom sinal.

— Ana, ela *amava*. Ela gostava do nome da rua e dizia que até mesmo a conta de luz parecia uma carta de amor, porque no envelope vinha escrito rua Girassol, número 8. Gostava de acordar cedo e pegar sol na janela do quarto antes de construírem aquele prédio enorme aqui do lado. Ela ficaria arrasada se descobrisse, porque *realmente* amava o sol que batia ali de manhã. Ela gostava da varanda e sempre quis colocar uma piscina de plástico pra gente se refrescar nos dias quentes, mas nunca concordei porque não queria que as pessoas passassem na rua e vissem dois adultos dentro de uma piscina de plástico. Que besteira a minha, né? Se fosse hoje, eu concordaria.

— E você só me diz isso *agora*?! — Ana provoca. — Sempre quis uma piscina de plástico na varanda!

É mentira. Ela nunca sequer *cogitou* ter uma piscina na varanda, mas saber que era o que sua mãe queria faz com que ela queira também.

— A gente providencia uma na casa nova, então — Celso diz, escondendo da filha a informação de que o condomínio onde vão morar no Rio tem uma piscina e vista para o mar.

Eu deveria ficar com ciúmes, já que estou perdendo os dois para um condomínio com piscina enquanto vou continuar aqui, sendo uma casa pequena com varanda e dois quartos, espremida entre dois prédios em uma rua que deixa qualquer correspondência com cara de carta de amor. Mas não fico. Estou feliz por Ana e Celso.

— Vai soar muito ridículo se a gente, sei lá, *agradecer* à casa? — Ana sugere.

— Um pouco, talvez — Celso ri. — Mas vai, você começa.

Ana sente o rosto queimar, um pouco envergonhada da própria ideia. Mas, a esta altura, ela não tem nada mais a perder, certo?

— Obrigada, casa. Por cuidar da gente esse tempo todo. Vou sentir saudades — Ana diz quase num sussurro.

— Obrigado, casinha. Foi muito bom morar aqui — completa Celso.

E eu choraria se pudesse chorar.

Obrigada a *vocês*, eu diria, se pudesse dizer.

Na mesma velocidade em que o momento começou, ele termina. Celso se apoia sobre os cotovelos para voltar a ficar de pé e segue com os afazeres do dia.

— A moça da locadora vai conversar com a imobiliária. Talvez se mude pra cá.

— Ela parece legal — Ana diz, também se levantando porque seria ridículo continuar conversando com o pai deitada no chão.

— Agora vou lá buscar o carro. Precisamos sair logo mais. Quer vir comigo?

Ana pensa por um segundo.

— Posso ficar mais um pouco? Te espero aqui — ela pede.

Celso torce o nariz.

— Juro que não vou fugir e viver escondida sob uma identidade falsa pelo resto da vida — ela diz.

— Ah, sim. Agora estou muito mais tranquilo. Volto logo — Celso concede, antes de pegar sua chave e desaparecer pela porta da frente.

Ana confere seu quarto pela última vez para se certificar de que não está deixando nada para trás. Ela abre o armário, confere atrás da porta. Não está deixando nada.

Além de, é claro, o amor da sua vida.

Ana não sabe quanto o pai vai demorar, mas acredita ser tempo o bastante para pôr em prática uma ideia de última hora. Ela corre até a mochila, puxa seu futuro diário e uma caneta e começa a escrever rapidamente. Não leio porque, pelo menos agora, decido respeitar a privacidade da garota.

Quando a página está cheia de palavras escritas em uma letra apressada (mas, ainda assim, bonita), ela arranca a folha. Depois de arrancar outro pedaço de papel do diário, Ana improvisa um envelope. Usando um pedaço de fita adesiva que ficou grudado na porta do guarda-roupa (e que segurava um pôster de *Titanic*, já que a Kate Winslet sempre foi uma das Mulheres Tão Bonitas Que Merecem Um Espaço Na Parede de Ana), ela gruda o envelope no fundo da última prateleira do armário.

— Vamos, vamos, vamos! — Celso apressa a filha.

O carro alugado está estacionado na varanda, com o porta-malas aberto cheio das tralhas do pai. Ana tenta encaixar sua mochila ali, como se jogasse a partida de Tetris mais difícil da sua vida.

Ela acaba desistindo e decide levar a mochila no colo.

Celso vira a chave na porta da frente pela última vez e, tirando uma pequena câmera fotográfica do bolso da jaqueta, fotografa a fachada.

— Pra gente não esquecer da sua primeira casa — ele diz.

Ana suspira, sabendo que seria impossível me esquecer.

Tudo está dentro do carro, mas algo não parece certo. Celso olha de um lado para o outro e depois para seu relógio de pulso, como se estivesse esperando a hora certa para se atrasar. Ana pensa que talvez seu pai queira uma viagem corrida e cheia de fortes emoções, mas não faz sentido porque, no geral, Celso odeia fortes emoções.

Ele finalmente sorri aliviado quando vê, no final da rua Girassol, a bicicleta de Letícia se aproximando.

A garota pedala com toda a força e quase cai da bicicleta quando dá uma freada brusca na calçada.

— Desculpa, Celso. Eu não queria atrasar. Foi minha mãe que... — Letícia começa a se explicar.

Celso apenas fecha os olhos, aponta para Ana e dá as costas para as duas.

— O que você está fazendo aqui? — Ana pergunta, sem conseguir se mover.

— Uma última despedida. Seu pai me avisou a hora que vocês iam embora e, bom... Aqui estou eu.

Letícia está suada, com o cabelo amassado pelo capacete e a respiração ofegante por ter atravessado Lagoa Pequena pedalando. Mas está aqui. E isso é tudo o que importa para Ana.

— Cinco minutos — Celso grita, ainda de costas.

Letícia se aproxima e pega as mãos trêmulas de Ana, delicadas e frágeis como as asas de uma borboleta.

— Hm — Letícia murmura, como quem se esforçou para chegar aqui na hora, mas percebe que não preparou nada para dizer. — Espero que você faça uma boa viagem. Em segurança.

— Tô com medo de voar de avião — Ana confessa a primeira coisa que vem à cabeça.

—Ah, é meio assustador no começo, mas você se acostuma. A gente sempre vai de avião visitar os meus parentes de Belém. Quando começa a subir dá um frio na barriga, sabe? A gente sente o corpo ficando leve e pesado ao mesmo tempo. Mas é bom. Fechar os olhos ajuda.

Ana tenta anotar tudo mentalmente, mas está distraída demais pela beleza de Letícia.

— Obrigada por ter vindo. Eu não... — Ana gagueja. — Não estava pronta pra dizer adeus de novo. Não queria que isso estivesse acontecendo. Só queria que a nossa história... desse certo.

Sem soltar sua outra mão, Letícia repousa o dedo indicador sobre os lábios de Ana.

— Shhhh — ela sussurra. — Para com isso. Para de dizer que a gente não deu certo. A gente deu *muito* certo. Eu não trocaria qualquer minuto que passei com você por nada nesse mundo inteiro.

— Mas... — Ana protesta.

— A gente deu *muito* certo — Letícia repete.

Ana finalmente sorri. Seus olhos estão molhados e, de certa forma, brilhantes.

O dedo de Letícia que tocava os lábios da namorada desliza para a bochecha e ela acaricia o rosto de Ana em um gesto simples, mas muito íntimo.

— O seu CD do Blink. Nunca te devolvi. Está ali na mochila, se quiser pegar e... — Ana diz a próxima bobagem que vem à cabeça.

— Claro que não quero — Letícia responde. — Pode levar. Pra lembrar de mim.

— Mas não deixei nada pra você lembrar de mim! — Ana argumenta, se arrependendo de não ter pensado em um presente.

— Tenho essa cidade inteira pra lembrar de você, Ana. E vou ficar só com as lembranças boas, tá bom?

— Tá bom — Ana sussurra, sentindo lá no fundo (mas *bem* no fundo mesmo) que vai ficar tudo bem.

— Um minuto! — Celso avisa.

Como fazer um amor do tamanho do mundo caber em um minuto?

— Eu queria muito te beijar, mas tudo bem se você não estiver pronta pra fazer isso em público — Ana diz, olhando em volta e vendo algumas pessoas andando pela rua, vivendo suas vidas normais.

A opinião de Lagoa Pequena sobre sua sexualidade pode não importar mais para ela, mas para Letícia importa, já que é ela quem fica.

— Acho que estou pronta — Letícia diz, então se aproxima de Ana e guia seus lábios até os dela.

O último beijo é doce, lento e bom. Ana sente o corpo ficando leve e pesado ao mesmo tempo, e encara isso como um teste para sua primeira decolagem de avião.

— Obrigada por ter me amado tanto — Letícia diz quando as duas se afastam.

— Obrigada por ter me deixado te amar — Ana responde.

As duas se afastam e encontram Celso, ainda de costas, esfregando os olhos como quem está chorando ou tendo uma crise alérgica (chorando).

— Pai, vamos? — Ana diz.

— Só mais uma coisa. Continuem aí — Celso diz, e se vira com a câmera ainda na mão. — Digam xis.

As duas se abraçam e sorriem para a foto.

Não consigo ouvir o que acontece depois que pai e filha entram no carro. Escolho não ouvir os pensamentos de Letícia, que fica uns dez minutos parada na calçada olhando o carro se afastar e, depois que ele some, olhando para o céu.

Queria que as duas tivessem mais tempo juntas, mas, por agora, sei que não é possível. Queria poder ver a foto que Celso tirou. Eu estava no fundo e sei que sou uma casa fotogênica, mas acho que pisquei na hora.

Piada de casa. Eu não pisco.

Torço por um futuro bom para Ana e Letícia. Provavelmente não vai ser aqui. As duas são grandes demais para Lagoa Pequena. Mas a casa que abrigar um amor como o dessas duas será uma casa de sorte. Do mesmo jeito que eu fui.

GREG

29 DE JANEIRO DE **2010**

É DIFÍCIL DIZER SE foram os cartazes, a popularidade de Catarina, a vontade de assistir *A Casa do Lago* ou a total falta de coisa melhor para fazer em uma sexta-feira do fim de janeiro em Lagoa Pequena, mas às três da tarde, pontualmente, há vinte e duas pessoas sentadas na locadora, preparadas para a sessão. Greg corre de um lado para o outro com um crachá pendurado no pescoço que diz "EQUIPE" ao lado do desenho do Keanu Reeves no balde de pipoca. Tiago preparou os crachás porque, aparentemente, ele leva a produção de eventos muito a sério.

— Tudo certo com o projetor? Está funcionando? — Catarina pergunta, estalando os dedos para controlar a ansiedade.

Assim como Greg, ela também ganhou um crachá, que está pendurado discretamente em um lenço enrolado em seu pescoço. O cabelo com cachos apertados está preso no topo da cabeça e, pela primeira vez desde que Greg chegou aqui, Catarina está maquiada. O batom vermelho perfeitamente aplicado contrasta com a pele marrom e os olhos destacados com uma sombra dourada e o que Greg acredita serem cílios postiços (mas não são, é apenas rímel. Gregório não entende *nada* de cílios). Catarina está radiante. Ela morde os lábios e prende a respiração enquanto observa os rostos familiares sentados em sua garagem.

— Tudo certo, tia. Já testei. Três vezes — Greg acalma Catarina.

— E a comida? — ela pergunta.

Greg olha por cima do ombro para Tiago, que toma conta de uma mesa na entrada da locadora, cheia de bebidas e petiscos feitos por sua mãe. Ele faz sinal de positivo com o polegar e Tiago responde da mesma forma, acompanhado de uma piscadinha e um beijo. Greg quer *morrer* porque, para tentar parecer menos intimidador neste evento em especial, Tiago tirou a franja do rosto, o que possibilitou uma visão ainda mais ampla das suas feições perfeitas e das covinhas em suas bochechas, que aparecem quando ele sorri.

— Gregório? — Catarina o chama novamente, porque Greg acaba de passar literalmente quarenta e cinco segundos encarando Tiago.

— Sim! — ele diz, saindo do seu transe. — Tudo certo com a comida. Agora é só começar.

— Preciso dar um discurso de abertura? — a tia pergunta.

— *Precisar* não precisa, mas se você quiser...

— Eu quero — ela diz sem pensar duas vezes. Catarina se posiciona na frente da tela (bom, do lençol branco) e bate palmas para atrair a atenção de todos.

As vinte e duas pessoas ficam em silêncio imediatamente, porque Catarina é o tipo de pessoa que todo mundo quer escutar quando tem algo a dizer. As vinte e duas pessoas parecem extremamente felizes por estarem aqui. As vinte e duas pessoas viram vinte e quatro quando Orlando chega ao lado de outro homem que deve ter mais ou menos a sua idade. Sem fazer nenhum alarde, os dois se sentam na última fileira. Orlando sorri e balança a cabeça para Catarina, que parecia estar só esperando pelo melhor amigo para começar a falar.

— Boa tarde! — ela diz, antes de pigarrear e abrir um sorriso. — Gostaria de agradecer a todos por terem vindo à primeira exibição do clube do filme aqui da Catavento Vídeos. Vocês sabem que esse é um espaço muito especial para mim, e a participação de vocês pode ajudar a manter essa garagem funcionando. Hoje vamos exibir um filme extremamente romântico e complicado de entender se não prestarem atenção, então, por favor, nada de conversa durante a exibição. É, é de você mesmo que eu tô falando, Marta. — Ela aponta para uma mulher branca de cabelos grisalhos que está cochichando com a amiga sentada ao seu lado. — Keanu Reeves construiu a carreira em papéis emblemáticos, salvando o mundo, questionando o sistema e explodindo coisas, mas em *A Casa do Lago* vemos um outro lado do melhor ator da sua geração: um homem triste, melancólico e apaixonado. Ao fim da exibição, vamos debater a história e tirar dúvidas. O que vocês quiserem perguntar, eu com certeza vou saber responder, porque já assisti a esse filme uma quantidade absurda de vezes.

Greg segura a risada, sem entender de onde a tia tirou tanta inspiração.

— Antes de começarmos, eu gostaria de agradecer ao meu sobrinho Gregório… — Ela faz uma pausa. — Greg. Por ter tido essa ideia. Por ter organizado tudo e me encorajado a fazer algo diferente. Porque quem me conhece *sabe* que odeio mudanças. Mas essa não foi tão difícil assim de aceitar.

SE A CASA 8 FALASSE *291*

O ambiente fica em silêncio e ninguém sabe o que fazer até Tiago puxar palmas. Todos aplaudem, Catarina se senta na primeira fileira e Keanu Reeves (o cachorro) pula no seu colo. Greg apaga as luzes, liga o projetor e a exibição começa. De fininho, ele caminha até a entrada da garagem e puxa uma cadeira para ficar ao lado de Tiago. É um lugar privilegiado, já que dali ele consegue observar todo mundo (incluindo Orlando e Roger, que, assim que as luzes se apagam, se aproximam um pouco mais e se apoiam no ombro um do outro), mas também porque Greg está ao lado do garoto mais bonito da cidade e não tem Keanu Reeves triste, melancólico e apaixonado que vá prender sua atenção mais do que Tiago, que encara a tela e sorri. Seu rosto está iluminado pela luz do projetor e os olhos viajam entre o filme, os pés, Greg e o teto.

Os dois permanecem em silêncio porque, sendo bem sincera, ninguém seria corajoso o bastante para quebrar as regras de Catarina. Mas aos exatos trinta e três minutos do filme, Tiago pega e segura a mão de Gregório, e os dois ficam assim até o fim.

— Não, eles vivem em *tempos* diferentes, mas no *mesmo planeta*. Não é um filme de *aliens* — Catarina explica, mexendo os braços de forma exagerada.

O filme terminou e o debate está empolgado. Como era de se esperar, metade do público não entendeu direito as linhas do tempo do filme, e quanto mais as pessoas discutem, mais ocupado Tiago fica vendendo pipoca, bombons caseiros e latas de refrigerante. As pessoas tendem a ficar com fome quando estão confusas.

— Oi! — Greg se aproxima timidamente de Orlando e seu acompanhante.

— Greg! — Orlando quase grita numa tentativa de se fazer ouvir na confusão de vozes. A garagem parece a festa de Natal de uma família muito grande. — Roger, esse aqui é o Gregório, o sobrinho da Catarina que te falei.

— Espero que tenha falado bem — Greg brinca, se arrependendo imediatamente por soar como sua *mãe* em uma das festas de gente rica para onde o pai sempre os arrasta. — Muito prazer.

Greg estende a mão e nota o girassol que Roger está segurando. Ele ri imaginando o momento em que Orlando entregou a flor, fazendo todo aquele mesmo discurso sobre o Sol.

— Muito prazer, Gregório. Sou o Roger — o outro homem diz, e aperta a mão de Greg com mais força do que o garoto esperava.

Roger parece ser um pouco mais velho do que Orlando, mais maduro, mais vivido. Sua pele é marrom, um pouco mais clara que a de Greg, e seus ombros são largos. Ele usa óculos de aro grosso que fazem com que pareça um homem que sabe muito sobre muitas coisas e seu cabelo é raspado tão rente que, dependendo de onde você olhe, pode parecer que Roger é careca.

— Hm — Greg murmura. — Aproveitando a visita na cidade?

Ele não tem a menor ideia de como manter uma conversa com um adulto que tem cara de que sabe muito sobre muitas coisas.

— Aproveitando bastante — Roger sorri. — Matando a saudade. Gosto muito daqui. Talvez eu volte pra ficar, dessa vez.

Os olhos de Orlando se iluminam ao ouvir isso.

SE A CASA 8 FALASSE 293

— Pra ficar, é? — Greg pergunta para Roger, mas com o olhar fixo no amigo da tia, que sorri feito bobo.

— Acho que já dei muita volta no mundo até perceber que meu lugar é aqui — Roger responde para Greg, mas *também* olhando para Orlando.

Essa é a conversa mais esquisita de todos os tempos.

— A gente se vê, então — Greg diz, dando passos lentos para trás, para que os dois tenham mais tempo para conversar.

É inevitável para o garoto imaginar se um dia vai viver algo assim. Se um dia será responsável pelas próprias decisões e poderá escolher ficar. Se a vida adulta guarda para ele uma história de amor bonita com alguém que também faz seus olhos brilharem.

O clube do filme dura até tarde. O céu já está escuro quando o último cliente vai embora. A discussão se transformou em uma votação aberta para decidir o filme da próxima reunião, que depois se transformou em uma festa onde todo mundo comia, bebia e conversava.

Greg está aliviado por ter conseguido fazer o projeto dar certo. Catarina está orgulhosa, porque nunca viu sua locadora tão cheia.

Tiago se oferece para ficar mais um pouco e ajudar a desmontar tudo, e Greg insiste para que sua tia entre em casa com Orlando e Roger para abrirem uma garrafa de vinho e conversarem sobre qualquer coisa que pessoas com mais de quarenta e cinco anos conversam.

Ele não está *empolgado* para desmontar a tela de projeção (lençol) e empilhar cadeiras, mas quer muito ter um tempo a sós com Tiago.

— Parabéns! Deu tudo certo! — Tiago diz enquanto empurra o portão para fechar a garagem.

— Eu não teria conseguido sem a sua ajuda — Greg diz, com o coração feliz e apertado ao mesmo tempo.

Com as portas fechadas, os dois ficam sozinhos na garagem, iluminados apenas pela luz da lua que entra pelas frestas do portão. É tudo do que eles precisam para se atracarem de imediato em um beijo que dura exatamente seis minutos e dezoito segundos.

— Uau — Greg suspira quando eles finalmente se afastam, ambos desesperados por ar.

— Semana que vem tiro o gesso — Tiago comenta, apontando para o braço esquerdo. — Não vejo a hora de poder te agarrar direito.

Greg abre um sorriso malicioso que dura dois segundos antes de ser atingido pela realidade.

— Semana que vem vou embora.

A informação parece não ser chocante para Tiago, mas ainda assim o atinge de forma intensa. Ele se apoia na parede, escorrega até o chão e sinaliza para que Greg se sente ao seu lado.

— Eu meio que já esperava — Tiago diz, passando o braço não quebrado em volta dos ombros de Greg e o puxando para mais perto. — Acho que foi por isso que eu estava tão inseguro com tudo isso. Não queria investir tempo num romance de verão. Parece coisa de filme.

— Bom — Greg suspira e se aconchega no peito de Tiago. — Acho que seu plano não deu muito certo, né?

— A culpa foi toda sua — Tiago sussurra com um sorriso bobo no rosto, passa os dedos entre os cachos de Greg e olha fixamente para a parede.

— Eu queria ficar, sabe? — Greg comenta, jogando a ideia no ar para ver se ela faz mais sentido quando dita em voz alta do que presa em sua cabeça.

— Ficar aqui? Em Lagoa Pequena? — Tiago solta uma risada de deboche. — Que ideia, Greg! Você mora numa cidade que tem tudo. Aqui não tem *nada*.

Greg se segura para não responder "aqui tem você" logo de cara e, depois de dois segundos de silêncio, ele se dá conta de que, sim, Lagoa Pequena tem Tiago. Mas não é *só* por Tiago que ele quer ficar.

— Aqui tem uma parte da minha família que sinto que gosta de mim. Do jeito que eu sou, sabe? E tem um cachorro. E um estoque infinito de filmes na garagem. E, bom... — ele diz, por fim. — Aqui tem você.

Tiago também quer que Greg fique, mas não fala nada. Ele sabe que seria uma mudança grande demais e não quer ter que lidar com o peso dela no futuro. Em vez disso, só abaixa o rosto e cobre a cabeça de Greg com mais ou menos mil beijinhos.

— Ai — Greg reclama.

— Te machuquei?

— Não — ele responde, então ajeita a postura para se sentar direito no chão, coloca a mão no bolso de trás da calça e puxa um pedaço de papel.

A carta que encontrou na prateleira de lençóis da tia e permaneceu intocada no bolso da calça durante os últimos dias.

— O que é isso? — Tiago pergunta, esticando o pescoço para enxergar melhor.

— Achei lá dentro, no armário da minha tia. Parece que alguém queria esconder, mas não o bastante pra que fosse impossível de achar, sabe? — ele reponde, virando o envelope para que Tiago possa ler a parte em que está escrito "Para o futuro morador desta casa".

— Uma carta escrita por quem morou aqui antes da Catarina. Interessante — Tiago analisa enquanto passa a mão no queixo como um detetive de verdade ou algum personagem de Scooby-Doo.

— Pode ser uma carta da minha tia pra quem for morar aqui no futuro, sei lá — Greg analisa as possibilidades.

— Não. Essa letra não é da Catarina. Conheço a letra da sua tia porque ela sempre manda cartões de Natal pra gente junto com uma foto do Keanu vestindo gorro de Papai Noel.

Greg tenta ignorar a mágoa de nunca ter recebido um cartão de Natal com uma foto de Keanu vestindo gorro de Papai Noel, mesmo sendo literalmente parte da família biológica de Catarina. Talvez família seja mesmo uma coisa só do coração.

— Não vai abrir? — Tiago provoca, quebrando o silêncio.

— Não — Greg responde de imediato. — Não sei. Vai que é confidencial.

— O envelope diz que é pra um futuro morador. Teoricamente, você é um morador da casa. Por pouco tempo, tudo bem, mas agora, neste exato momento, você é. Melhor aproveitar a oportunidade enquanto ainda mora aqui.

Greg poderia interpretar o conselho de Tiago de várias formas diferentes, mas escolhe acreditar que ele está falando apenas sobre a carta amassada em suas mãos.

— A gente pode só abrir, ver o que é e devolver depois — Greg sugere, jogando um "a gente" ali no meio para não se sentir culpado sozinho.

SE A CASA 8 FALASSE 297

— *Isso!* — Tiago apoia, se segurando de curiosidade para não tomar a carta das mãos de Greg e abrir por conta própria.

— Tá bem, vamos ver o que tem aqui — Greg diz, e abre o envelope com delicadeza, como se segurasse o papel mais frágil de todo o mundo.

Ele puxa para fora uma folha de caderno dobrada quatro vezes e, nela, encontra uma carta escrita com a mesma letra do lado de fora do envelope, só que em uma versão menor e mais apertada.

Lagoa Pequena, 14 de janeiro de 2000

Oi,

Se você encontrou esta carta, provavelmente está morando na casa 8 da rua Girassol (a não ser que você seja alguém da imobiliária que encontrou sem querer. Se este for o caso, devolva a carta ao mesmo lugar, por favor. Ela não é pra você).

Não te conheço e acho que, quando você estiver lendo isso, eu já estarei muito longe daqui. Mas não consegui ir embora sem deixar um bilhete antes. Esta foi a minha casa a vida inteira. Não sei o que é morar em um lugar que não seja aqui (e estou prestes a descobrir).

Por dezessete anos, dormi e acordei aqui todo dia (no quarto maior, onde batia sol de manhã antes de construírem o prédio enorme aqui do lado) e hoje, momentos antes de me mudar de vez para uma cidade onde colocam ketchup na pizza, me dei conta de como vou sentir saudades desse lugar. Achei que sentiria falta apenas da minha namorada. Ou ex. Acho que a gente terminou. Não sei ainda. Tá tudo meio esquisito. Mas a questão é que vou sentir saudades da casa também. Do meu quarto, da varanda da frente e dos detalhes no batente da porta da sala que, se olhar de perto, parecem um rostinho sorrindo.

Então, pessoa que mora aqui agora, cuida bem dessa casinha, tá? Foi nela que eu literalmente me tornei uma pessoa. Todas as memórias que fiz até hoje foram dentro dessas paredes. Mas acho que só vou levar as boas comigo.

Espero que você faça boas memórias aqui também.

Com amor, A.

Greg e Tiago permanecem em silêncio por um momento, absorvendo cada palavra da carta e tentando desvendar os detalhes de tudo o que acabaram de ler.

— Era uma garota. Uma garota *gay*! — Greg comenta, maravilhado com as coincidências.

— Pode ser um garoto. Não dá pra saber.

— Um garoto com a letra bonita assim, Tiago? Até parece.

— Ei! — Tiago protesta. — Eu tenho letra bonita. Eu acho.

(Ele tem.)

— *Gay* — Greg sussurra perto do ouvido de Tiago.

— Isso não importa agora — Tiago diz, se fingindo de bravo, mas a verdade é que adora quando Greg sussurra coisas perto do seu ouvido. — Achei fofa a carta. O que você vai fazer com ela?

Greg pensa por um momento.

— Esconder de volta?

— Não — Tiago ri. — Digo, o que você vai fazer *a respeito* dela? Essa carta chegou na sua mão por algum motivo, sei lá. Isso ficou escondido no armário por *dez anos*, Greg. Parece coisa do destino.

Greg observa o pedaço de papel com as bordas levemente amareladas. Seus olhos caem sobre o final da carta.

— Bom — ele diz, com um sorriso que carrega um pouquinho de tristeza, mas não muita. — Acho que vou seguir o conselho da carta e fazer boas memórias aqui.

E, com isso, os dois se beijam por mais seis minutos.

Ou mais.

Não fiquei *contando*, ok?

2 DE FEVEREIRO DE 2010

GREGÓRIO VAI EMBORA DE Lagoa Pequena amanhã. Ele não tem muito o que preparar, sua mala não passa de uma mochila pequena com poucas roupas e algumas tralhas. Mas, ainda assim, ele passa um bom tempo dobrando cada camiseta com calma e recapitulando as memórias das últimas semanas. Observa as paredes do quarto menor, as prateleiras cheias de DVDs antigos e tubos de papelão com pôsteres que provavelmente já fizeram parte da decoração da locadora.

É um quarto simples, com uma janela pequena e nada de mais. Mas não é o que tem aqui dentro que faz com que o coração do menino fique tão apertado. Não são as *coisas*. São as pessoas. E o cachorro também. Greg quer ficar, mas não sabe como pedir. Parece absurdo demais. Ele é capaz de pedir um projetor caríssimo para a assistente pessoal do pai sem medo nenhum, mas pedir por uma mudança grande como essa o deixa tremendo de medo.

Ele sente que toda a sua família tem medo de mudanças.

Seus pais, por exemplo, arrastaram um casamento horrível por mais de dez anos por medo de mudança. Sua tia literalmente mantém uma locadora funcionando em 2010 porque não quer mudar.

Daí vem Gregório, aos dezesseis anos, cheio de sonhos inocentes, achando que pode mudar de cidade (e, em partes, de vida) e receber o apoio imediato da família. Nunca daria certo.

Catarina bate na porta entreaberta do quarto enquanto Greg dobra a mesma camiseta pela centésima vez e encara a luz da lua que entra pela janela.

— Ei — ela diz, sussurrando. — Preparei um jantar de despedida pra você.

Greg balança a cabeça na tentativa de espantar os pensamentos ruins.

— Uau — ele zomba, batendo palmas lentamente. — Você *preparou* um jantar?

— Pedi pizza, né, Gregório? De cinco queijos, que você gosta.

— Nunca te contei isso! Como você sabe? — Greg parece assustado de verdade e se pergunta se a tia tem superpoderes, como o de ler mentes.

Se ela tivesse, neste exato momento escutaria Greg implorando para ficar e facilitaria muito as coisas.

— Tiago me disse — Catarina abre o jogo, decidida a não provocar o sobrinho em sua última noite de estadia aqui.

Greg sorri, ainda confuso porque não se lembra de ter contado este detalhe em específico para Tiago, mas os dois passaram tanto tempo conversando sem parar desde o primeiro dia em que se conheceram que é normal Greg não lembrar de todas as coisas que compartilhou.

— Obrigado por pensar em todos os detalhes.

— Eu *nem gosto* de cinco queijos. Acho besteira desperdiçar pizza com um sabor que é cinco vezes a mesma coisa — Catarina comenta. — Só pra você ver como sou uma tia boa *de verdade*.

Ela coloca a mão na cintura e levanta a cabeça como se esperasse aplausos pelo seu sacrifício pessoal em nome do sobrinho.

Mas o que Catarina recebe é um abraço. Do nada, sem aviso prévio ou sinais, Greg abraça a tia por um ou dois segundos e ela mal sabe como reagir. Ele também não sabe. É o abraço mais constrangedor da história dos abraços. Mas, ainda assim, os dois estão sorrindo quando se soltam.

Catarina amou a pizza de cinco queijos, mas evita demonstrar muita empolgação porque é orgulhosa. Os dois encaram a caixa vazia da pizzaria na mesa de jantar, em uma guerra silenciosa para ver quem irá vencer a preguiça, se levantar do sofá e levá-la para o lixo.

Uma guerra que os dois querem perder.

— Quer ver um filme? — Catarina pergunta, ainda sem saber como lidar com o sentimento esquisito em seu peito deixado pelo abraço inesperado do sobrinho.

— Hm. Não — Greg responde, desanimado.

— Quer ajuda pra arrumar a mala? — ela insiste.

— É só uma mochila, não tem tanta coisa pra arrumar.

— Quer que eu te deixe em paz pra você dormir? — ela dá a cartada final com uma risada cansada.

Gregório pensa no que responder. Respira fundo, abre a boca e pensa mais um pouco. Só depois de quase um minuto inteiro de boca aberta é que cria coragem para falar.

— Sabe, tia, eu queria *ficar*.

— Como assim? — Catarina se faz de desentendida.

— Ficar *ficar*. Morar aqui. Por um tempo, sei lá. Mas é o tipo de coisa complicada de se pedir porque quem chega do nada e diz "oi, posso morar na sua casa?".

Catarina põe a mão no queixo, fingindo que não passou os últimos três dias pensando nisso.

Greg ainda não terminou.

— Sei que você gosta de ficar sozinha. Só você e o Keanu — Greg aponta para o cachorro deitado em sua caminha ao lado do sofá sem perceber a conversa séria que está acontecendo aqui. Ele é um cachorro, afinal. — E não quero atrapalhar sua vida, sabe? Não quero que você seja minha *mãe*. Mas gosto daqui. E queria poder ficar mais um pouco.

— Gregório… — Catarina fala sério, olhando no fundo dos olhos do sobrinho, mas é interrompida.

— Eu sei. Sei que você vai falar que é ridículo eu querer mudar *de cidade* por causa de um *garoto*. Mas não é só isso, juro! Eu me sinto livre aqui. Talvez "livre" não seja a palavra certa. Sinto como... como se não precisasse prender a respiração o tempo todo. Esse lugar tem cara de casa pra mim. E é tudo por sua causa. Não é como se eu gostasse mais de você do que dos meus pais, nem nada do tipo, eu gosto *de todo mundo*, eu juro. Mas a questão é que, sei lá. Acho que gosto mais de mim quando estou aqui.

Já era. Catarina está chorando. Pela primeira vez desde o dia em que se mudou para cá (23 de março de 2000), Catarina está chorando por alguma coisa que não o final de *Caçadores de Emoção*.

— Não precisava desse discurso todo. Eu já ia concordar desde o começo. — Ela ri, secando os olhos mareados com as costas da mão.

Os olhos de Greg brilham mais do que a lua lá fora.

— Em minha defesa, sempre achei que você me odiasse — Greg responde, chorando e rindo ao mesmo tempo.

— Eu odeio *crianças* no geral. Mas quando chegam assim grandinhas, prontas pra trabalhar na locadora, já sabendo arrumar a casa e lavar as próprias cuecas, a companhia não é tão ruim assim.

Greg ri mais alto ainda, e os dois aproveitam os poucos minutos de felicidade extrema antes da ficha cair.

— Você quer ficar, eu te *deixo* ficar, mas as coisas não são tão simples assim. A gente precisa ligar para a sua mãe.

— Vai ser moleza. Aposto que meus pais vão comemorar, sei lá — Greg comenta, se fazendo de coitado.

— Não é bem assim, Gregório — Catarina rebate, com a voz grave e séria. — Não é como se a sua vida fosse o filme *Matilda,* onde você vive com um pilantra e uma perua e no fim da história aparece com os papéis de adoção, eles assinam e vão embora.

Greg fica pensativo por um momento, refletindo como sua vida é *literalmente* o filme *Matilda*.

— Bom, vamos ligar pra ela. Pega o celular — ele ordena, sentindo a palma das mãos suarem.

Mas antes que Catarina se levante para buscar o celular no quarto, alguém bate à porta.

Greg corre para atender. É Tiago. Ele quase morre mais um pouco porque, depois do "sim" de sua tia, não imaginava que a noite poderia *melhorar*.

— Oie — ele diz, balançando os braços para o alto.

— Você tirou o gesso! — Greg repara.

— E vim te abraçar com *os dois braços* imediatamente. E buscar meu girassol, que ficou aqui.

— Quem é? — Catarina grita do quarto.

— É o Tiago — Greg avisa.

— Oi, tia Catarina — Tiago grita enquanto entra na sala.

E Gregório quase entra em combustão, porque nunca em toda a sua vida se sentiu tão em casa.

Tiago decide que não vai embora tão cedo e, depois que Greg e Catarina o colocam a par de toda a situação, os três se juntam para bolar o melhor plano de convencimento de todos os tempos.

— A gente precisa pensar em todos os detalhes. Todos os argumentos que a minha mãe pode usar pra não me deixar ficar.

— Escola vai ser o primeiro — Catarina diz. — Você estuda, certo?

— Estudo, tia — Greg responde, rindo um pouco da incapacidade de Catarina para compreender a rotina de pessoas de dezesseis anos. — Mas tem escola aqui.

— Deve ter alguma boa e barata — Catarina comenta, tentando lembrar a última vez em que reparou em uma escola nas ruas de Lagoa Pequena. Não é fácil, já que ela é o tipo de pessoa que atravessa a rua quando vê adolescentes andando em grupo.

— Pode ser boa e cara — Greg comenta de imediato, deixando seu privilégio financeiro à mostra. — Quer dizer, não é como se dinheiro fosse um fator importante pro meu pai.

Ele se sente ridículo.

— Vestibular — Tiago comenta, tentando mudar o rumo da conversa porque percebe o desconforto de Greg. — Você está no segundo ano, né? Algum plano para a faculdade?

Greg coça a cabeça, totalmente confuso.

— Sei lá, mas já faço curso pré-vestibular desde o ano passado. Meu pai quer que eu seja médico ou qualquer coisa que dê mais dinheiro do que ser médico. Ainda não arrumei um jeito de contar pra ele que não vai rolar.

— O Roger vai se mudar pra cá. Ele é professor de história e vai dar aula em um cursinho no centro da cidade — Tiago comenta.

— Qual Roger? Roger *Roger*? — Catarina pergunta.

— Sim. O namorado do Orlando.

— Eles estão *namorando*? Orlando não me contou nada! — Catarina protesta, completamente revoltada.

— Ele não contou nada pra ninguém ainda, calma — Tiago comenta com uma risada, tentando tranquilizar Catarina. — Mas sou filho de dona de restaurante. Sei de *tudo* o que acontece na cidade.

Greg sorri, sempre maravilhado com coisas de cidade pequena que ele não compreendia até algumas semanas atrás.

— Que bom para os dois. Mas vamos voltar ao que interessa? — Greg diz, batendo palmas.

E como se estivesse esperando o momento certo, o celular de Catarina começa a piscar e vibrar. A tela pequena mostra o nome "Carmem (Irmã)" ligando e, antes de se desesperar, Greg se pergunta quantas Carmens sua tia conhece para ter que especificar a relação com cada uma daquela forma na lista de contatos.

Pronto. Agora sim. Gregório está desesperado.

— Atende, tia — ele pede.

— Atende você — Catarina rebate.

O celular continua vibrando.

— Pelo amor de Deus, *alguém* atende — Tiago implora.

Tia e sobrinho respiram fundo, quase em sincronia. Catarina passa a mão sobre os ombros de Greg, mais carinhosa do que nunca. Pelo menos no que diz respeito a interações humanas. Com Keanu Reeves ela é sempre carinhosa.

Greg pega o aparelho, aperta o botão verde e leva o celular para perto do ouvido.

— Oi, mãe — ele diz, engolindo o nó na garganta. — Preciso te pedir uma coisa.

BETO

23 DE MAIO DE 2020

DIFERENTE DO QUE MUITA gente pode imaginar, milhares de curtidas em uma foto no Twitter não deram a Beto fama instantânea e muito dinheiro. Ele é só um garoto postando fotos da janela, afinal de contas. Não é como se tivesse virado um meme. Ou como se fosse *muito engraçado*. Mas, ainda assim, o ocorrido trouxe coisas boas.

Novos seguidores chegaram para apoiar seu trabalho e alguns são fotógrafos famosos de verdade, que ele sempre acompanhou de longe. Beto finge costume e tenta não parecer tão *fanático* toda vez que alguém importante aparece na sua lista de seguidores.

Ele também foi pago por uma foto original pela primeira vez na vida. Dinheiro *de verdade* por uma fotografia que não envolve uma festa de casamento ou um chá revelação. A imagem do pôr do sol foi comprada para uma exposição virtual (que Beto não entendeu muito bem como funciona, mas só aceitou que todas as coisas normais ganharam uma versão virtual desde que a pandemia começou), então ele apenas assinou um termo de autorização e recebeu dinheiro sem esforço algum. A vida dos sonhos.

Alguns e-mails chegam perguntando se ele fotografa nu artístico ("Tenho dezessete anos!!!!!!!!!", ele responde), gente querendo marcar ensaios fotográficos em São Paulo ("Estamos no meio de uma pandemia!!!!", ele responde) e pessoas que apenas tiraram um tempo durante o dia para dizer que gostaram do trabalho dele e encontraram um pouquinho de inspiração em suas fotos ("!!!!!!!!!!!!!", ele responde).

Beto não sabe lidar com elogios.

Mas tudo o que aconteceu desde que a imagem viralizou sem motivo aparente serviu de combustível para Beto. A validação o motiva a fotografar praticamente todos os dias e, por mais que odeie admitir, é bom demais ouvir elogios de desconhecidos.

É manhã de sábado e Beto está apoiado na janela da sala usando a lente que ganhou de presente da irmã para focar em um bem-te-vi que pousou no fio de energia elétrica da rua. O céu está limpo, sem nenhuma nuvem à vista, e a vizinhança está tranquila. Desde que a quarentena começou, Beto sempre achou que a ausência de pessoas na rua deixava tudo com cara de apocalipse zumbi e fim do mundo. Mas hoje, não. Hoje, mesmo sem motivo algum, ele se sente em paz.

O segredo para sobreviver um dia após o outro, conforme Beto aprendeu, é aproveitar esses momentos de calma e apagar da mente tudo de horrível que está acontecendo no mundo. Porque esses momentos duram muito pouco. É só piscar que eles passam. E Beto quer fazer o momento de calma de hoje durar *o máximo possível* (o recorde do ano até agora é de quarenta e seis minutos).

— Tira uma foto minha! — Lara pede, chegando na sala do nada, com a voz estridente que quebra completamente a sensação de calma transmitida pelo bem-te-vi no fio.

Beto respira fundo e se vira para encarar a irmã.

Ela está parada fazendo pose, com os olhos fechados, um biquinho exagerado e a cara coberta de máscara facial verde. Beto ri da cena e fotografa a irmã.

— Pronto — ele diz depois de apertar o botão de disparo da câmera pelo menos cinco vezes. — Agora me deixa em paz.

— A gente precisa decidir a coisa nova que vamos fazer hoje — Lara comenta, se jogando no sofá.

Ela ainda tem levado o projeto dos dois à sério, apesar de todos os sinais que Beto já deu de que não aguenta mais.

— Você me deixar em paz, que tal? — ele responde. — Isso seria inédito.

Lara ri porque sabe que o irmão está brincando. Beto também ri, porque está feliz demais para manter o personagem mal-humorado.

— Você e aquele menino voltaram a conversar? — Lara puxa assunto.

— Nicolas.

— Isso. Não foge da pergunta.

— Não. Ele avisou quando a minha foto começou a ser compartilhada horrores no Twitter, daí respondi com um monte de emoji chocado, sabe? Aquele com os olhos brancos e a cara azul, meio que em pânico.

— Sei.

— E foi isso.

— Só isso?

— Só.

— Uau. — Lara suspira. — Eu esperava mais, pela forma como você descreveu detalhadamente o emoji.

— Desculpa, Lara. Nada acontece na minha vida — Beto resmunga enquanto desenrosca a lente da câmera e guarda tudo com cuidado em suas respectivas bolsas.

SE A CASA 8 FALASSE *311*

— Do jeito como o mundo está cheio de coisas horríveis acontecendo com qualquer um, não acontecer nada com você é meio que uma coisa boa, né? — Lara argumenta.

E ela meio que tem razão.

— Mas estou bem agora. Tem horas em que fico lembrando de quando me *declarei* pro Nicolas — Beto diz, segurando uma risada constrangida. — Me sinto ridículo só de falar disso em voz alta. Mas acho que eu só queria que alguma coisa *acontecesse*, sabe?

— Totalmente normal — Lara responde, roendo as unhas.

— E, tipo, não é como se eu não gostasse mais dele. Eu gosto. Mas sei lá, acho que, antes da declaração, pensei que seria uma boa ideia ter um namorado virtual? E nem é porque eu queria namorar. Nem sei se quero. Mas é isso. Eu queria *sentir* alguma coisa. Sentir que minha vida andou. Porque tava tudo tão parado, mas aí milhares de pessoas na internet decidiram que gostam do que eu faço e de repente isso pareceu o bastante, sabe? Não me sinto mais tão parado. Até usei as fotos dos últimos dias pra me inscrever pra uma bolsa de um curso de fotografia de retratos à distância. Senti que seria bom aprender qualquer coisa, manter a cabeça ocupada, e é ridículo pensar em como isso substituiu o que eu sentia pelo Nico. Não *substituiu*, né? São duas coisas diferentes. Mas preencheu aquele vazio de "não tem nada acontecendo" e agora tem "algumas coisinhas acontecendo", o que acho que por enquanto é o bastante.

Lara pisca lentamente duas vezes.

— Nossa? — ela diz. — Só vim te dar um bom-dia e jogar conversa fora. Não precisava *abrir o coração* desse jeito pra mim.

— Desculpa — Beto diz, novamente se sentindo ridículo.

Ele precisa urgentemente parar de se sentir ridículo a respeito de qualquer coisa.

— Não precisa pedir desculpas, tá tudo bem. Só me avisa se for falar mais porque tenho que tirar essa máscara daqui a dois minutos — ela diz, apontando para a gosma verde que cobre o rosto inteiro.

— Pode tirar sua máscara em paz — Beto diz, fazendo joinha com as duas mãos. — Já falei tudo o que tinha pra falar.

Lara se levanta, se espreguiça no meio da sala e, antes de caminhar até o banheiro, se vira para o irmão mais uma vez.

— Posso dar só um conselho? — ela pergunta.

— Manda.

— Fala com o Nicolas.

— A última vez que você sugeriu isso não deu muito certo — Beto diz com uma risada, tentando disfarçar o nó na garganta que se forma imediatamente só de pensar na possibilidade de conversar com Nico novamente.

— Não, bobo — Lara diz. — Fala *direito*. Honestamente. Isso tudo que você falou pra mim. Às vezes pode dar certo. Só pra vocês dois não ficarem pra sempre com esse gosto amargo na boca.

Instintivamente, Beto engole a própria saliva esperando sentir um gosto amargo.

— Tá bem. Vou pensar. Obrigado.

— Tô sempre aqui pra você, tá? Sei que pode parecer deprimente desabafar com a irmã mais velha, mas estou aqui.

— Eu sei — Beto responde, escondendo completamente o fato de que ele gritou na almofada com a *própria mãe*, o que é definitivamente mais deprimente do que desabafar com a irmã mais velha.

Lara faz uma reverência exagerada e se vira para ir ao banheiro, mas para no meio do caminho.

— Ah! Só mais uma coisa — ela diz, sussurrando dessa vez. — Conversa com a mãe depois. Sei lá, pra ver se ela conhece alguém que conhece alguém pra te atender. Você sabe. Terapia e tal.

Beto sorri e assente.

Lara manda uma piscadinha para o irmão.

É o jeito que eles encontram de apoiar um ao outro. De mostrar que Lara gosta de Beto e que Beto gosta de Lara.

27 DE MAIO DE 2020

QUARTA-FEIRA É DIA DE *Super Chefinhos*. O momento ideal para Beto se trancar no quarto com alguma privacidade enquanto a mãe e a irmã ficam na sala comendo pipoca e olhando para a TV sem piscar. É a final do programa, Beto acredita. Ou a estreia do *Super Chefinhos Kids*, que é uma variação da competição culinária com crianças, só que com participantes *mais novos ainda*. Beto realmente está um pouco perdido na programação de *reality shows* da TV aberta.

Sentado na cama e encostado na parede, ele segura o celular, decidido a conversar com Nico nem que seja pela última vez (mas ele torce para que não seja).

> **Beto**
> oie. a gente pode conversar?

A resposta chega quase que imediatamente.

> **Nico**
> claro!!! tá tudo bem???

Beto tenta não pensar muito a respeito da quantidade de exclamações e interrogações na mensagem de Nicolas. E também no fato de que houve uma época em que uma conversa entre os dois era apenas rotina, mas hoje é o bastante para Nico achar que Beto *não está bem*.

> **Beto**
> posso te ligar? não queria ter que digitar tudo hehe

> **Nico**
> pode ser chamada de vídeo? queria ver seu cabelo roxo de novo!!

Alguns meses atrás, Beto acharia que aquilo era mais um sinal de Nicolas. Afinal, quem conversa desse jeito com outra pessoa sem estar perdidamente apaixonado? Mas hoje Beto sabe que o jeito como Nico diz que quer ver seu cabelo roxo de novo significa apenas que ele quer ver seu cabelo roxo de novo.

Mas, ainda assim, Beto balança a cabeça para arrumar os fios ondulados (e, a esta altura, desbotados) de um jeito que pareça casual, mas bonito ao mesmo tempo. E, antes de iniciar a chamada, juro por Deus que ele passa saliva nos dedos e arruma a sobrancelha.

— Oi — Beto diz, assim que a imagem pixelada de Nicolas aparece na tela do celular.

— Oi! Peraí que eunghairhanda nhdueluito jjgthosa — Nico responde, o que imagino que seja "Peraí que vou pra varanda porque a internet no meu quarto é horrorosa".

Ou talvez seja "Peraí que vou montar uma banda que faz música muito gostosa".

Não dá para saber.

Beto encara o borrão no celular e aguarda pacientemente enquanto organiza suas ideias para dizer tudo o que precisa de maneira direta e coerente.

— Pronto! — a voz de Nicolas ecoa. — Tô na varanda. Agora consigo te ver direito.

Acertei.

— Oie — Beto diz, de maneira direta e coerente.

— Nunca vou superar seu cabelo roxo. Quero pra mim também! — Nico elogia, tentando quebrar o clima esquisito que já se estabeleceu em trinta segundos de conversa. — E aí? Sobre o que quer conversar?

Beto respira fundo.

Sobre muita coisa, ele pensa.

— Queria te agradecer por ter me avisado quando a minha foto estourou no Twitter — ele diz, porque acha que é um jeito ameno de começar a conversa.

— Ah, não foi nada. Fiquei morrendo de orgulho, sabia? Mas como você respondeu só um monte de emoji, achei que ainda precisava de mais tempo pra, sei lá, processar as coisas?

— Ah. Eu não sabia o que responder na hora. Foi bem intenso. Eu nem sabia que a bolinha de notificações do Twitter podia chegar em três dígitos.

Nicolas ri e o som, mesmo cortado pela interferência na conexão, faz Beto rir também.

— Não esquece de mim quando ficar famoso — Nico pede.

— Ninguém fica famoso postando foto de pôr do sol na internet, Nicolas.

— Você pode ser o primeiro, imagina só.

— E desculpa pelo jeito como reagi quando descobri que você não queria nada comigo — Beto diz do nada, sem *nenhuma* sutileza para conduzir a conversa até os assuntos mais complicados.

Nicolas parece surpreso. Ele fica parado por um tempo. Dá até para pensar que a conexão congelou de novo, mas ele pisca duas vezes e tira tanto a minha dúvida quanto a de Beto. Ele está apenas surpreso.

— Uau, Beto. Calma — Nico diz, finalmente. — Tudo nessa frase é *tão* errado. Primeiro que você não precisa pedir desculpas pelo jeito como reagiu às coisas. Segundo que não é como se eu não quisesse nada com você. Só não sei o que quero agora. As coisas estão... difíceis.

Os dois se conhecem há tempo o bastante para que Beto perceba que não é só uma questão de "você gosta ou não gosta de mim?" que está deixando Nico aflito.

— O que está acontecendo? Quer conversar?

Nico respira fundo.

— Minha mãe. Ela pegou o vírus — Nicolas comenta, e continua a falar imediatamente quando vê a expressão preocupada de Beto. — Calma! Calma! Agora tá tudo bem. Só o processo que foi complicado. Quarentena *de verdade* pra ela. Fiquei um tempo morando na casa dos meus primos por precaução, a família inteira teve que fazer um milhão de exames, e o médico precisou passar umas três combinações de remédio diferentes até ela finalmente ficar *bem*. Mas, assim, é meio assustador, sabe?

— E por que você não me contou nada? — Beto pergunta, se sentindo estúpido por, mais uma vez, se colocar no centro das atenções.

— Foi no dia da nossa conversa. — Nico ri. — Eu ia contar depois que você terminasse de falar, mas meio que não deu. E eu não queria que parecesse que estava usando a cartada da mãe doente pra você ter *pena* de mim, sei lá. É complicado. Eu tava com a cabeça cheia. Ainda estou. Mas essas semanas sem falar com você todo dia... nossa, foi difícil, sabe? Porque você sempre foi, e me sinto ridículo dizendo isso apesar de ser verdade, o meu porto seguro. Conversar com você sempre foi a coisa mais fácil do mundo. Daí de repente não era mais.

— Desculpa. — É tudo o que Beto consegue dizer.

— Relaxa. Tá tudo bem agora.

— Está mesmo? Não, né?

Dez segundos de silêncio.

— Não tá, não.

Os dois riem porque, sinceramente, o que mais podem fazer?

— Sabe — Nico continua —, reli a nossa conversa um milhão de vezes. Acho que fui meio cuzão. Perguntei pra minha prima se ela achava que era irresponsabilidade emocional da minha parte. Ela não sabia o que era irresponsabilidade emocional porque não usa Twitter, daí eu tive que *explicar*. Nossa, foi a conversa mais dolorosa da minha vida.

— Provavelmente não tanto quanto a última vez em que a gente se falou — Beto comenta, se arrependendo de como foi grosso com Nico naquele momento difícil.

Ele promete a si mesmo (mentalmente, por um segundo) que nunca mais vai ser uma pessoa grossa com Nico em momentos difíceis. Nem nos fáceis.

— Queria que tudo voltasse ao normal.

Beto pensa antes de responder. Ele não sabe se Nico está falando do normal entre eles dois ou do *mundo normal* de alguns meses atrás. Os dois cenários parecem meio impossíveis.

— Acho que vai ser difícil voltar ao normal depois de tudo o que eu te disse. Sei lá, de alguma forma você sempre vai acabar medindo as palavras para não iludir ainda mais o garoto que gosta de você — Beto diz com firmeza para tentar não bancar o coitadinho.

— Beto — Nico chama, com mais firmeza ainda. — Eu *também* gosto de você. Eu te disse isso. É só que *agora* está tudo esquisito e não sei o que fazer, não tem como fugir, não sei o que esperar do futuro. E sei que você esperou por esse ano, tipo, a vida toda. E é horrível quando as coisas não acontecem na hora em que a gente quer. Mas tenho paciência pra esperar mais um pouco.

— Eu entendo. E sei que você está certo. Consigo pensar *racionalmente* e ver que você tem razão. Mas você já teve a sensação de que está só esperando por alguma coisa acontecer e essa coisa nunca acontece? É como se essa coisa... boa estivesse na esquina avisando "chego em cinco minutos", mas aí passam cinco anos e ela nunca chega.

— Me sinto assim o tempo todo. — Nicolas ri.

— E qualquer coisa mínima que aparece eu já acho que vai ser essa Grande Coisa Incrível e nunca é. Achei que seria a minha mudança pra São Paulo, depois achei que seria a chegada da minha irmã, então achei que seria meu relacionamento com você e depois uma foto minha sendo vista por milhares de pessoas. E nunca é. Me sinto um personagem daqueles livros de trezentas páginas que a gente lê e fica pensando "meu Deus, essas pessoas só vão *conversar*? Não vai acontecer *nada*?".

— Eu gosto desse tipo de livro — Nicolas confessa.

— *Eu sei*. Você já me indicou uns três. Essas histórias de dia a dia que não têm uma aventurazinha. Um vilão que seja — Beto provoca.

— Às vezes o vilão é a gente.

— Ou o sistema.

— Ah, o sistema *sempre* vai ser o vilão. Mesmo em histórias em que ele nem é citado.

— Não quero ser o vilão da sua história — Beto comenta. — Não sei o que quero ser pra você, mas, por favor, não me deixa ser o vilão.

Nicolas ri, coloca o braço atrás da nuca e abre um sorriso que faz Beto querer derreter até se tornar uma poça espalhada pelo chão do quarto.

— Você pode ser o melhor amigo secretamente apaixonado que vive um vai e vem emocional por anos comigo, cheio de desencontros, enquanto o destino vai pregando peças, até a gente se esbarrar no aeroporto em um momento em que finalmente temos tudo pra ficar juntos, só que, infelizmente, você está indo para a Itália e eu pro Rio de Janeiro. Aí anos se passam e a gente se reencontra de novo. Na Itália! A gente se beija no meio de uma plantação de uva durante o pôr do sol. Você pega a câmera pendurada no pescoço e eu falo "Vai fotografar mais um pôr do sol?" e você responde "Não, vou fotografar algo que brilha muito mais", aí aponta a câmera pra mim e fotografa meu rosto iluminado. A cena vai abrindo, como se estivéssemos sendo filmados por um drone que se afasta, mostrando aquele monte de uva. Tela preta. Sobem os créditos. Fim.

Beto quer rir e chorar ao mesmo tempo.

— Não acredito que você imaginou uma história de amor que dura pelo menos uns vinte anos até dar certo só pra, no final de tudo, ganhar uma sessão de fotos de graça. Você podia só me pagar, sabe? — ele ri.

— Desculpa se fui longe demais — Nico comenta.

— Tudo bem. A minha versão de nós dois também é quase um filme. Mas com menos orçamento. Você me busca no aeroporto e me pede em namoro com uma caixinha de donuts.

— *Pffff*. Sem graça. Consigo ser melhor do que isso.

— Tudo bem — Beto sorri. — As expectativas são altas, então.

— Deixa comigo.

— Tudo bem.

— Vai dar tudo certo, Beto.

— Vai, sim.

— Um dia.

— Um dia.

Os dois se encaram por pelo menos uns três minutos, sorrindo e fazendo caretas estúpidas sem saber o que dizer em seguida.

Dessa vez, Beto não se sente desesperado para dizer alguma coisa. Não está com pressa de tomar qualquer atitude. Ele odeia esperar, odeia não ter planos, odeia esse fantasma de "e se...?" que flutua entre os dois. Mas, agora, neste momento, está tudo bem.

E amanhã é outro dia.

Quinta-feira, 28 de maio de 2020. 09h13
De: geodude1993@email.com
Para: betodasfotos@email.com.br
Assunto: Uma dúvida

Olá, Beto!

Espero que você esteja bem, na medida do possível (ninguém está verdadeiramente bem em 2020 rs).

Pode parecer meio esquisito, mas vi as suas fotos na internet. As que você tira da janela. De cara senti uma paz inexplicável! Me senti em casa, sabe? E aí dei zoom nas imagens, observei os detalhes e mandei a foto para a minha tia só pra ter certeza de que eu não estava ficando doido, mas, no fim das contas, achei melhor te escrever.

Claro que você não precisa responder, se não quiser. Não quero te deixar desconfortável. Mas, por acaso, você mora em Lagoa Pequena - SP?

E, se sim, você mora na casa 8 da rua Girassol?

Porque a janela do seu quarto é muito parecida com a janela do quarto onde passei o fim da minha adolescência. Foram cinco anos inesquecíveis.

Espero que a casa esteja te tratando com tanto carinho quanto me tratou.

Obrigado pela atenção. Desculpa se pareci invasivo.

E parabéns pelas fotos. Elas são lindas.

Com carinho,
Greg

Eu sou o Keanu Reeves

O cachorro. Não o ator. Só pra deixar claro.

Outra coisa que acho importante esclarecer: eu não morri. Continuo vivo. Um pouco velho, porém vivo. Este não é o tipo de história em que o cachorro *morre*, pode continuar lendo sem medo.

Quase dez anos depois que eu e meus humanos nos mudamos da casa 8, cá estamos nós de novo. Estou com uma gravata-borboleta que Catarina escolheu especialmente para o dia de hoje. Ela é vermelha e estampada com vários ossinhos brancos. Eu, particularmente, odeio ossos. Mas não sei como verbalizar isso para a minha dona. Ela tem dificuldade para decifrar meus latidos na maioria das vezes.

De qualquer forma, aqui estamos nós.

Eu, Catarina e Greg, na frente da casa de novo.

Mas, antes, melhor explicar o contexto. Sou um cachorro que adora contextos.

Passei a vida inteira sentado no colo de Catarina vendo filmes com final aberto e, sinceramente, estou cansado de histórias em que preciso *interpretar* o que acontece. Interpretar é cansativo para um cachorro (e, pelo que percebi, quase impossível para humanos). Também sou um cachorro que adora finais felizes. Então, aqui vão alguns:

Orlando, o amigo florista de Catarina, se casou em 2012. Foi a maior festa que eu já vi, com a maior quantidade de girassóis por metro quadrado possível. Me colocaram

SE A CASA 8 FALASSE 325

para levar as alianças até o altar. Fiz pessoas chorarem de emoção enquanto caminhava pelo tapete amarelo carregando uma cestinha na boca. Quase deixei os anéis caírem porque é difícil se equilibrar em três patas, andar em linha reta, ser fotografado e manter a cabeça erguida enquanto se usa um terno feito para cachorros que Catarina comprou na internet.

Mas deu tudo certo.

Andei pela festa me sentindo uma estrela, e todo mundo me chamava para me dar carinho e comida.

Passei mal no dia seguinte.

Saímos da casa 8 em 2015, logo depois que Greg se formou na faculdade (dentre *todos os cursos,* ele cursou Biblioteconomia, seguindo a tradição familiar de trabalhar com coisas que ninguém mais usa porque todo mundo tem um celular hoje em dia). A casa sem Greg ficou vazia demais, e nós nos mudamos para um apartamento mais próximo do cinema da cidade.

Ah, é. Catarina *comprou* o cinema. Depois de um financiamento que a fez chorar de madrugada por um tempo e uma sociedade com sua irmã rica, ela é dona do único cinema da cidade, onde faz clubes do filme até hoje, com sessões gratuitas de filmes do Keanu Reeves toda quarta-feira e uma sala especial, a primeira do estado inteiro a aceitar cachorros.

É uma confusão. Eu adoro. Fiz muitos amigos lá.

O e-mail de Beto, o fotógrafo parado na nossa frente agora, chegou anos mais tarde. Ele e a irmã estão montando um projeto pessoal juntos. Lembro de como Catarina riu no dia, comentando sobre como os jovens de hoje chamam *tudo* de projeto pessoal. Ela aproveitou a oportunidade para zombar do projeto pessoal de Greg mais uma vez (uma conta para compartilhar seus bordados de *Pokémon* no Instagram).

Mas a questão é: Beto e Lara, sua irmã, estão fazendo um levantamento de todas as pessoas que moraram na casa 8 da rua Girassol pelos últimos cinquenta anos. Ou cem. Ou mil. Detalhes me escapam porque às vezes me distraio com os sapatos das pessoas.

— A gente vai fazer uma foto posada com vocês olhando para a câmera com o rosto sério, como aquelas fotos de família antigas. E depois a gente faz algumas mais descontraídas, conversando, rindo, essas coisas. Pode ser? — Beto diz, nos posicionando na frente da casa e segurando uma câmera fotográfica do tamanho de um carro popular.

— Combinado — Catarina diz, fechando a cara e olhando para a câmera com a intensidade de mil raios lasers.

Eu amo a minha dona.

Clique. Clique. Clique.

A câmera dispara mil vezes e é quase impossível manter a pose.

— Pronto, agora podem se soltar — o fotógrafo pede.

Coloco a língua para fora porque, bom, é o meu truque. Todo mundo *ama* quando coloco a língua para fora, e uso esse artifício para conseguir absolutamente qualquer coisa. Nunca falha.

Todo mundo ri. Greg me pega no colo, dou uma lambida no seu rosto e me arrependo, porque Greg tem barba agora. Eca.

Um vulto preto se aproxima e levo alguns segundos para entender se é um espírito ou uma pessoa. Eu vejo espíritos. Todos os cachorros veem. Uma história longa e totalmente fora do contexto do que quero explicar aqui.

É uma pessoa.

Nenhuma alma penada passeando pela rua Girassol hoje.

— Tiago! — Catarina exclama.

— Tiago? — Greg também repete.

— O dono do restaurante da rua de baixo que é emo até hoje? — Lara sussurra para o irmão achando que ninguém vai escutar, mas eu escuto porque tenho superaudição e orelhas enormes.

— O que você está fazendo aqui? — Greg pergunta e, pelo jeito como ele me aperta contra o peito, está ou apavorado ou empolgado.

— Eu que chamei. Pra ele sair na foto também — Catarina diz, com um sorriso malicioso.

— Quem é o garoto mais lindo da cidade inteira? — Tiago diz, com voz de bebê.

Surpreendentemente, ele está falando *comigo*. Nunca vou entender essa coisa da voz de bebê. Já sou praticamente *idoso*, mas não me importo. Balanço as patas para me livrar dos braços sufocantes de Greg e pulo no colo de Tiago, lambo seu rosto (sem barba!!!) e encho sua roupa preta de pelos.

— A gente pode tirar mais uma foto, moço? — Catarina pede. — Uma com o Tiago.

— Claro, claro! — ele responde, prontamente colocando a câmera na frente do rosto.

— Ele também morou aqui? — Lara pergunta, anotando tudo em um caderno, com pose de jornalista de verdade.

— Não — Tiago responde.

— Mais ou menos — Greg responde ao mesmo tempo.

— Morou — Catarina também responde ao mesmo tempo.

É difícil acompanhar tanta gente falando, mesmo com a coisa da superaudição e as orelhas enormes.

— Ele é um morador honorário — Catarina responde. — Passava o dia inteiro na locadora que eu tinha aqui na garagem.

328 **VITOR MARTINS**

— Hmmmm. Interessante — Lara diz, rabiscando em seu caderno com mais vontade.

— Pois é — Tiago diz.

Encostado em seu peito, consigo sentir seu coração disparado a cem mil batimentos por segundo.

— Ele e meu sobrinho têm uma história de amor mal resolvida — Catarina cospe os fatos porque, na idade dela, não existe mais nada a perder. Ela fala o que quer e termina todas as frases com o mesmo sorriso bobo.

— Pelo amor de Deus, todo mundo que morou nessa casa é gay — Lara sussurra para o irmão, mais uma vez achando que ninguém pode escutar.

— *Tia* — Greg murmura entre os dentes, com a voz de quem daria tudo para desaparecer em um buraco no chão.

Catarina apenas sorri para a foto e em seguida ouvimos o *clique clique clique* da câmera de Beto.

No fundo, Catarina só quer que o sobrinho seja feliz. Sei disso porque ela conversa comigo em casa. Ela diz "Ai, Keaninho, só queria que o Greg fosse feliz". E considero este um dos sentimentos mais nobres do mundo.

A sessão de fotos termina, Lara entrevista cada um por alguns minutos e eu volto para o chão, de onde fico ouvindo a conversa de todo mundo e tentando não me distrair com os sapatos.

— Eu não sabia que a garagem já tinha sido uma locadora — Beto comenta com Greg, enquanto Lara entrevista Catarina.

— Ah, sim, foi aqui que começou o Catavento Cine Clube. Que depois foi pro cinema lá no centro, sabe?

— Sei — Beto diz, com cara de quem não sabe. — Outra coisa que descobri tentando rastrear todo mundo que morou aqui foi que, antes de vocês, o *criador do TapTop* morava aqui, sabia?

Greg parece confuso. Tiago também.

— Aquele aplicativo de vídeos. Um dos mais famosos do mundo. TapTop, sabe?

— Sei — Greg responde.

Ele super não sabe.

— Vou fotografar ele e a filha mês que vem. O cara já é aposentado, mas a rotina da filha é supercorrida. Agora ela está acompanhando a esposa numa bateria de treinos para as próximas Olimpíadas, ou algo do tipo.

— Mentira! — Tiago comenta.

— A segunda medalhista brasileira bissexual? — Greg pergunta. — Um amigo nosso me contou essa história uma vez. Nunca esqueci.

— Depois você contou pra mim — Tiago diz, encarando Gregório pela primeira vez desde que chegou aqui. — Também nunca esqueci.

Os dois se encaram com o calor de mil fornos de frango assado de padaria. Beto se afasta quando percebe que está atrapalhando o momento.

Greg e Tiago continuam relembrando coisas do passado, e tenho quase certeza de que vejo as mãos dos dois se esbarrarem. Os mindinhos se entrelaçaram por um segundo e depois se soltaram.

Quase certeza.

Não consigo confirmar porque, bom, lá estava eu olhando para os sapatos de novo! Os de Tiago têm *muitos cadarços*. Fico hipnotizado.

As entrevistas acabam e eu corro de um lado para o outro, empolgado para ir embora porque Catarina prometeu que ia me levar para passear na lagoa depois que isso tudo terminasse.

Ela não me prometeu *com palavras*, mas colocou três sacolas plásticas dentro da bolsa e eu sei o que isso significa.

— Obrigado pelo tempo de vocês — Beto diz, se despedindo de todo mundo com um aperto de mão e de mim com um cafuné na cabeça. — E, Greg, obrigado por ter mandado aquele e-mail. Foi meio que a primeira fagulha pra esse projeto.

— Imagina — Greg responde. — Lembro que quando vi sua foto da janela pela primeira vez, eu me enxerguei dentro dela, sabe? Lembrei dos dias da minha adolescência dentro daquele quarto. Da primeira noite em que dormi aqui, do dia em que baixei um filme do *Scooby-Doo* pra impressionar o Tiago e só depois descobri que ele nem gostava de *Scooby-Doo* de verdade, só falou isso pra zombar comigo.

— Passei dois anos *fingindo* que gostava porque não sabia como falar a verdade — Tiago conta com uma risada.

Sempre me sinto um pouco ofendido com essa história. Enquanto cachorro curioso, medroso e esfomeado ao mesmo tempo, vejo o Scooby-Doo como um herói.

— E no dia em que sua foto apareceu no meu *feed*, nossa, as coisas estavam difíceis. Eu precisava daquilo, sabe? Precisava lembrar de como era me sentir em casa. Tenho saudades de morar aqui, mas me dei conta de que casa não é só um lugar. Nossa casa é a gente. E ela pode até ter um azulejo rachado no banheiro ou uma maçaneta que cai toda vez que a gente bate a porta com força. Às vezes a gente fica olhando a casa dos outros e pensando "nossa, se morasse ali eu seria mais feliz", mas, no fim das contas, essa sensação de lar não vem de um lugar. Vem de dentro.

Catarina quase chora.

Tiago segura a mão de Greg com força e dessa vez tenho certeza de que vi *mesmo* os dois de mãos dadas.

Beto sorri com orgulho por ter despertado um sentimento bom em alguém com uma foto sua.

E Lara segue rabiscando no seu caderno, correndo para anotar tudo porque provavelmente não esperava que Greg fizesse um discurso motivacional do nada, momentos antes de se despedirem.

— Você pode repetir essa última parte? Acho que daria uma boa frase final para a nossa matéria — Lara pede sem tirar os olhos do papel.

— A coisa da maçaneta que cai quando a gente bate a porta com força? — Greg pergunta.

— Não. Antes disso.

— A coisa do azulejo?

— Antes. — Lara já está impaciente.

— Nossa casa é a gente — Tiago sussurra.

— Isso! — Lara quase grita. — Obrigada.

Iluminado pelo sol da tarde que queima sua cabeça e o obriga a cerrar os olhos, Greg observa a casa 8 mais uma vez e sorri como se tivesse acabado de descobrir a mais importante das lições. Um ensinamento que estava o tempo todo bem ali, debaixo do seu nariz.

Nossa casa é a gente.

AGRADECIMENTOS

ESTE FOI O LIVRO mais difícil que já escrevi. Apesar de ser mais uma história de "meu Deus, essas pessoas só vão *conversar*? Não vai acontecer *nada*?", a casa 8 nasceu dentro da minha cabeça durante 2020, um ano em que cada dia parecia conter uns trezentos outros e fugir da realidade para escrever ficção exigia um esforço muito grande. Encontrei em Ana, Greg e Beto uma maneira de enxergar problemas diferentes dos meus e, assim como a casa, que não consegue enxergar nada além da vista da janela, me esforcei para olhar para dentro e imaginar todo tipo de história que poderia acontecer somente entre quatro paredes. Eu jamais conseguiria concluir esse projeto se não tivesse tanta gente incrível ao meu lado, e agora é a hora de deixar meus devidos "obrigados".

Rafael, meu companheiro de quarentena, de aventuras, de vida. Obrigado por segurar a minha mão sempre que me sinto incapaz e por me mostrar todos os dias que o futuro pode ser bom se a gente viver um dia de cada vez.

Mãe, obrigado por me ensinar o verdadeiro significado de "lar" e por deixar as portas sempre abertas para mim. Te amo até a lua, ida e volta, e mais uma ida e outra volta só para garantir.

Taissa Reis, minha agente, amiga e companheira. Obrigado por acreditar no meu trabalho por nós dois quando não consigo acreditar sozinho. Esta história não chegaria em tantas casas pelo Brasil (e pelo mundo!) se não fosse pelo seu profissionalismo, paixão e companheirismo.

Veronica Armiliato, minha editora, amiga e confidente de fofocas, que vibrou com a ideia desse livro na nossa primeira conversa e torceu por ele do começo ao fim. Tem um pedacinho seu aqui e em tudo o que eu escrever.

Para toda a equipe da Editora Alt, que cuida tão bem das minhas histórias. Obrigado pelo acolhimento de sempre e por nunca medirem esforços para que meus livros cheguem aos leitores da melhor forma possível. Um obrigado especial para Agatha Machado e Paula Drummond, que chegaram na reta final, mas já são de casa.

Ao Igor Soares, pelas palavras de carinho, e à Gih Alves, que também leu antes de todo mundo e reagiu com a empolgação de que eu precisava para acreditar que este livro é, sim, de certa forma, especial.

Ao ilustrador Yann, pela capa absurda de tão linda, e à fotógrafa Carol Macedo (sushi Carol!), pela foto da casa 8 que retrata perfeitamente o jeitinho como imaginei o cenário desse livro. Na minha cabeça, as fotos do Beto são tão lindas quanto as suas.

Aos amigos que, à esta altura da vida, já são minha família. Lucas Fogaça (Fogs!), Lucas Rocha, Vito Castrillo, Mayra Sigwalt, Thereza Andrada, Iris Figueiredo, Duds Saldanha, Barbara Morais, João Pedroso, Aureliano Medeiros, Luiza Souza, Isadora Zeferino, Gui Almeida e Bruno Freire. Estou contando os dias para abraçar todos vocês.

Para todas as pessoas que leem meus livros e se enxergam um pouquinho neles. Que falam dos meus personagens com carinho, que recomendam as histórias para os outros e esperaram pacientemente para conhecerem a casa 8. Vocês dão propósito a tudo que faço e me incentivam a melhorar como escritor e, principalmente, como pessoa. Eu não mereço tanto amor assim, mas aceito de coração aberto.

E, por fim, para minha tia Rosane, que nos deixou durante esse ano e faz falta como um cômodo vazio que frequentemente tento preencher com lembranças boas. Obrigado por cuidar de mim como se eu fosse seu filho, por torcer por mim em todos os momentos e por sempre me incentivar a estudar e a escovar os dentes porque "não adianta nada ser rico se você for burro e tiver a boca feia". Te amo para sempre.

Este livro, composto nas fontes Big River Script, Caveat,
Courier New, Delicious Heavy, EmojiOne, Fairfield LT Std,
Helvetica Neue LT Std, Intro Rust Base e Wingdings, foi
impresso em papel Pólen Soft 70g/m² na AR Fernandez
São Paulo, Brasil, outubro de 2021.